Katia Fox
Das geheime Band

PIPER

Zu diesem Buch

In Aix-en-Provence, fernab der Großstadthektik, sieht sich der Pariser Schriftsteller Eric nach einem Haus für sich und seine Familie um. Er hofft, im Heimatort des berühmten Malers Cézanne die nötige Inspiration für einen literarischen Neuanfang zu finden. Das herrliche Wetter und der blaue Himmel der Provence wecken tatsächlich erste Glücksgefühle in ihm. Doch als die Besitzerin des Privatzimmers, in dem er während seines Aufenthalts nächtigt, bei seinem Anblick erstarrt und einen deutschen Namen murmelt, ist Eric zutiefst verunsichert. Welche Erinnerung hat er in ihr wachgerufen? Seine Suche nach Antworten führt ihn nach Deutschland, wo er schon bald droht, den Boden unter den Füßen zu verlieren …

Katia Fox, geboren 1964, ist Mutter von drei Kindern und wuchs in Südfrankreich und in der Nähe von Frankfurt auf, wo sie auch noch heute lebt. Nach ihrem Studium und der Prüfung zur Dolmetscherin und Übersetzerin arbeitete sie in diversen Unternehmen, bevor sie sich selbstständig machte. Seit 2005 widmet sie sich nur noch dem Schreiben. Nach dem Abschluss einer erfolgreichen Mittelalter-Trilogie erschien von ihr zuletzt der historische Roman »Das Tor zur Ewigkeit«. »Das geheime Band« ist der erste zeitgenössische Roman der Autorin.

Katia Fox

DAS GEHEIME BAND

Roman

Piper München Zürich

Mehr über unsere Autoren und Bücher:
www.piper.de

Von Katia Fox liegen bei Piper vor:
Das Tor zur Ewigkeit
Das geheime Band

MIX
Papier aus verantwor-
tungsvollen Quellen
FSC® C083411

Originalausgabe
Juni 2014
© 2014 Piper Verlag GmbH, München
Umschlaggestaltung: Cornelia Niere, München
Umschlagmotiv: Eva Patikian/Arcangel (Frau), Shutterstock (Landschaft)
Satz: Fotosatz Reinhard Amann, Memmingen
Gesetzt aus der Bembo
Papier: Munken Print von Arctic Paper Munkedals AB, Schweden
Druck und Bindung: CPI books GmbH, Leck
Printed in Germany   ISBN 978-3-492-30078-0

Für meine französische Liebe

Teil I

Frankfurt, 13. September 1941

»Den ersten, besten und ihr gemäßesten Platz hat die Frau
in der Familie, und die wunderbarste Aufgabe, die sie
erfüllen kann, ist die, ihrem Volk Kinder zu schenken.«
Joseph Goebbels, Reichspropagandaminister zur Stellung der Frau

Nackt steht Anna vor dem Spiegel im Schlafzimmer,
den Blick nach innen gekehrt. Die Nacht im Keller
steckt ihr noch in den Knochen. Mäusekot, Asseln und
Feuchte. Ihre Hände fahren über die Wangen und Schläfen bis zur Stirn hinauf. Der Riemen der Gasmaske hat
Abdrücke hinterlassen. Annas Glieder sind steif und
schmerzen.

Es hat Bomben geregnet. Britische Bomben. Anna hält
sich die Ohren zu, kneift die Augen zusammen. Das Heulen der Sirenen dringt dennoch zu ihr durch. Auch das
tiefe Dröhnen der Bomber vibriert in ihrem Körper. Sie
friert, hört noch immer das leise Wimmern und Schluchzen der Kinder. Nachbarn murmeln Gebete. Sie ist wieder
unten. Im Keller. Es rumpelt. Zementstaub raucht aus den
Mauerritzen. Flackern, Zischen und Krachen. Schreie aus
der Ferne. Dann plötzlich nichts mehr. Grabesstille.

Anna schlingt die Arme um die Schultern, wiegt sich.
Früher war der Krieg unwirklich und fern. Propaganda.
Bilder von winkenden Soldaten auf der Leinwand im Film-
palast. Fröhliche Männer. Soldaten. Ob sie je zurückkehren? Kommen sie ins Paradies, wenn sie sterben? Und weg-

geschossene Arme und Beine – sind sie im Himmel wieder angewachsen? Anna tastet nach Halt, fühlt die Leere in ihrem Magen, im Kopf und in den Beinen, krallt sich mit den Fingern in das Häkeldeckchen auf dem runden Tisch aus glatt poliertem Kirschholz. Im Garten der Eltern steht ein Kirschbaum. Mit dicken, fast schwarzen Knorpelkirschen. Sie schmecken süß, nach Sommer und unbeschwerten Kindertagen. Wolken verdunkeln das Zimmer. Der Krieg schmeckt bitter, nach Trauer, Eisen und Tod.

Heute ist Anna viel später zur Bäckerei gelaufen als sonst. Hastig, voller Angst. Vorbei an dem Haus, auf das die Trümmer eines abgeschossenen Bombers gefallen sind. Ist stehen geblieben. Mit Gänsehaut am ganzen Körper. Hat gehorcht, was über die Bomben gesagt wird. Hat wie gebannt auf das Haus gestarrt, an dem die Flammen geleckt und schwarze Rußzungen an den Fensteröffnungen hinterlassen haben. Jemand hat Steine und Schutt vom Dach herabgeworfen, dann ist Anna weitergelaufen. An sechs Tagen in der Woche verkauft sie Brot. Früher musste sie bis zum Abend arbeiten, nun aber sind die wenigen Laibe, die noch gebacken werden, vor dem Mittag verkauft. Die Arbeit in der Bäckerei ist nicht das, was sich der Vater als Zukunft für seine Tochter vorgestellt hat, doch die Zeiten sind schlecht, und Anna hat Glück. Eine Bäckerei ist keine Fabrik, und der Duft von frisch Gebackenem erinnert an die Zeit, als das Leben noch leicht war. Ohne Krieg. Ohne Kummer und ohne Sorgen.

Anna stellt sich auf die Zehenspitzen, wippt auf und ab, dreht sich zur Seite. Rechtsherum, linksherum. Mit zusammengezogenen Brauen betrachtet sie ihre festen kleinen Brüste, den flachen Bauch und die breiten Hüften mit den kräftigen kurzen Beinen.

Deine Haut ist so weich, sagt Heinrich, wenn er sich zu ihr legen will. Zart, weiß, beinahe wächsern sieht sie aus, mit rötlichen Sommersprossen auf den Armen.

Wie Schiffsplanken knarrt das Parkett unter Annas Füßen, als sie sich bewegt.

Ihr Becken ist breit. Gebärfreudig, schießt es ihr durch den Kopf. Sie biegt den Rücken zum Hohlkreuz, atmet tief ein und streckt den Bauch so weit wie möglich vor. Sie legt die Rechte darauf und streichelt liebevoll darüber. Ein wehmütiges Lächeln blickt ihr aus dem Spiegel entgegen, dann rinnen die Tränen.

Sie können keine Kinder mehr bekommen, Frau Haeckel, hallt die Stimme des Arztes in ihr wider.

Ihrem Heinrich wird Anna nichts davon sagen. Er wünscht sich so sehnlich einen Sohn. *Für das deutsche Vaterland,* sagt er mit dröhnendem Lachen, aber sie weiß genau, ganz tief drinnen will er das Kind für sich. Will mit ihm ringen und Fußball spielen, will Vater sein und Vorbild. *Zu allen Zeiten bekommen Frauen Kinder. Auch im Krieg,* sagt er. Gerade im Krieg. Kinder sind Hoffnung und Zuversicht. Auf einen Neuanfang, auf Familie und ein Dasein in Frieden.

Anna stürzt zu Boden, weint und schluchzt, bis der Körper, der sich so beharrlich weigert, das ersehnte Leben hervorzubringen, eiskalt und taub ist.

In der vergangenen Nacht hat sie sich vor dem Tod geängstigt, nun aber fürchtet sie das Leben. Ein Leben ohne Kinder, ohne Heinrich, sofern er davon erfährt. Wenn ihn ihr der Krieg nicht ohnehin nimmt.

Die Stimme des Arztes klingt vorwurfsvoll. Das Urteil ist hart, aber die Strafe gerecht, denn Anna hat einen Mord begangen.

Der Geruch der Küche in einem der Hinterhöfe, in die ihre Mutter sie damals gebracht hat, lässt sich mit Waschen nicht vertreiben. Ganz gleich, wie oft sich Anna bis aufs Blut die Haut schrubbt. Mit Kernseife und Wurzelbürste. Der Gestank nach Kohl, Kümmel und Desinfektionsmitteln will einfach nicht weichen.

Du musst es wegmache lasse! Dei Zukunft, du verbaust dir dei Zukunft!

Entsetzen hat in den Augen der Mutter gestanden. Kein anständiger Mann heiratet eine mit Kind.

Heimlich hat sie Anna zur Engelmacherin gebracht. Nur die Sonne hat es gesehen. An Krieg hat damals noch niemand gedacht. An eine große rosige Zukunft haben sie geglaubt. Mit unbemerkt angesparten Münzen, abgezweigt vom kärglichen Haushaltsgeld, hat die Mutter Annas Schande aus der Welt geschafft. Die Erinnerung aber und die Leere sind geblieben.

Annas Vater ahnt nichts vom Kummer seiner Frau und der Not seines Kindes. Er ist ein Ehrenmann, der Literatur liebt und die französische Sprache. Ein Mann mit Prinzipien. Einer, der einen Sohn verdient hätte, aber nur eine Tochter bekommen hat.

Anna will, dass er stolz auf sie ist. Will ihn nicht enttäuschen und tut es doch, wenn sie ihm keinen Enkel schenkt. Immer wieder erinnert er sie daran, fragt und schüttelt den Kopf. Sie ist doch verheiratet, und das lange genug.

Anna hört sich schluchzen.

Du werst noch viele Bobbelscher ham, hat ihr die Mutter versprochen, doch das ist nicht wahr. Gott ist nachtragend und verwehrt ihr das Wunder, ein Kind zu gebären. Einmal hat sie die Schöpfung mit Füßen getreten. Ein zweites Mal wird es nicht geben.

Anna zittert am ganzen Leib. Niemals wird sie den Schmerz vergessen, der sie durchbohrt hat, als die Frau mit dem fettigen Haar und der schmuddeligen Gummischürze ihr den Draht mit schraubenden Bewegungen in den Unterleib geschoben hat.

Anna würgt und schluchzt, droht zu ersticken. Sie bereut, was sie getan hat. Zutiefst und verzweifelt, doch das hilft nicht. Niemals wird sie vergessen, was in der Todesküche geschehen ist. Sie hat nicht hingesehen, als das Kind von den Krämpfen aus ihrem Körper getrieben wurde, doch die Gedanken daran sind immer bei ihr. In ihr. Bei jedem Atemzug. In jedem Traum.

Rot überall. Blut, erinnert sie sich, alles war voller Blut. Sechzehn ist sie damals gewesen. Einfältig und gutgläubig dem Werben des hübschen Klavierlehrers erlegen und ohne zu wissen, wie ihr geschah, plötzlich in anderen Umständen gewesen. Die Mutter hat den Schürzenjäger hinausgeworfen. Zu spät für Annas Jungfräulichkeit, aber gerade noch rechtzeitig, um sie nicht zum Gespött von Bornheim zu machen.

Fast jede Nacht träumt Anna von der Schicksalsküche und dem Kind, das sie nie gesehen, nie in den Armen gehalten hat. In ihrer Vorstellung hat es lockiges Haar, blaue Augen und weiche, samtige Haut.

Verzweifelt trommelt Anna mit den Fäusten auf den knarrenden Boden, rauft sich die Haare und zerrt daran. Sie ist doch noch so jung gewesen.

Bitte, Gott!, fleht sie. Bitte, vergib mir und lass mich Mutter werden!

»Heinrich?« Irgendwann ist Anna zu sich gekommen, hat sich angezogen und das Licht angemacht, weil es dunkel geworden ist. Stundenlang hat sie auf dem Boden gelegen und mit sich gehadert. Sie ist kein schlechter Mensch. Warum sieht Gott das nicht ein?

Den ganzen Tag hat sie gewartet. Nun hört sie den Hausschlüssel klappern. Endlich. Heinrich ist zurück.

»Mein neuer Marschbefehl!«, ruft er in den Flur, wirft das Schreiben auf die Kommode und schließt die Tür. Er kommt ins Schlafzimmer, küsst Anna flüchtig auf die Wange und reißt zwei Schranktüren auf. Im Spiegel der linken Tür dreht sich das Zimmer wie ein Karussell.

»Morgen geht es los!« Er hat den Kopf tief im Schrank. Seine Stimme klingt dumpf, beinahe erstickt. »Warst du beim Arzt?« Er taucht wieder auf, sieht sie fragend an.

Anna nickt. Ihr Innerstes ist kalt und starr. Wie tot.

»Alles in Ordnung?« Er runzelt die Stirn und sieht sich suchend im Zimmer um.

Niemand weiß, wie lange die Soldaten fortbleiben und wer von ihnen lebendig zurückkehrt. Anna zwingt sich zu einem Lächeln. In den letzten Tagen ist ihr oft schlecht gewesen. Heinrich hat darauf bestanden, dass sie zum Arzt geht, und gehofft, dass sie endlich schwanger ist. Anna hat gehorcht, obwohl sie genau gewusst hat, dass dieser Körper ihr den Wunsch nach einem Kind niemals erfüllen wird.

»Alles bestens!« Annas rechtes Augenlid flattert.

»Bist du sicher?« Heinrich klingt besorgt.

Anna schiebt die Wangen zu einem Lächeln nach oben. Es kostet sie Kraft. Viel Kraft. Eine Magenverstimmung, hat der Arzt gesagt, doch Heinrich weiß das nicht. Er wird glauben, dass sie ein Kind erwartet, weil er es glauben will. Soll er ruhig. Anna schluckt. Der Gedanke wird ihm Kraft geben, gesund zu ihr zurückzukehren. Wenigstens das.

Heinrich strahlt sie an, schließt sie in die Arme und wirbelt sie herum. Er jubelt trunken vor Glück und drückt ihr einen dicken, weichen Kuss auf den Mund.

In Annas Bauch rumort es.

Seine grünen Augen leuchten. »Es wird bestimmt ein Bub, du wirst sehen!« Er lässt sie hinunter und verschwindet in der Küche. »Was gibt's zu essen?«

Anna hört den Deckel klappern. »Pellkartoffeln mit Handkäs.« Ihre Antwort kommt ganz leise, dann steigt ihr der Duft von Kümmel in die Nase.

»Ist dir schon wieder übel?« Heinrich kommt ins Zimmer zurück und betrachtet sie mitleidig.

Anna nickt und presst die Hand vor den Mund. Sie möchte schreien und um sich schlagen, als Heinrich ihr tröstend über den Rücken streicht. Doch sie schweigt nur hilflos und lächelt tapfer. Du musst ihm sagen, dass er sich irrt, hämmert ihr das schlechte Gewissen gegen die Schläfen. Sie presst die Fingerspitzen gegen die pochenden Stellen, versucht, einen klaren Gedanken zu fassen und ruhig zu bleiben. Später, denkt sie, ringt nach Atem und versucht die mahnende Stimme in ihrem Kopf zu überhören. Ich sag es ihm später.

Aix-en-Provence, 1. März 1965

Am 1. März 1962 lief der amerikanische Film West Side Story
*mit großem Erfolg in französischen Kinos an. New York in den
Fünfzigern: Tony und Maria verliebten sich ineinander, doch ihre
Zukunft ist ungewiss, denn sie gehören zwei verfeindeten Gangs
an. Die Geschichte von Romeo und Julia, immer und überall
aktuell.*

Wie gebannt betrachtete Marie-Chantal den jungen
Mann an einem der runden Cafétische. Er tippte
mit dem Fuß im Rhythmus des Schlagers, der aus dem
Innenraum des Cafés dudelte. *Vous les copains…*

»Ist das der Boche?«

»Sprich leise und starr nicht so!« Marie-Chantal blitzte
ihre Cousine an, verdeckte mit der Linken den pochenden Hals, auf dem sich rote Flecken bildeten, sobald sie
aufgeregt war, und beugte sich vor. Sie senkte die Stimme
zu einem eindringlichen Flüstern. »Es ist gemein, ihn
Boche zu nennen, er ist nett.« Sie wagte einen kurzen
Blick an ihrer Cousine vorbei. Er saß noch immer mit an-
gewinkelten Beinen da, ein zufriedenes Lächeln auf den
Lippen.

»Frag ihn, wie er heißt! Dann muss ich nicht mehr
Boche sagen oder Fritz.«

»Ich weiß, wie er heißt, aber ich kann es nicht so aussprechen wie er.« Eine leichte Röte überzog Marie-Chantals Gesicht, als sie sich erinnerte. Es hatte ihr partout

nicht gelingen wollen, seinen Namen vernünftig zu wiederholen, als er sich vorgestellt hatte. Vor Scham war ihr ganz heiß geworden, und sie war ins Stottern geraten. Der junge Deutsche hingegen war ganz Kavalier geblieben und hatte sogar behauptet, die Art, wie sie seinen Namen ausspreche, klinge so reizend, dass er nie mehr anders genannt werden wolle. »Mein Vater würde ihn mit noch schlimmeren Schimpfworten bedenken als Boche oder Fritz, und das, bevor er auch nur ein Wort mit ihm gewechselt hätte«, sagte Marie-Chantal in Gedanken und erstarrte, als sich der junge Mann plötzlich aufrichtete. Hatte er ihre Worte etwa gehört? Er streckte sich genüsslich und nickte ihr freundlich lächelnd zu. »Hast du seine Augen gesehen? Sie sind so sanft und voller Wärme! Er sieht überhaupt nicht aus wie ein Deutscher, findest du nicht?« In Filmen waren die Deutschen stets die Bösen. Zackige, halsstarrige Kerle – meist Soldaten. Grausam, kurzhaarig, arisch blond und blauäugig, mit hässlichen Uniformen, glänzenden Stiefeln und schlechten Manieren.

Der Student aber war ganz anders, wohlerzogen und unaufdringlich. Marie-Chantal mochte sogar seinen Akzent, der, wie sie fand, keinerlei Ähnlichkeit mit dem harten Tonfall gebellter Befehle hatte. Nichts an ihm entsprach dem Bild des typischen Deutschen. Nicht einmal sein Haar, das die Farbe von dunklem Schokoladenkuchen hatte, wie es ihn sonntags bei ihren Eltern zum Nachtisch gab. Fast kinnlang und lockig, rebellisch und zugleich weich fiel es ihm bis über die braunen Augen in die Stirn. Er hatte etwas Jungenhaftes, beinahe Lausbübisches an sich, das Marie-Chantal überaus anziehend fand. »Weißt du was?«, flüsterte sie kichernd und sah noch einmal zu ihm hinüber. »Er studiert Jura!«

Marie-Chantals Vater, Maître Jarret, war einer der bedeutendsten *Hommes de robe* von Aix, ein angesehener Staatsanwalt, dessen Meinung Gewicht hatte. Ein leidenschaftlicher Vertreter des Rechts wie einst sein Vater und davor sein Großvater. Auch die Männer in der Familie ihrer Mutter trugen seit Generationen den schwarzen Talar der Rechtsprechung, waren Richter, Anwälte oder Notare gewesen. Es verstand sich darum von selbst, dass auch Marie-Chantal eines Tages einen Mann der Jurisprudenz heiraten würde. Bei dem Gedanken daran hüpfte ihr Blick zu dem jungen Mann hinüber wie einer der neugierigen Spatzen, die unter den Cafétischen saßen. Als er sie anlächelte, flog ihr Spatzenblick auf und davon.

»*Mon dieu, ma chérie,* du bist ja verliebt!« Marie-Chantals Cousine rückte dichter heran. »Und Jean-Claude? Was ist mit ihm?«

»Vater wünscht ihn sich so sehr zum Schwiegersohn, aber ich …« Ihre Väter verband eine tiefe Freundschaft, geprägt von gegenseitigem Respekt und der Leidenschaft für Justitia. Jean-Claude würde einmal ein berühmter Staatsanwalt werden. Darin waren sie sich einig und setzten darum große Hoffnungen in ihn und seine Ehe mit Marie-Chantal. Diese Verbindung, so hatten sie beschlossen, sollte ihre Familien vereinen und ihre Freundschaft über den Tod hinaus besiegeln. »Ich … ich liebe ihn nicht!«, stieß Marie-Chantal hervor.

»Liebe? Aber wer spricht denn von Liebe?« Ihre Cousine lachte auf. »Du sollst ihn heiraten, *ma chérie!* Der Rest kommt irgendwann ganz von selbst.«

»Ach, Lilou, du hörst dich an wie meine Mutter!« Marie-Chantal verzog den Mund zu einer säuerlichen Miene und starrte einen Moment lang ins Nichts. *Du wirst lernen, deinen Gemahl zu lieben, vertrau mir, ich weiß es,* glaubte sie die Mutter zu hören. Doch eine Ehe wie die ihrer Eltern wollte Marie-Chantal auf keinen Fall führen. Niemals. Sie träumte von tiefer, ehrlicher Liebe und gegenseitiger Achtung, nicht von Unterwerfung und innerer Vereinsamung. »Ich weiß, wie es sich anfühlt, wenn man liebt«, sagte sie leise, aber bestimmt. Seit sie das erste Mal mit dem jungen Deutschen gesprochen hatte, schwirrte und surrte es in ihrem Magen, als lebe darin ein ganzer Schwarm Taubenschwänzchen. Doch da war noch mehr. Marie-Chantal blickte ihrer Cousine unverwandt in die Augen. »Was ich für Jean-Claude empfinde, wird Liebe niemals auch nur annähernd ähneln.«

»Vielleicht kribbelt es nicht, aber bei Jean-Claude weißt du wenigstens, woran du bist.« Lilou nahm ihre Hand. »Mit dem Boche ist das anders. Du weißt nichts von ihm. Du begibst dich nicht nur auf gefährliches Terrain, *ma chérie*. Du ziehst auch den Kürzeren, wenn du dich entschließt, dich mit deinem Vater anzulegen und seinen Wunsch in den Wind zu schlagen. Du kennst ihn.« Sie hob die Brauen und schüttelte missbilligend den Kopf. »Außerdem musst du verrückt sein. Jean-Claude sieht blendend aus und wird schon bald ein wohlhabender, erfolgreicher Mann sein. Die Frauen umschwärmen ihn, doch er hat nur Augen für dich. Und da willst du dem armen Kerl einen Korb geben? Bei aller Liebe, für wen hältst du dich?«

»Nimm du ihn doch, du kannst ihn haben!«, gab Marie-Chantal schroff zurück und bereute ihren scharfen Ton umgehend. »Ich meine es ernst! Immerhin bliebe die Verbindung in der Familie.«

»Ach, das ist doch Unsinn!«

Marie-Chantal wusste, dass ihre Cousine schon seit der

zehnten Klasse in Jean-Claude verliebt war, auch wenn sie nie offen darüber gesprochen hatten. »Warum nicht?«, beharrte sie darum.

»Weil *du* ihm versprochen bist. Schlag dir den Boche lieber aus dem Kopf, bevor dein Vater dir denselben kurzerhand abreißt. Und das wird er tun, *ma chère.*« Scheinbar gefasst zog Lilou ein flaches Etui aus ihrer Handtasche, angelte mit Daumen und Zeigefinger der Rechten eine Zigarette heraus und stieß sie mit klopfenden Bewegungen auf das goldfarbene Metall, bevor sie den Filter an die perlrosa schimmernden Lippen führte. Ihre Hand zitterte, als sie die Zigarette anzündete. Sie blies den Rauch in die Luft, offenbar bemüht, mondän zu wirken, und fuhr sich mit der Linken über das toupierte Haar. »Es ist ohnehin zu spät. Dein Vater hat meiner Mutter erzählt, dass er eure Verlobung noch vor Jahresende bekannt geben wird. Seitdem gibt sie keine Ruhe und liegt mir ständig in den Ohren, weil *ich* noch nicht verlobt bin.« Lilou zog erneut an der Zigarette und ließ den Rauch langsam durch die Nase entweichen.

Marie-Chantal nickte. Ihr Vater hatte erst kürzlich angedeutet, dass er zu ihrem Geburtstag im November ein großes Fest auszurichten gedachte. Bei dieser Gelegenheit wollte er seinen Freunden und Kollegen gewiss den künftigen Schwiegersohn präsentieren. Sie räusperte sich. »Vielleicht hast du recht.« Ihre Kehle war so rau, als hätte sie Sandpapier verschluckt. »Jean-Claude wird sicher ein guter Ehemann.« Sie legte ein Lächeln auf, bemüht, sowohl Lilou als auch sich selbst zu täuschen. »Wir werden ein wunderbares großes Haus vor der Stadt und eine Wohnung im Quartier Mazarin haben.« Sie blickte in die Ferne, als sehe sie dort ihre Zukunft. »Und sonntags nach der Kirche essen wir bei meinen Eltern zu Mittag.« Nervös befingerte sie die Perlenkette um ihren Hals. Der sonntägliche Schokoladenkuchen würde sie immer an den jungen Deutschen erinnern. Sie schauderte. »Es ist kühl geworden«, behauptete sie, zerrte die Jacke ihres lavendelfarbenen Twinsets von der Stuhllehne und streifte sie über.

Der junge Mann stand auf.

Marie-Chantal konnte nicht anders, als zu ihm hinüberzusehen. Er zwinkerte ihr lächelnd zu, winkte und schlenderte davon, nicht ohne sich noch einmal nach ihr umzuwenden.

Der Plan ihrer Eltern war wohlüberlegt. Die Ehe mit Jean-Claude würde ihre Zukunft sichern. Du bist deinem Vater Respekt und Gehorsam schuldig, argumentierte ihr Kopf. Musste sie also einwilligen? Oder sollte sie ihrem Herzen folgen und alle Vernunft außer Acht lassen?

»Komm, lass uns gehen!« Marie-Chantal sprang auf, als könne sie so ihrem Schicksal entkommen, legte mit resoluter Geste ein paar Francs auf den Tisch und zog Lilou mit sich fort.

Aix-en-Provence, Dezember 2012

Prix Goncourt 2011 an Alexis Jenni für
L'Art français de la guerre
Prix Médicis 2011 an Mathieu Lindon für
Ce qu'aimer veut dire
Prix Femina étranger 2011 an Francisco Goldman für
Dire son nom
Prix Interallié 2011 an Morgan Sportès für
Tout, tout de suite

Der TGV hatte Paris verlassen und raste gen Süden. Dem besonderen Licht entgegen, das die Provence der Sonne und dem blauen Himmel verdankte. Eric lehnte den Kopf an die kühle Fensterscheibe, während die Landschaft lautlos an ihm vorüberglitt.

Wie sind Sie auf die Idee Ihrer *Geschichte* gekommen? Was hat Sie inspiriert? Hat es Anna wirklich gegeben?, hallten die Fragen der Reporter in ihm nach. Einen der begehrtesten Literaturpreise des Landes hatte man ihm für *Annas Geschichte* verliehen. Für eine Geschichte, die ihn auf ewig verändert und um ein Haar zerstört hatte. Erst nachdem er beschlossen hatte, sie aufzuschreiben und daran zu arbeiten, war er an ihr gewachsen. Er hatte sich entschieden, wer er sein wollte, hatte sein Schicksal angenommen, statt sich davon vernichten zu lassen. Alles im Leben hatte einen Sinn. Davon war er inzwischen überzeugt. Auch die Fehler, die man beging. Wenn man bereute. Zuweilen brauchte es jedoch etwas Zeit und Abstand, um zu begreifen, warum manches so und nicht anders geschah. Geschehen musste. Warum man mitunter diejenigen am ärgsten verletzte, die man am innigsten liebte. Eric schloss die Augen, horchte auf das Rattern des Zuges und erinnerte sich an den Tag, an dem alles begonnen hatte ...

Aix-en-Provence, Oktober 2009

*Am 20. Oktober 1960 wurde die Städtepartnerschaft zwischen
Aix-en-Provence und Tübingen begründet. Der Beginn einer
langen deutsch-französischen Freundschaft...*

Laroche – wegen des Zimmers!«, rief Eric in die Sprechanlage. Das Haus am Ende der Rue du Puits Neuf sollte in den nächsten Tagen sein Rückzugsort sein. *Chambre d'hôte* stand auf dem Messingschild am Eingang des Eckhauses und darunter in verschnörkelten Buchstaben *Chez Babette.* Dann summte es, und die dunkle Eichentür öffnete sich. Eric trat in den düsteren, schmalen Flur. Der Geruch von Kellerfeuchte und Kalkfarbe schlug ihm entgegen. Tomatenfarbene Tonfliesen bedeckten den Boden. Antik. Einige waren lose, ein paar zersprungen, alle anderen recht gut erhalten. Der Fahrstuhl am Ende des Flures – vermutlich in den Siebzigern in das alte Haus eingebaut – besaß nicht den geringsten Anflug von Charme. Eric drückte auf den schwarzen Plastikknopf und wartete. In Paris gab es viele alte Aufzüge. Antiquierte Scherengitter aus Holz und barocke Verzierungen aus Metall entschädigten die Benutzer für eine ruckelnde, langsame Fahrt, bei der ein Stoßgebet nicht schaden konnte. Der Lift in diesem Haus aber hatte nichts Versöhnliches. Die Tür war freudlos braun lackiert und abgestoßen, das schmale Fenster in Augenhöhe gab den Blick auf eine hässliche Aluminiumfalttür frei. Plötzlich krachte und knarrte es, dann schob sich die Falttür zusammen, und ein Klacken hallte durch das Treppenhaus. Nun erst ließ sich die schwere Metalltür öffnen. Eric warf einen Blick in das Innere. Der PVC-Boden war abgeschabt, die Kabine von klaustrophobischer Enge. Neben der Knopfleiste klebte ein wenig schief ein schwarzes Plastikschild mit weißer Aufschrift: *2 personnes 185 kg maximum.* Dick dürfen die zwei nicht sein, dachte Eric und überschlug rasch, wie viel wohl sein Koffer, die Laptoptasche und er selbst auf die Waage brachten, dann drückte er auf den obersten Knopf. »Vierte Etage«, hatte seine Gastgeberin am Telefon gesagt. Der Aufzug endete im dritten Stock. »Die letzte Treppe müssen Sie zu Fuß bewältigen«, hatte sie ihn vorgewarnt.

»Kommen Sie herauf!«, rief eine freundliche Frauenstimme, als Eric die Fahrstuhltür öffnete. Verwundert hob er den Kopf. »Ich sehe Sie im Spiegel!«

Sein Blick wanderte an der Wand neben der gewundenen Treppe entlang und blieb an einem breiten, verschnörkelten Goldrahmen hängen. Er lächelte hinein und nickte.

»Arald?« Elisabeth Maurel starrte ihn verblüfft an, als er am oberen Treppenabsatz angelangt war.

»Eric.« Er lächelte. »Eric Laroche.« Als sie ihn noch immer fixierte, hob er die Brauen. »Wir haben miteinander telefoniert. Ich habe Ihnen einen Scheck geschickt, als Anzahlung…«

»Gewiss doch, Monsieur Laroche, verzeihen Sie meine Unhöflichkeit«, löste sie sich aus ihrer Erstarrung. »Ich war nur überrascht, weil Sie mich an jemanden von früher erinnern…« Ihr Lächeln wirkte unsicher. »Treten Sie doch bitte ein!« Sie machte eine einladende Geste und trat zurück. »Soll ich Ihnen mit dem Gepäck helfen? Mit dem Aktenkoffer vielleicht?« Sie deutete auf seine Laptoptasche.

»O nein! Nein danke, es geht schon.« Eric dachte nicht im Traum daran, sich von einer Dame helfen zu lassen, die seine Mutter hätte sein können.

»Kommen Sie. Ich zeige Ihnen alles.« Sie ging voran. »Die Küche.« Sie deutete in einen kleinen Raum auf der linken Seite und wandte sich nach rechts. »Der Salon, mein Lieblingszimmer.« Sie blieb mit ausgebreiteten Armen stehen. »Er steht meinen Gästen jederzeit zur Verfügung. Auf dem Sofa kann man herrlich entspannen und lesen. Bücher gibt es genug.« Sie wies auf ein deckenhohes Regal, das die gesamte rechte Seite einnahm und eine ganze Reihe sehr alter Bücher beherbergte. Seine Gastgeberin trat auf die große Fensterfront zu. »Sehen Sie nur – die Aussicht über die Dächer der Stadt! Dort hinten liegt die Cathédrale Saint-Sauveur. Ist das nicht herrlich? So romantisch, vor allem bei Dunkelheit, wenn die Lichter der Stadt wie Sterne leuchten. Natürlich dürfen Sie die Terrasse benutzen, wann immer Sie wollen.« Sie zeigte ihm, wie man die Tür mit zwei Handgriffen öffnete. »Aus Ihrem Zimmer ist der Blick übrigens genauso schön.« Sie lächelte. »Kommen Sie!« Eric folgte ihr durch einen schmalen Flur, bis sie vor der dritten Tür auf der linken Seite stehen blieb und ihn noch einmal ungläubig betrachtete. »Erstaunlich, wie ähnlich Sie ihm sehen!«, murmelte sie und drückte die Klinke herunter. »*La chambre lavande.*«

Das Zimmer duftete nach Sauberkeit und Provence. Helle Steinfliesen bedeckten den Boden, von dem sich das Bett mit dem lilablauen Boutis-Überwurf und den passenden Kissen wie ein Lavendelfeld abhob. Ein weiß gekalkter schwerer Holzbalken unter der Zimmerdecke unterstrich die Schönheit des lichtdurchfluteten Raumes. Eric nickte zufrieden, trat ein und stellte Koffer und Laptoptasche ab. Zwischen zwei bodentiefen Fenstern, die den Blick auf die Stadt freigaben, stand ein zierlicher Schreibtisch mit einem gepolsterten Armstuhl. Eric sah sich bereits dort sitzen und seine Gedanken auf Wanderschaft schicken, in der Hoffnung, etwas zu Papier zu bringen.

»Der kleinere Schlüssel passt an der Wohnungstür hier oben und unten für den Hauseingang, der andere ist für Ihr Zimmer.« Madame Maurels Stimme holte ihn in die Realität zurück. Sie reichte ihm eine lavendelfarbene Baumwolltroddel mit zwei Schlüsseln und zeigte ihm das Bad. Marmorfliesen, ein Waschbecken aus schwarzem Granit auf einem schlichten Tisch aus Eichenholz und eine ebenerdige Dusche, über deren strahlend sauberer Glasabtrennung zwei flauschige Handtücher hingen.

»Die Toilette ist selbstverständlich separat.« Sie deutete auf eine wenige Zentimeter geöffnete Schiebetür.

»Wirklich schön, genau wie auf Ihrer Internetseite!«

»Mein Sohn hat sie gemacht. Er ist sehr geschickt in solchen Dingen.« Als sie lächelte, stellte Eric fest, dass er sie mochte. »Charles ist Ingenieur und hat nicht viel Zeit.« Sie lächelte stumpf. »Er tut für mich, was er kann. Leider sehe ich ihn viel zu selten, obwohl er in Marseille wohnt.« Nachdenklich zupfte sie den Bettüberwurf zurecht, der nicht die kleinste Falte warf. »Im Bad finden Sie übrigens Duschgel, Shampoo, Seife und Körperlotion, außerdem einen Föhn und einen Kamm. Wenn Sie noch etwas benötigen, weitere Handtücher, eine Kopfschmerztablette oder Zahnpasta, dann sagen Sie es bitte. Ich habe alles da.« Sie sah ihm noch einmal in die Augen, als forsche sie darin nach etwas Bestimmtem. »Sie besuchen Ihre Familie?«

Erics Nacken versteifte sich. »Nein.« Seine Antwort fiel zu knapp aus, um freundlich zu klingen. »Meine Frau und ich haben beschlossen, in Kürze in die Gegend zu ziehen«, erklärte er mit rauer Stimme. Plötzlich hatte er den Duft von Catous langem braunem Haar in der Nase. Blütenshampoo. Wohlige Wärme durchströmte ihn. Er war nicht allein. Er hatte seine Frau und die Kinder. Und natürlich seine Adoptiveltern. Neben fünf eigenen Kindern hatten sie noch drei weitere angenommen. Er war nicht allein. War nicht verlassen worden und nie allein gewesen. Er war geliebt worden und wurde es noch immer. Nicht nur die Adoptiveltern, auch seine leiblichen Eltern hatten ihn gewollt. Seine Mutter hatte ihn nicht fortgegeben, weil sie seiner überdrüssig gewesen war. Auch war sie nicht etwa unfähig gewesen, ein Kind großzuziehen. Sie war gestorben, genau wie sein Vater. Bei einem Autounfall, den Eric – damals noch ein Säugling – als Einziger überlebt hatte. Das Kinderwagenoberteil, in dem er gelegen hatte, war beim Aufprall des Lastwagens gekippt und hatte sich in dem völlig zusammengestauchten Auto so glücklich verkeilt, dass Eric, im Gegensatz zu seinen Eltern, die durch die Windschutzscheibe katapultiert worden waren, nicht mehr als ein paar blaue Flecken und eine Fleischwunde davongetragen hatte. Während sie ihr Leben gelassen hatten, erinnerte ihn nur noch eine leicht wulstige Narbe auf der Brust an das schreckliche Ereignis.

Ein Wunder hatten es seine Adoptiveltern genannt.

»Für junge Familien ist die Stadt ideal, nicht zu groß und nicht zu klein. Man ist schnell am Meer, und auch kulturell gibt es hier ein großes Angebot. Sie haben doch Kinder?«

Eric war noch in Gedanken und brauchte einen Augenblick für die Antwort. »Zwei«, sagte er dann. »Thomas, er ist elf und ein rechter Frechdachs, und Agathe. Sie ist sechs, fast sieben, hat ein Gesicht wie ein Engel und weiß genau, wie sie mit ihrem Charme alle um den kleinen Finger wickeln kann.«

»Ich habe leider nur den einen Sohn, und der hat es zu meinem Leidwesen überhaupt nicht eilig, mich zur Großmutter zu machen. Ich fürchte gar, es wird nie mehr etwas daraus. Er ist fast vierzig und hat noch immer nicht die richtige Frau gefunden, um eine Familie zu gründen. Er ist einfach zu wählerisch.«

Eric wusste nicht, was er dazu sagen sollte. Vielleicht war ihr Sohn in der Tat zu anspruchsvoll, oder aber er hatte womöglich einen Freund, und sie wollte es nicht wahrhaben. Einem Freund von Catou war es so ergangen. Ganz gleich, wie selbstverständlich er seinen Freund als den Mann an seiner Seite vorgestellt hatte, seine Eltern hatten es schlichtweg ignoriert und stets nur von seinem Kollegen gesprochen.

»Frühstück bekommen Sie, wann immer Sie mögen. Sagen Sie einfach nur Bescheid.« Sie öffnete die Zimmertür. »Ich lasse Sie jetzt in Ruhe. Sie wollen sicher gleich auspacken. Oder kann ich noch etwas für Sie tun?« Sie trat auf den Flur hinaus.

»Haben Sie vielleicht einen Tipp, wo ich heute zu Abend essen könnte?« Eric legte die Hand auf den Magen. Das Sandwich im Zug war matschig und nicht sehr schmackhaft gewesen.

»Aber sicher, Monsieur! Ich kann Ihnen ein paar sehr nette Restaurants empfehlen. Für Gäste, die es wünschen, biete ich für gewöhnlich auch ein Menü an. Mit Wein und Kaffee kostet es zwanzig Euro. Ich muss nur rechtzeitig wissen, wenn Sie essen wollen. Für heute ist es jedoch leider zu spät. Ich habe noch etwas vor und beim besten Willen keine Zeit zum Einkaufen mehr. Wenn Ihnen allerdings ein *apéritif dinatoire* reicht, sind Sie herzlich eingeladen. Ich habe immer Oliven im Haus, etwas Tapenade, Käse und andere Kleinigkeiten. Dazu frisches Baguette und ein Glas Wein ...«

Sie blickte ihn so erwartungsvoll an, dass Eric die Einladung ohne Zögern annahm. »Danke, sehr gern! Allein zu essen, finde ich schrecklich, muss ich gestehen.«

»Das geht mir genauso! Sagen Sie mir nur morgens Bescheid, wenn Sie abends essen wollen, damit ich auf den Markt gehen kann. Und heute Abend ...« Sie legte den Kopf schräg und überlegte kurz. »*Apéro* gegen acht?«

»Gern.« Eric sah auf seine Uhr. Catou hatte sie ihm zur Veröffentlichung seines ersten Romans geschenkt. Er war zwar nur mäßig erfolgreich gewesen, hatte Eric jedoch den lang gehegten Traum erfüllt und ihn zum Schriftsteller gemacht. »Ich habe noch einen Termin bei einem Makler. Ist es weit bis zum Cours Mirabeau?«

»Nein. Wann müssen Sie dort sein?«

»Um fünf.«

Madame Maurel warf einen kurzen Blick auf die Kaminuhr, die auf der o-beinigen Kommode im Flur stand. »Keine Sorge, das schaffen Sie spielend. Ich erkläre Ihnen den Weg und gebe Ihnen eine kleine Straßenkarte mit.« Aus der obersten Schublade holte sie eine Mappe mit Prospekten. »Die Stadt wird Ihnen ganz sicher gefallen. Sie wären nicht der erste Pariser, der sich unsterblich in Aix verliebt.«

»Ich bin zwar in der Nähe von Paris aufgewachsen, aber ich bin hier geboren«, wandte Eric ein.

Auf Madame Maurels Stirn bildete sich eine kleine Falte. Eric nahm den Stadtplan, den sie ihm reichte, ließ sich den Weg zeigen und verabschiedete sich. Auspacken würde er später.

Ohne Gepäck brauchte er den Fahrstuhl nicht. Mit raschen Schritten lief er die flachen, unterschiedlich breiten Stufen nach unten, strauchelte zweimal, weil ihm das Muster der sechseckigen *Tomettes* vor den Augen verschwamm, und tappte einmal um ein Haar ins Leere. Seine Schritte hallten durch das spärlich beleuchtete Treppenhaus. Im Erdgeschoss angekommen, achtete er darauf, weder die losen noch die zerbrochenen Fliesen zu betreten, und drückte auf den Knopf gleich neben dem Eingang. *Porte* hatte jemand mit krakeligen Buchstaben auf einen Zettel geschrieben und mit einem Stück Pflaster neben den Drücker geklebt. Vermutlich ein Arzt. Eric schmunzelte. Catou reparierte so ziemlich alles mit Pflaster. Er zog an dem Messinggriff und trat auf die Straße. Die Tür fiel mit einem satten Ton hinter ihm ins Schloss. Ein herrliches Gefühl von Freiheit erfüllte ihn. Nach wenigen Schritten bog er nach rechts ab und schlenderte leichtfüßig die Straße entlang. Einmal wechselte er kurz auf die Fahrbahn, um einem älteren Passanten auszuweichen, sprang jedoch rasch wieder auf den hohen Bordstein, damit er nicht von einem der Autos erfasst wurde, die durch die schmale Straße rasten. An der nächsten Ecke bog er erneut ab. Hier, in der Rue Boulegon, fuhren keine Autos. Eric genoss die Wärme der Herbstsonne und die milde Luft, die noch immer diesen staubigen Sommergeruch hatte, obwohl es bereits Oktober war. In Paris regnet es sicher, dachte er und ließ den Blick über die malerischen ocker- und beigefarbenen, zum Teil stark verwitterten Fassaden der schmalen, hohen Häuser wandern. In das Antiquariat zu seiner Rechten schien seit Jahren niemand mehr einen Fuß gesetzt zu haben, was Eric angesichts der vergilbten, staubigen Bücher im lieblos gestalteten Fenster nicht weiter verwunderte. Ein Stück weiter hingen bunte Tücher vor den Boutiquen und wehten in der Herbstbrise wie Standarten. Aus dem Münzwaschsalon roch es nach billigem Waschpulver, und vor dem Friseur rauchten zwei stark geschminkte junge Leute, bei denen Eric nicht sicher war, ob es sich um Männer oder Frauen handelte. Das Bonbongeschäft, an dem er als Nächstes vorbeikam, verströmte einen süßlichen Duft nach Lakritz und Honig. Eric schloss für einen Moment die Augen.

»Können Sie nicht aufpassen?«, rief jemand hinter ihm. Erschrocken fuhr er herum. Ein junger Mann auf einem Fahrrad hatte einen waghalsigen Schlenker gemacht, um ihn nicht über den Haufen zu fahren. Er schlingerte gefährlich und fluchte.

»*Excusez-moi!*«, rief Eric ihm entschuldigend nach.

Der junge Mann wandte sich erstaunt um und lachte plötzlich. »Na, dann schönen Tag noch!« Er hob die Hand zum Gruß und radelte davon.

Das herrliche Wetter und der cézanneblaue Himmel weckten ein ungeahntes Glücksgefühl in Eric.

Auf der Place de la Mairie lungerte eine Gruppe Clochards herum. Eine Frau mit teilrasiertem Schädel, zahllosen Piercings und aufdringlicher Stimme, zwei jüngere, etwas verloren wirkende Burschen und ein älterer Mann mit tätowierten Buchstaben auf den Fingern. Lautstark kommentierten sie das spielerische Balgen der beiden jungen Schäferhunde, die zu ihrer Gemeinschaft gehörten, rauchten, tranken Wein aus Flaschen und bettelten die Pas-

santen um Geld, Restaurantschecks oder Zigaretten an.
Nur ein paar Meter weiter, in der Mitte des Platzes, spielte
eine junge Frau irische Weisen auf der Geige und stampfte
mit dem Fuß den Takt dazu. Eric gefiel die fröhliche Musik.
Er sah auf die Uhr. Viertel nach vier erst. Es blieb also noch
Zeit, um einen *p'ti noir* zu trinken. Eric fand einen freien
Platz und setzte sich.

»Monsieur?« Der Garçon nahm das leere Glas vom
Tisch, stellte es gelangweilt auf sein Tablett und wischte
mit einem schmuddeligen Lappen über die von Sonne
und Regen verwitterte Tischplatte. Er wartete auf Erics
Bestellung, ohne ihn anzusehen, und nickte, als ihm ein
Mädchen zuwinkte. »Um acht hab ich Schluss, hol mich
ab!«, rief er ihr zu.

»Einen Kaffee bitte.«

»Ein Kaffee«, wiederholte der Garçon blasiert und stelzte
zum nächsten Tisch.

Eric lehnte sich zurück, genoss die Musik, die Wärme
und das Nichtstun.

Zwei blonde Kinder, ein Junge von vielleicht vier und
ein Mädchen von höchstens zwei Jahren, liefen jauchzend
über den Platz. Die Art, wie sie miteinander umgingen,
die äußere Ähnlichkeit, vor allem aber die Arglosigkeit des
kleinen Mädchens legten die Vermutung nahe, dass die
beiden Geschwister waren. Der Junge war nicht grob, nur
tollpatschig. Bei dem Versuch, zu der Musik zu tanzen, riss
er das Mädchen immer wieder um. Ohne zu weinen, stand
die Kleine wieder auf, rieb sich die Hände an der Hose
sauber, fuhr sich über ihren verschwitzten Kopf und lief zu
ihm zurück. Der Junge fasste erneut nach ihren Händchen
und drehte sie mit tapsigen Schritten im Kreis.

Nicht weit von den beiden entfernt jagte ein zweiter

Junge kreuz und quer über den Platz. Er war ein wenig älter als die beiden und dunkelhaarig. Beherzt schreckte er die Tauben auf, die unter den Tischen der Cafés nach Essbarem suchten, lachte, wenn sie auf der Flucht vor ihm in die Höhe flatterten, und nahm sofort den nächsten Vogel aufs Korn.

Eric ergötzte sich an dem idyllischen Bild der spielenden Kinder, bis eine Gruppe japanischer Touristen seine Aufmerksamkeit erregte. Die Damen – alle um die fünfzig und älter – trugen breitkrempige Hüte, um ihre helle Haut vor der Sonne zu schützen. Zwei von ihnen hatten zudem noch Regenschirme aufgespannt. Am Zeitungskiosk neben dem Brunnen inspizierten sie Ansichtskarten, verglichen, kicherten, wählten aus und bezahlten schließlich.

Vielleicht sollte ich auch eine Karte kaufen, für Catou und die Kinder … Erics Blick fiel auf ein paar Studenten, die sich ausgelassen am Rand des leise plätschernden Brunnens niederließen. Sie flirteten und spritzten einander nass.

Als sein Kaffee kam, klappte Eric den Stadtplan auf und las:

> *Aix-en-Provence, die Stadt des Wassers und der Kunst, ist der historische Regierungssitz der Provence. Mit dem TGV erreicht man Paris in drei, Lyon in eineinhalb Stunden. Aix-en-Provence ist eine über die Grenzen Frankreichs hinaus beliebte Universitätsstadt mit fast vierzigtausend Studenten.*

Bei gut einhundertvierzigtausend Einwohnern war das eine beachtliche Anzahl.

Eric trank seinen Kaffee aus. Er hatte in Paris studiert.

Literatur und Philosophie. Didier, ein verrückter Studienkollege, hatte ihm Catou vorgestellt. Sie hatten weder gemeinsame Bekannte noch gleiche Interessen oder Treffpunkte gehabt. Eric runzelte die Stirn. Ohne Didier hätte er seine Frau vermutlich niemals kennengelernt. Oder wäre er ihr auch begegnet, wenn der Freund sich nicht als Amor betätigt hätte? War es Schicksal, dass er sie geheiratet hatte? Eric seufzte. Ihre Wege hätten sich gekreuzt. Ganz sicher. Wie und wo auch immer. Sie gehörte zu ihm, davon war er überzeugt.

Aix hatte Maler, Musiker, Dichter und Denker inspiriert. Hier leben und schreiben zu können, musste großartig sein. Ein Prickeln wie von Champagner durchströmte ihn. Der Süden würde ihm eine neue Richtung weisen. Er würde ausgetretene Pfade verlassen, freier und kühner werden … Er warf einen Blick auf seine Uhr. Viertel vor fünf. Er hatte noch ein Stück zu gehen, also legte er eine Zwei-Euro-Münze auf den kleinen weinroten Plastikuntersetzer, unter dem der Kassenbon lag, stand auf und schlenderte über den Platz.

Zwei elegante Damen mit Papiertüten, auf denen *Blanc Bleu*, *Weibel* und *Di Micheli* stand, gingen an ihm vorbei. Sie diskutierten darüber, wo sich abseits des Schlussverkaufs die größten Preisnachlässe verhandeln ließen und in welcher Boutique der Champagner am besten schmeckte.

In dem schmalen Straßenstück links von der *Halle aux Grains* überließ sich Eric der Menschenmenge und gelangte auf den kleinen Marktplatz gleich hinter dem Gebäude. Hier, so stand es auf der Karte, wurden jeden Morgen Obst, Gemüse, Fisch und Käse verkauft, während am Nachmittag Tische und Stühle von den umliegenden Cafés aufgestellt wurden. Fast alle Sitzplätze waren belegt.

Aix la vivante!
Das Leben in Aix-en-Provence pulsiert in der kleinsten Ecke.
Menschen jeden Alters und unterschiedlichster Herkunft
besuchen unsere geschichtsträchtige Stadt. Musiker beleben
die Plätze, Touristen bestaunen die alten Herrenhäuser, ihre
Fassaden und Türen mit dem Charme längst vergangener
Zeit. Engländer lieben Aix ebenso wie Amerikaner, Japaner,
Chinesen, Russen, Schweizer, Holländer, Skandinavier und
Deutsche.

Ein leichtes Zucken umspielte Erics Mund, als er an den Text von Madame Maurels Homepage dachte.

Die Deutschen waren unschwer an den Socken, den Sandalen und den wenig koketten Frauen an ihrer Seite zu erkennen. Zu Erics Leidwesen traf man sie überall an. In Paris ebenso wie an den Stränden der Bretagne, in der Provence, an der Côte d'Azur, in den Alpen und in Biarritz. Nicht einmal in den Weinbergen der Bourgogne war man vor ihnen sicher. Aber nicht nur Frankreich überfielen sie wie eine Heuschreckenplage, sobald die Ferien begannen. Nein, die Deutschen waren berüchtigt dafür, Hotels, Strände und Campingplätze in der ganzen Welt zu belagern. Und natürlich Liegestühle! Schon kurz nach Sonnenaufgang, so hörte man, platzierten sie ihre Handtücher. Eric schnaubte verächtlich. Deutschland war wohlhabend, doch es konnte nicht viel zu bieten haben, wenn die Deutschen im Urlaub so entschlossen ins Ausland abwanderten. Aus Krimis wie *Derrick* und *Der Alte* oder aus Seifenopern wie der *Schwarzwaldklinik*, die tagsüber im französischen Fernsehen liefen, hatte er ein deutliches Bild vom Nachbarn: Spießer, Pfennigfuchser und Hinterwäldler. Frankreich dagegen! Frankreich hatte alles, was das Herz begehrte: verführerische Frauen, die schönste Stadt der Welt und Hauptstadt der Liebe, herrliche Strände zum Baden und Angeln, Berge zum Skifahren und Wandern, hervorragenden Wein und zahllose kulinarische Köstlichkeiten, dazu Kunst, Kultur und Geschichte. Selbst wer unbedingt fremdländisches Flair genießen wollte, musste Frankreich nicht den Rücken kehren. Die Überseedepartements boten genug Exotik, und das auf französischem Hoheitsgebiet.

Frankreich war großartig, und Eric stolz, Franzose zu sein.

Nicht nur von den Deutschen hielt er wenig. Italiener waren ihm zu laut, Nordländer – vor allem die Frauen – zu groß und grobschlächtig, Chinesen zu viele und Russen zu neureich. Amerikaner fand er überheblich, weshalb er sie seinerseits mit Herablassung bedachte. Zudem war Amerika geschichtlich und kulturell gesehen Brachland. Wolkenkratzer bis in den Himmel und endlos lange Brücken ersetzten schließlich weder Burgen noch Schlösser. Selfmade-Millionäre, Filmsternchen und Popstars konnten mit dem Erbe von Philosophen, großen Feldherren und Künstlern nicht konkurrieren. Selbst das Wahrzeichen ihres Landes, die Freiheitsstatue, hatten die Amerikaner von den Franzosen bekommen. Auch zu England hatte Eric wie die meisten seiner Landsleute nicht das beste Verhältnis. Wenngleich die *Rosbifs,* wie er sie zuweilen insgeheim nannte, durchaus eine geschichtsträchtige Vergangenheit und zugegebenermaßen recht imposante Überbleibsel davon aufzuweisen hatten, so vermochte ihre Insel jedoch nicht annähernd mit Frankreich mitzuhalten. Ihr Wein taugte so wenig wie das britische Wetter, und das Essen war bekanntermaßen ungenießbar. Eric sog stolz die laue Luft ein. Frankreich atmete Geschichte und *savoir vivre*, und die Touristen liebten es genau wie er. Zufrieden wanderte er weiter durch die immer stärker bevölkerten Gassen, drängte sich durch eine Horde von Menschen, deren Kreuzfahrtschiff vermutlich in Marseille vor Anker lag. Er betrachtete sie mit einer Mischung aus Mitleid und Geringschätzung. Eine Schafherde, die blökend ihrem Schäfer folgte, der mit einer Kelle in der hochgestreckten Hand herumwedelte. Kleine runde Aufkleber auf ihren Hemden und T-Shirts etikettierten sie wie Schlachtvieh. Als Eric den Cours Mirabeau erreichte, versöhnte ihn die Schönheit des Spiels aus Licht und Schatten, mit dem die Platanen Bilder wie aus vergangenen Zeiten auf das Pflaster malten.

Ein Blick in die Vitrinen der Immobilienmakler aber holte ihn in die Gegenwart zurück. »Fast so teuer wie Paris«, brummte er. Die Sonne und den türkisblauen Himmel ließ man sich hier teuer bezahlen. Doch Catou und die Kinder würden die Stadt lieben. Und er, das spürte er ganz deutlich, würde hier endlich ebenjene schöpferische Höchstleistung erbringen, die er schon so lange anstrebte.

Um kurz nach acht saß Eric bei Madame Maurel im Salon, trank Rosé und aß Brot mit *tapenade noire*, schwarzer Olivenpaste.

»Ich habe morgen Vormittag zwei Besichtigungstermine«, erzählte er kauend und verdeckte den Mund mit der Hand.

»Was suchen Sie? Ein Haus mit Pool außerhalb, eine Wohnung mit Garten am Stadtrand oder lieber etwas mitten im Zentrum? Sie müssen den Ziegenkäse probieren!« Madame Maurel reichte ihm den Brotkorb, deutete auf den Käseteller und schnitt sich ein Eckchen ab. »Schmeckt hervorragend mit einem Hauch Feigenkonfitüre.« Sie nahm einen Löffel von dem bernsteinfarbenen, körnigen Mus und tupfte einen Klecks davon auf den Käse.

Eric lächelte und streckte sich voller Behagen in dem bequemen Sessel aus. »Schmeckt wie Urlaub, der Wein, die Oliven …« Er seufzte zufrieden und nahm sich Brot und Käse. »Ein Haus mit Pool …« *Rosé à la Rose* stand auf dem Etikett des Weines, aber er schmeckte gar nicht nach Rosen. »Ein Haus mit Pool wäre nicht schlecht, vor allem für die Kinder. Ich sehe mir morgen zwei Objekte an. Eins in Chateauneuf le Rouge und eins in Ven… Ventabren.« Er sah Madame Maurel fragend an. »Was halten Sie davon? Ich meine von dem Ort.«

»Von Ventabren?« Sie sprach es anders aus als er. »Es steckt nicht umsonst das Wort *vent* darin, denn Wind gibt es dort oben mehr als genug. Für meinen Geschmack zu viel. Die Straßen im alten Teil des Dorfes sind steil und sehr malerisch. Ein schöner Ort zum Heiraten.« Sie klang nachdenklich. »Aber zum Wohnen?«

»Und Chateauneuf?«

Sie hob wenig begeistert die Schultern. »Fragen Sie mich lieber nicht nach den Orten in der Umgebung. Ich bin ein Stadtmensch, müssen Sie wissen. Ich genieße es, aus meiner Wohnung in das pralle Leben der Stadt einzutauchen, ohne Auto, ohne Verkehrsstress.«

Eric erinnerte sich an das Gefühl von Freiheit, das er am Nachmittag empfunden hatte, und nickte voller Verständnis.

»Für Kinder ist ein Pool natürlich etwas Tolles.«

»Agathe kann noch nicht schwimmen, aber …«

Seine Gastgeberin winkte ab und lachte. »Ein Sommer,

und Sie kriegen sie nicht mehr aus dem Wasser. Dann wachsen ihr Schwimmhäute zwischen den Fingern.« Sie goss ihm Wein nach. »Und Ihre Frau? Was ist mit Ihrer Frau? Freut sie sich auf Aix? War sie schon einmal hier?«

Eric nickte lachend. »Ja und nein. Sie freut sich, aber sie war noch nie hier. Catherine ist Ärztin. Bisher an einem großen Pariser Klinikum. Sie wollte sich immer niederlassen und wird diesen Plan nun endlich in die Tat umsetzen.«

»Ärztin! Das ist ja großartig. Allgemeinmedizin, Augen, Zähne? Ich könnte eine Runderneuerung gebrauchen.« Madame Maurel lachte.

»Oh, da muss ich Sie enttäuschen, Madame, sie ist Kinderärztin.« Eric kicherte beschwipst und prostete ihr zu.

»Sagen Sie Babette!« Sie hob ihr Glas.

»Eric! Catou ist eine Seele von Mensch, sie wird Ihnen gefallen.«

»Oh, da bin ich sicher, Eric! Hat sie schon eine Praxis in Aix gefunden, oder müssen Sie danach ebenfalls suchen?«

»Sie hat eine Praxis in Aussicht. Ein Freund ihres Vaters … ihr Patenonkel. Er will sich nächstes Jahr zur Ruhe setzen und schon jetzt ein wenig kürzertreten. Sie wird bei ihm einsteigen und später die Praxis übernehmen.«

»Das klingt großartig.«

»Ja, in der Tat.« Er setzte sein Weinglas ab und schwieg einen Augenblick. »Catherine hat im vergangenen Frühjahr ihren Vater verloren.«

»Das tut mir leid.«

»Sie ist in ein tiefes Loch gestürzt«, sagte er nachdenklich. »Am Tag der Beerdigung hat sie ihren Patenonkel zum ersten Mal nach vielen Jahren wiedergesehen, und ein paar Tage später hat er ihr vorgeschlagen, die anstren-

gende Arbeit im Krankenhaus gegen eine weniger zermür-
bende Tätigkeit einzutauschen. Mit seinem *Accent du midi*
hat er sie zum ersten Mal wieder zum Lachen gebracht.«
Eric atmete tief durch. Er hatte all die Wochen vergeblich
versucht, Catou zu trösten. »Der Gedanke an einen Orts-
wechsel hat ihr neuen Mut geschenkt. Sie behandelt Kinder, die dem Tod geweiht sind. Jeden Kampf zu verlieren,
ist hart, und Catou gelangte dadurch in den letzten Jahren
zu oft an ihre Grenzen. Sie schaffte es nicht, ihre Arbeit im
Krankenhaus zurückzulassen, und nahm die Probleme
immer häufiger mit nach Hause. Irgendwann konnte sie
die wenige freie Zeit mit der Familie kaum noch genießen.
Sie lachte immer seltener, und wenn wieder einmal ein
Kind starb, zog sie sich völlig zurück. Nur ihrem Vater gelang es dann, sie wieder aufzurichten.«

Babette Maurel war eine Fremde, und doch strahlte sie
so viel Herzlichkeit und Wärme aus, dass es Eric nicht
schwerfiel, ihr einzugestehen, wie hilflos er sich gefühlt
hatte. »Nach dem Tod ihres Vaters arbeitete Catherine
einen ganzen Monat lang nicht. Nichts hatte mehr Bedeutung für sie. Alles, was noch zählte, waren die Trauerfeier
und seine Beerdigung.« Er holte tief Luft. »Mein Schwie-
gervater und ich hatten eine merkwürdige Beziehung.
Einerseits war ich für ihn der Mann, der ihm die geliebte
Tochter genommen hatte, andererseits war ich der Vater
seiner Enkel, und die vergötterte er. Besonders Agathe.«
Eric trank einen Schluck Wein. »Es wäre ungerecht zu
behaupten, er hätte mich nicht gemocht, aber ich war
nicht der Mann, den er sich für seine Tochter gewünscht
hatte. Arzt hätte ich sein sollen und ein starker, entschlos-
sener Mann, so wie er selbst. Kein sensibler Schreiberling,
wie er mich zuweilen ein wenig mokant nannte.«

41

»Sie sind Schriftsteller?« Babette legte Eric eine Hand auf den Arm. »Was schreiben Sie? Haben Sie veröffentlicht? Ich muss mir die Titel notieren und gleich morgen zu Goulard gehen.« Sie sprang auf, um Zettel und Stift zu holen. »Das ist ja so spannend!«

»Ich habe zwei Romane veröffentlicht, und hin und wieder arbeite ich für eine Literaturzeitschrift.« Sein Schreiben hatte noch nie jemanden ernsthaft interessiert.

Babette schrieb sich die Titel auf. »Und zurzeit?« Sie betrachtete ihn voller Bewunderung. »Woran arbeiten Sie, wenn ich fragen darf?« Sie errötete wie ein junges Mädchen. »Bitte, weisen Sie mich zurecht, wenn ich zu indiskret bin!«

»Nicht doch, nein.« Eric lächelte. Die meisten Menschen, denen er begegnete und von seinem Schreiben erzählte, vertrauten ihm entweder an, dass sie ebenfalls schrieben, wenn auch bisher unveröffentlicht, oder dass sie immer schon vorhatten, später, wenn sie in Rente gingen, ein Buch zu verfassen. Ihre Memoiren oder einen Krimi. Der Rest sagte nur *Ah ja*, nickte und wechselte das Thema. Eric freute sich über die Nachfrage, auch wenn mit ihrer Beantwortung das Thema Schreiben vermutlich abgehakt war. »Ich strebe danach, mich weiterzuentwickeln. Als Autor, aber auch als Mensch, verstehen Sie?« Mit dieser Antwort hoffte er die Klippe ihrer Frage zu umschiffen. Seit einiger Zeit befand er sich in einer schweren Schaffenskrise. Babette aber hing an seinen Lippen und nickte ihm ermunternd zu. »Ich möchte Neues versuchen, vertraute Pfade verlassen«, fuhr Eric mutiger fort. »Schreiben ist mehr, als Worte zu Texten zusammenzufügen. Man muss sein Innerstes erforschen, Gedanken sammeln, Einfälle vertiefen. Das ist harte Arbeit und oft schmerzhaft. Und dennoch ist es eine Arbeit, die niemand sieht. Nicht einmal die eigene Ehefrau, selbst wenn sie behauptet, sie habe volles Verständnis dafür. Auch die Kinder sehen sie nicht. Solange Papa zur Stelle ist, wenn sie ihn brauchen, ist es ihnen gleich, womit er sich beschäftigt. Für sie sieht es ohnehin so aus, als sitze er nur herum. Auch Freunde und Bekannte verkennen die wahre Arbeit des Schriftstellers. Sie ahnen nichts von der inneren Zerrissenheit, von dem Drang nach Wissen und der Angst vor der eigenen Unzulänglichkeit. Wer den ganzen Tag zu Hause hockt, hat Zeit, denken sie. Und für die Nachbarn bin ich nicht mehr als der Hausmann, der einkaufen geht, die Kinder zur Schule bringt und wieder abholt, der kocht, putzt und die Wäsche wäscht«, sprudelte es aus ihm heraus. »Und obwohl alle durchaus freundlich zu mir sind, spüre ich ihre Geringschätzung wie Messerstiche. Ja, wenn ich etwas vorzuweisen hätte. Einen Preis, Filmverträge ...« Er schüttelte den Kopf. »Vermutlich brächte auch das nicht viel Anerkennung. Ich sehe ihre Blicke, auch die von Catherines Kollegen im Krankenhaus. Man bedauert die Ärmste – eine intelligente, begabte Medizinerin –, die mit solch einem Faulpelz verheiratet ist. An manchen Tagen schäme ich mich, weil ich kaum zwei Sätze oder auch gar nichts zu Papier bringe. Ich verschweige es, verberge meinen Kummer hinter einer arroganten Miene und denke, ich hätte lieber Anwalt werden sollen ...«

»Anwalt? Warum ausgerechnet Anwalt?« Babette musterte ihn erstaunt.

»Nun ja, Arzt wäre nichts für mich gewesen.« Eric lachte nervös. »Ich kann zwar über Blut schreiben, wenn es sein muss, nur seinen Anblick ertragen kann ich nicht. Ich werde auf der Stelle ohnmächtig.« Er lächelte entschuldigend. »Ein Banker muss mit Zahlen umgehen können, das ist mir ebenfalls nicht gegeben. Aber ein bewegendes Plädoyer halten, das könnte ich sicher hinbekommen.« Eric lächelte gequält. »Und einen Hang zur Dramatik habe ich auch.« Er scharrte mit dem Fuß über die schönen alten Cottofliesen. Sein neues Projekt war seit Monaten nicht vorangekommen, und eine beängstigende Hilflosigkeit drohte ihn von innen heraus zu verschlingen. Nicht nur Catou brauchte den Süden. »Ein Mann muss seine Familie ernähren können, so hat man uns erzogen, Catherine genau wie mich. Aber einem mittelmäßig begabten Schriftsteller wie mir gelingt das nicht. Würde meine Frau nicht für unseren Lebensunterhalt sorgen, müsste meine Familie hungern. Ich schäme mich deshalb und fürchte, ihr zuweilen peinlich zu sein. Keine idealen Voraussetzungen für geniale Inspiration, nicht wahr? Catou gäbe nie zu, dass sie enttäuscht ist. Im Gegenteil. Sie behauptet stets, sie sei stolz auf mich. Doch wie das?« Er lachte verzweifelt auf. »Sagen Sie mir, worauf sie stolz sein könnte, Babette! Auf zwei Bücher, von denen in mehreren Jahren nicht mehr als zehntausend Exemplare verkauft wurden?« Er schüttelte verzagt den Kopf. »Dass wir gut leben können, verdanken wir Catherines Einkommen. Und dass wir in Betracht ziehen, uns demnächst vielleicht ein Haus mit Pool zu kaufen, ist dem Erbe zu verdanken, das ihr Vater ihr hinterlassen hat. Ich bin nur ein Statist in diesem Leben.«

»Nicht doch, Eric!« Babette legte ihm erneut vertraulich eine Hand auf den Arm. »Aix ist ein guter Ort für Künstler. Auch Sie wird die Muse hier küssen. Abgesehen davon, was Sie hier in der Zukunft noch schreiben werden, sollten Sie stolz auf Ihre bisherigen Bücher sein. Zehntausend Exemplare haben Sie verkauft? Das finde ich großartig. Überlegen Sie doch nur, wie viele Menschen Sie mit Ihren Werken erreichen konnten!«

Eric spürte, dass sie ihn nicht einfach nur aufmuntern wollte, sondern von ihren Worten überzeugt war.

Frankfurt, 1. November 1941

Am 11. November 1941 geht ein Deportationszug mit 1042 Juden von Frankfurt nach Minsk ab. Nur zehn von ihnen überleben den Holocaust.

Anna ist blass. Spitzmäusig würde ihr Vater sagen. Die Augen von dunklen Schatten umgeben, die Wangen eingefallen. Mitten in der Nacht ist sie hochgeschreckt. Soldaten sind die Treppen heraufgestürmt. Wo Juden wohnen, sind Hausdurchsuchungen an der Tagesordnung. Trotzdem wird sich Anna nie daran gewöhnen.

Anfang der Dreißiger haben die ersten arischen Mieter gekündigt. Es schickt sich nicht mehr, mit Juden unter einem Dach zu leben, doch das Haus gehört Ruth, sie hat es von ihren Eltern geerbt. Frei gewordene Wohnungen werden darum nur noch von Juden bezogen. Inzwischen sind Anna und Heinrich die einzigen Arier im Haus. »Nicht mehr lange«, sagt Heinrich, und vermutlich hat er recht. Es sind schwierige Zeiten. Alles ändert sich. Überall werden Juden denunziert und vorgeladen, verhaftet oder verschleppt. Ein paar Häuser weiter haben sie Judenhäuser eingerichtet, in denen immer mehr Juden aus ganz Frankfurt untergebracht werden.

Die Liebermanns aus dem ersten Stock sind schon achtunddreißig nach Amerika gegangen. Kurz danach haben Frau Klein und Herr Becher die beiden Mansardenwohnungen Richtung Frankreich und Schweiz verlassen. Die

Zwillinge von Familie Fischbach, Max und Charlotte, wurden mit einem Kindertransport nach England gebracht, die Eltern sind im Haus wohnen geblieben. Ein halbes Jahr später sind die Seidels aus dem zweiten nach Holland gegangen, und wenige Monate später sind die Bernsteins, die ihre Wohnung übernommen hatten, nach Australien ausgewandert. Sie alle wollten der Schikane entrinnen, wollten studieren oder arbeiten. Vor allem aber hatten sie Angst um ihr Leben und die Zukunft ihrer Kinder. Deutschland zu verlassen, wird von Tag zu Tag schwieriger. Juden, die seit Generationen Deutsche sind, glauben fest daran, dass ihnen nichts geschehen wird. Auch Ruth und Lion Stern haben lange darauf vertraut. Immerhin ist Ruths Vater im letzten Krieg Soldat gewesen. Wie viele andere Juden hat er für sein Vaterland gekämpft und auf dem Schlachtfeld sein Leben gelassen.

Ruth und Lion Stern aber bangen allmählich um ihre Sicherheit.

Stern. Ein Seufzer entfährt Anna. Welch unglücklicher Name in diesen Tagen! Seit fast drei Monaten besagt eine Polizeiverordnung, dass Juden nicht mehr ohne den gelben Stern auf ihrer Kleidung aus dem Haus gehen dürfen. Männer, Frauen und Kinder ab sieben Jahren müssen ihn auf der linken Seite ihrer Mäntel und Jacken tragen. Ihn zu verdecken, ist bei Strafe verboten.

Dass Ruth Jüdin ist, war für Anna nie von Bedeutung. Sie kennen sich aus Kindertagen. Annas Großmutter hat ihr ganzes Leben in diesem Haus verbracht, und als sie gestorben ist, kurz nach Annas Hochzeit, haben die Jungvermählten nicht lange gezögert und die Wohnung im Parterre übernommen. Anna liebt die Wohnung. Jeder Topf, jedes Möbelstück, sogar die Häkeldeckchen, Bilder und Porzellanfiguren auf dem Büfett, alles befindet sich noch immer an seinem angestammten Platz. Auch das Ehebett, in dem die Großmutter gestorben ist. Zuerst war es ein wenig unheimlich, darin zu liegen und Heinrich zu lieben. Nun aber schenkt das Bett Geborgenheit, wenn Anna allein ist. Anna kleidet sich an. Sie will nach oben gehen, zu Ruth. Sie tritt auf den Flur, horcht, wie sie es immer tut, schließt die Tür und steigt die Treppe hinauf.

Seit neun Jahren sind Ruth und Lion verheiratet. Erst vor Kurzem hat Ruth angedeutet, dass sie wohl doch fortgehen werden, wenn es denn noch möglich ist. Aus Angst um die Kinder. Zwei Jungen, Daniel und Noah, und ein Mädchen, das Käthchen. Die Buben sind acht und fünfeinhalb, liebenswerte Jungen, wohlerzogen und dennoch lebhaft. Das Käthchen ist drei. Es hat seidige Locken und dunkle, ausdrucksvolle Augen. Anna mag das kleine Mädchen ganz besonders gern. Ein glucksendes Lachen vom Käthchen, und sie vergisst allen Schmerz. Die Trauer um ihr totes Kind und den Kummer, dass sie niemals Mutter werden wird.

Das Käthchen ist ihr Sonnenschein.

Als Anna im obersten Stock ankommt und klingeln will, wird die Tür aufgerissen.

»Anna!« Lion sieht sie müde an. »Guten Morgen.«

Anna lächelt ihn an. Zu mehr kommt sie nicht. Das Käthchen steht schon neben ihr, zupft sie am Rock und streckt die Arme aus.

Anna bückt sich, hebt das Käthchen hoch und küsst es auf die Wange.

»Anna! Anna!« Daniel stürmt auf sie zu. »Gehst du mit uns in den Park? Noah und ich wollen Fußball spielen.«

»Ruth macht gerade die Betten. Geh nur rein, Anna, ich

muss los.« Lion eilt an ihr vorbei und die Treppe hinunter. In diesem Krieg werden Juden nicht zum Militärdienst zugelassen. Sie werden zur Zwangsarbeit verpflichtet. Auch Lion. Dabei hat er noch Glück, dass er zu Hause schlafen kann.

Mit dem Käthchen auf dem Arm betritt Anna die Wohnung und schließt die Tür. »Ruth?«

»Im Kinderschlafzimmer!«

Die Sterns sind die einzige jüdische Familie im Haus, die keine Untermieter hat.

Im Flur knarren die Dielen wie bei Anna im Erdgeschoss. Das Käthchen hockt wie ein Äffchen auf Annas Hüfte, dreht seine Löckchen um den Zeigefinger und nuckelt zufrieden am Daumen.

Ein Seufzer entfährt Anna.

Seit einem Monat denkt Heinrich, dass sie guter Hoffnung ist. Er hat ihr geschrieben, voller Vorfreude auf einen Sohn. Anna hat seinen Brief beantwortet, hat versucht, ihm die Wahrheit zu gestehen, zu erklären, warum sie gelogen hat. Doch statt ihn abzuschicken, hat sie den Brief zerknüllt und fortgeworfen. Jeden Tag schwört sie sich: Wenn er heimkehrt, wird sie ihm die Wahrheit sagen. Aber wird sie das wirklich tun? Wird sie tatsächlich wagen, ihn so zu enttäuschen und ihn womöglich doch noch zu verlieren?

»Anna!« Ruth richtet sich auf und legt die Hand ins Kreuz, ein entrücktes Lächeln auf dem Gesicht.

Ein Stich durchfährt Annas Herz, lässt es krampfen. Das Mutterglück ist der Freundin nur zu deutlich anzusehen. Anna wankt, dann fasst sie sich. »Wann ist es so weit?«

»Ende Mai, sagt der Arzt, aber wenn es so ungeduldig ist wie das Käthchen, dann kommt es wohl früher.« Ruth lacht. Sie ahnt nichts von Annas Kummer, weiß weder von dem getöteten Kind noch von der Lüge, die Heinrich Hoffnung macht. Ein stilles Leuchten geht von ihr aus.

Anna hasst Ruth plötzlich für ihre Fruchtbarkeit. Ein unbändiger Zorn steigt in ihr auf, hilflose, rasende, brennende und stumme Wut. Warum bekommt so eine wie die ihr viertes Kind, und sie mit ihrem gebärfreudigen Becken wird niemals eines auf die Welt bringen? Anna setzt das Käthchen ab, obwohl es sich wehrt. Sie muss sich bemühen, Haltung zu bewahren. Fürchtet zusammenzubrechen und schämt sich für ihre Gedanken. Sie darf sich keine Blöße geben. Ehern steht sie da. »Ich kann heute nicht mit den Kindern in den Park.« Ihre Stimme klingt spröde wie Glas.

Ruth traut sich schon seit Monaten nicht mehr aus dem Haus. Sie fürchtet sich auf der Straße. Zweimal wurde sie bereits von HJ-Bengeln in kurzen Hosen in die Gosse gestoßen. Also geht Anna mit den Kindern spazieren. Sie braucht sich nicht zu fürchten. Ihr Mann ist Soldat, sie ist Arierin.

»Du bist ja plötzlich ganz blass, Anna. Geht es dir nicht gut?« Ruth mustert die Freundin besorgt. »Du wirst doch nicht krank werden?«

Anna schüttelt den Kopf. Ihr Herz ist hart wie Stein.

»Warum gehst du nicht mit uns in den Park?«, will Daniel wissen.

Anna antwortet nicht. Es gibt kein Gesetz, das ihr vorschreibt, mit den Kindern spazieren zu gehen. Im Gegenteil, es ist nicht ungefährlich. Zwar müssen Kinder unter sieben Jahren keinen Judenstern tragen, doch Daniel ist schon acht. Zum Glück ist er klein für sein Alter, denn in Annas Begleitung zieht er stets eine Jacke ohne Stern an.

»Bitte, Anna, bitte, bitte!«, bettelt Noah. Das Käthchen nimmt den Daumen aus dem Mund. »Bitte, bitte!«, stimmt es ein, lacht und klatscht wie der Bruder in die kleinen Hände.

»Bitte, Anna, bitte!«

»Heute nicht!«, antwortet Anna barsch und wendet sich ab. Die Eifersucht auf Ruths Schwangerschaft zieht ihr die Eingeweide zusammen. »Vielleicht morgen«, murmelt sie und läuft davon. Flieht vor Ruth und ihrem fruchtbaren Leib. Flieht vor sich selbst und dem Neid, der sie beschämt. Sie stürmt die Treppe hinunter und steckt mit zitternder Hand den Schlüssel ins Schloss. Hastig schlägt sie die Tür hinter sich zu, steht noch lange schwer atmend da. Die Augen zugekniffen, den Rücken fest an das schützende dunkle Holz gepresst. Es dauert eine ganze Weile, bis sie ruhiger wird. Sie kann das Bild von Ruth mit der Hand im Rücken einfach nicht verdrängen.

Bei den anderen Schwangerschaften ihrer Freundin hat Anna noch Hoffnung gehabt. Nun aber …

Anna atmet tief durch, löst sich aus ihrer Erstarrung. Bedächtigen Schrittes geht sie ins Schlafzimmer, stellt sich vor den Spiegel und betrachtet das Bild der unglücklichen jungen Frau, die keine Kinder bekommen wird. Plötzlich presst sie die Hand in den Rücken, wie Ruth es getan hat, streckt sich und verzieht das Gesicht, als hätte sie Schmerzen. »Ende Mai«, sagt sie. »Das Kind kommt Ende Mai.«

Aix-en-Provence, 1. Juli 1965

*Am 1. Juli 1965 eröffnete Gabriel Carbonell, der im Waisenhaus
La Charité aufgewachsen war und sich 1944 mit nur siebzehn
Jahren der Résistance gegen die deutschen Besatzer angeschlossen
hatte, die Bar Chez Gaby. Er starb im Juni 2001. Das Chez Gaby
gibt es noch immer.*

Komm schnell, Lilou, wir fahren zur Sainte-Victoire!
Die Jungs wollen uns filmen.« Marie-Chantal lehnte
sich aus dem aufgerollten Dach der grünen Ente und winkte
ihrer Cousine zum Fenster hinauf. »Alain hat sich eine
Schmalfilmkamera besorgt, und ich hab einen Picknickkorb mit Leckereien und eine Flasche Rosé aus dem Keller
meines Vaters dabei.« Sie lachte und warf den Kopf in den
Nacken. »Dieser Sommer wird der schönste in meinem ganzen Leben!«, rief sie übermütig. »Los, beeil dich!«

»Ja, ja, ich komme schon!«, rief ihre Cousine, als Alain
provozierend den Motor aufheulen ließ. Sie schlug das
Fenster zu, lief mit den Schuhen in der Hand und nackten
Füßen aus dem Haus, ließ die Tür hinter sich ins Schloss
fallen und schlüpfte leicht strauchelnd in ihre hochhacki-
gen Pumps. »Woher hast du die Kamera?«, fragte sie Alain,
öffnete die Fahrertür und küsste ihn auf beide Wangen.
Dann tänzelte sie um das Auto herum, riss die Beifahrertür
auf und kniete sich auf den Vordersitz.

»Na, ihr Turteltäubchen?« Sie blickte in den Fond des
Wagens und lachte.

»Da bist du ja endlich!«, murrte Marie-Chantal und streckte sich, um ihre Cousine mit Küsschen zu begrüßen.

»*Alors, le Boche!*« Lilou grinste den jungen Deutschen an und küsste auch ihn auf beide Wangen.

»Kannst du nicht Harald sagen, wie alle anderen auch?« Er wirkte gekränkt.

Marie-Chantal wusste, dass er sich schämte, Deutscher zu sein. Dass er viel lieber Franzose gewesen wäre und sich darum besondere Mühe gab, Sprache und Kultur des Landes bis ins kleinste Detail zu erlernen. Und obwohl seine Aussprache ihn noch immer entlarvte, hatte er doch mehr Ahnung von französischer Literatur und Geschichte als die meisten ihrer Kommilitonen. Sie strich ihm tröstend über den Arm und musterte ihre Cousine mit zusammengezogenen Brauen, weil sie es einfach nicht lassen konnte, ihn Boche zu nennen.

»Wärst du so freundlich und könntest dein überaus wohlgeformtes Hinterteil auf den Sitz schwingen, damit wir endlich losfahren können?«, plänkelte Alain und gab Lilou, die Gunst des Augenblicks nutzend, einen kleinen Klaps darauf. Dass sie ihn mit einem vernichtenden Blick strafte, beachtete er nicht. »Die Kamera gehört meinem alten Herrn, aber er benutzt sie nie. Also habe ich einen Film besorgt, um eure überirdische Schönheit für die Ewigkeit festzuhalten«, sagte er stattdessen.

»Du übertreibst wie immer!« Sie puffte ihm in die Rippen.

»Was denn? Auf den Film passen fast zwanzig Minuten eures Lebens. Ist das etwa nichts?«

Alain sei kein Mann zum Heiraten, behauptete Lilou stets. Sein Vater war Metzger und verdiente gutes Geld mit den fünf Geschäften, die er über die gesamte Stadt verteilt

53

besaß. Dennoch waren er und sein Sohn alles andere als standesgemäß. Zum Zeitvertreib aber, so meinte Lilou, taugte er allemal. Alain war charmant und witzig. Er machte keinen Hehl daraus, wie sehr er Lilou verehrte, und flirtete nach allen Regeln der Kunst mit ihr, wenngleich er wissen musste, dass er nicht die geringste Chance hatte, sie eines Tages für sich gewinnen zu können. Er brachte Lilou zum Lachen, und zum Dank dafür verdrehte sie dem armen Kerl immer wieder aufs Neue den Kopf.

»Ja, ja, schon gut!«, rief Lilou, als es hinter ihnen plötzlich hupte. »Wir sind bereits unterwegs!« Sie bedachte Alain mit einem aufreizenden Blick, ließ sich auf den Beifahrersitz fallen und schlug die Beine so übereinander, dass ihr schmaler Rock bis weit über die Knie hochrutschte. Dann klappte sie die Sonnenblende herunter und blinzelte in den kleinen Spiegel. »Luft holen!«, rief sie vorwurfsvoll und kicherte, als Marie-Chantal rot anlief und für einen kurzen Augenblick von Harald abließ. »Wenn euch jemand sieht!«

Sie verließen die Stadt in Richtung Sainte-Victoire, und schon nach einer halben Stunde hatten sie den Fuß des Berges erreicht. Sie stellten das Auto ab, denn von hier aus war es nicht mehr weit bis zu einem hübschen, von zwei Pinien beschatteten Fleckchen, das für ein Picknick wie geschaffen war. Der schmale, sandige Pfad stieg zum Glück nicht allzu steil an, denn weder Marie-Chantal noch Lilou trugen die richtigen Schuhe für eine Bergwanderung. Obwohl die Hitze flirrte, tänzelte und hüpfte Lilou, während Marie-Chantal und Harald den Weg Arm in Arm zurücklegten.

»He, seht mal her!« Alain hatte seine Kamera herausgeholt und begonnen, Lilou zu filmen. Nun schwenkte er zu Marie-Chantal und Harald hinüber. Sie lachten, zogen alberne Fratzen und küssten sich.

»Nur Bilder, kein Ton?«, vergewisserte sich Harald.

»Kein Ton, mein Freund, wir sind ja nicht im Kino, du kannst Krach machen, so viel du willst, deine Kinder werden es nicht hören, wenn wir ihnen den Film später vorführen.« Alain musste die Stimme gegen den aufböenden Wind erheben.

»Na dann!« Harald küsste Marie-Chantal laut schmatzend.

»Ich bitte dich! Wenn unsere Kinder den Film sehen sollen, müssen wir seriös wirken!«, rief Marie-Chantal ihn scheinbar ernst zur Ordnung, reckte den Kopf und tat überaus vornehm. Sie streckte Lilou den Arm entgegen. »Würden Sie mich zu unserem Picknickplatz begleiten, Gnädigste?«

Lilou knickste gekünstelt und hakte sich ein. »Gewiss doch, liebste Base! Ob uns die Herren ein wenig Gesellschaft leisten?« Als Alain mit der Kamera an sie herantrat, klimperte sie verführerisch mit den Wimpern. Er schwirrte um die beiden Mädchen herum, filmte sie und schwenkte dann zu Harald hinüber, der mit dem böigen Mistral kämpfte und die mitgebrachte kleine Decke ordentlich auf dem Boden auszubreiten versuchte. Damit die Damen manierlich Platz nehmen konnten, wie er sagte. Marie-Chantal und Lilou packten den Picknickkorb aus, präsentierten der Kamera Kuchen, Käse und Brot und schmuggelten die Flasche Wein dazwischen.

»Wegen der Kinder filmst du die lieber nicht!«, kicherte Marie-Chantal.

Lilou lachte übermütig. »Mir ist es gleich, ich will sowieso nicht heiraten.«

55

»Und wenn du Jean-Claude bekommst?«, raunte ihr Marie-Chantal zu.

»Dann ändere ich meine Meinung und werde die glücklichste Ehefrau der ganzen Provence«, zischte Lilou ihr ins Ohr. »Aber dazu wird es nicht kommen.« Sie lachte aufreizend. »Wirst du wohl aufhören, in meinen Ausschnitt zu filmen!«, rief sie empört, als ihr Alain zu nahe kam.

»Aber das hab ich doch gar nicht…«, begehrte er auf und verzog scheinbar gekränkt den Mund. »Auch wenn ich nur allzu gern einen Blick riskieren würde, dein Dekolleté ist definitiv zu klein.« Alain zog den Kopf ein, als Lilou zu einem freundschaftlichen Schlag ausholte, tauchte unter ihrem Arm durch und rannte davon. Er ließ die Kamera laufen, um zu dokumentieren, dass sie ihn mit drohend erhobener Faust und grimmigem Blick verfolgte. »Sei doch wieder lieb mit mir!«, bat er schließlich honigsüß. »Nimm dir ein Beispiel an den beiden!« Er schwenkte zu Marie-Chantal und Harald hinüber, die eng umschlungen auf der Picknickdecke lagen.

»Schnäbeln wie unsere Turteltauben, das hättest du wohl gern.«

Alain pirschte sich an die beiden Verliebten heran und klopfte Harald auf die Schulter. »He, mein deutscher Freund, wink doch mal!«

Harald kam der Aufforderung nach und zog eine Grimasse. Dann wedelte er Alain davon. »Geh und film lieber Lilou!«

»Jawohl, mein General!«, erwiderte Alain und schlug die Hacken zusammen.

Aix-en-Provence, Oktober 2009

Jedes Jahr im Oktober findet in Aix-en-Provence La Fête du Livre statt, das Fest des Buches. 2005 war es Günter Grass, dem deutschen Autor und Nobelpreisträger für Literatur, gewidmet.

Es war bereits fünf Uhr Nachmittag, als Eric von seiner Besichtigungstour mit der Maklerin zurückkehrte. Weder das Haus in Châteauneuf le Rouge noch das in Ventabren hatte ihm wirklich gefallen. Eigentlich waren beide ganz hübsch gewesen, aber definitiv zu abgelegen. Vor allem das Haus in Ventabren. Es befand sich nicht etwa im alten Ortskern, unweit einer Bäckerei und einem Metzger, sondern mitten im Nirgendwo, nur über einen Schotterweg von gut eineinhalb Kilometern zu erreichen. Alle Grundstücke waren riesengroß, die Nachbarn ringsum weit entfernt. Zu weit für Erics Geschmack. Nicht einmal Straßenlaternen gab es. Er konnte sich gut vorstellen, wie ungern Catherine bei Dunkelheit zu dem Haus hinauffahren würde. Keinen Schritt könnten die Kinder von dort aus allein tun, nicht einmal, wenn sie älter wären. Statt sie mit dem Bus fahren zu lassen, müsste man sie ständig herumchauffieren. »Kaufen Sie Ihrem Sohn doch später ein Mofa!«, hatte die Maklerin vorgeschlagen, doch ein Mofa oder einen Motorroller würde keins der Kinder bekommen. Niemals. Darüber waren sich Catherine und er schon einig gewesen, bevor die Kinder überhaupt geboren waren. Es blieb also keine andere Wahl, als näher an

57

die Stadt heranzuziehen. In Paris war man lange Wege gewöhnt, und die öffentlichen Verkehrsmittel waren darauf abgestimmt. Hier in der Provinz aber suchten er und seine Familie mehr Freizeit und Lebensqualität und nicht den gleichen Stress wie in Paris oder gar noch mehr. Eric holte den Schlüssel mit der lavendelfarbenen Troddel aus der Tasche, schloss die schwere Eichentür auf und stieg die Treppe hinauf.

»Eric!« Seine Gastgeberin hob ihre Tasse, als er die Wohnung betrat. »Ich habe mir gerade einen Tee gemacht. Möchten Sie auch einen?«

»O ja, furchtbar gern, danke!« Eric sank auf einem der Sessel nieder. Die Maklerin hatte ohne Unterlass geplappert, und er war nicht dazu gekommen, seine Gedanken zu ordnen und sich darüber klar zu werden, welche Vorstellungen von einem neuen Zuhause er eigentlich hatte. Vielleicht ist es doch besser, im Zentrum zu leben, so wie hier, dachte er. Babettes Wohnung mutete ihm wie eine paradiesische Insel im tosenden Ozean der Stadt an. Andererseits hätten die Kinder mitten in Aix weder Garten noch Pool.

»Zucker?« Babette reichte ihm eine Tasse und nahm wieder auf dem Sofa Platz, auf dem sie gesessen und offenbar gelesen hatte.

»Nein danke.« Eric warf einen kurzen Blick auf das Buch, das neben ihr lag. Es war eins jener sandfarbenen Gallimard-Exemplare, die als einzige Zierde einen schmalen schwarz-roten Rahmen aufwiesen. Der Titel in roten Lettern sprang auf diese Weise deutlich hervor, während der Autorenname in kleineren, beinahe schüchtern wirkenden schwarzen Buchstaben gehalten war. Das Buch seiner berühmten Kollegin war Anfang des letzten Jahres erschienen. Eric hatte es gekauft, um sich inspirieren zu lassen.

Doch es hatte ihm weder Antworten auf die Fragen zum Schreiben gegeben, die ihn tagein, tagaus quälten, noch hatte es ihm einen Weg aus seiner tiefen Sinnkrise aufgezeigt. Ja, es hatte ihm nicht einmal gefallen. Da die Autorin jedoch als eine der großen Literatinnen des Landes galt, war er umso enttäuschter gewesen.

»Gefällt es Ihnen?«

»Ehrlich gesagt bin ich noch unsicher.« Babette nahm das Buch zur Hand und betrachtete es grüblerisch. »Ich habe in meinem Leben viel gelesen«, sagte sie schließlich. »Meist habe ich mich gut unterhalten, manchmal war ich fasziniert oder auch nachdenklich. Gelangweilt habe ich mich bislang nur selten.« Sie hob beinahe entschuldigend die Schultern und lächelte. »So richtig warm werde ich mit dem Roman nicht.«

Eric nickte. Babettes Ehrlichkeit in Anbetracht der Berühmtheit der Autorin gefiel ihm. Schließlich konnte sie nicht ahnen, dass er weder den Schreibstil seiner Kollegin mochte noch ihre hochnäsige Art. Er war ihr schon mehrfach begegnet, hatte vor Jahren an der Uni eine ihrer Vorlesungen über Literatur besucht und hin und wieder mit ihr gesprochen. Vor einem guten Jahr war er ihr bei einem gesellschaftlichen Anlass offiziell vorgestellt worden. Wiedererkannt hatte sie ihn nicht, ihn aber, als sie vernahm, dass er ebenfalls Schriftsteller war, mit einem herablassenden Blick bedacht, den er niemals vergessen würde. »Ich habe noch nie etwas von Ihnen gehört, junger Mann.« Mit einem blasierten Zug um den Mund hatte sie sich abgewandt und ihn zutiefst gedemütigt stehen gelassen.

»Jetzt müssen Sie aber endlich erzählen, wie Ihre Besichtigungen verlaufen sind, Eric«, sagte Babette und riss ihn aus seinen Erinnerungen.

»Die Häuser waren recht komfortabel, aber ich sehe uns nicht darin. Ich bin ziemlich verunsichert, kenne ich doch die Stadt und das Leben hier viel zu wenig, um zu wissen, wonach genau ich suchen soll. Vielleicht wäre es doch besser, erst etwas zu mieten und sich später in Ruhe umzusehen.«

»Sicher haben Sie recht, Eric. Lassen Sie sich Zeit, Sie werden sehen, irgendwann ergibt sich das Richtige für Sie und Ihre Familie. Heute Abend aber sollten Sie Ihren Aufenthalt in Aix erst einmal genießen und sich ein wenig Abwechslung gönnen. Sie werden sehen, wie gut Ihnen das tut.«

Eric sah sie fragend an. »Heute Abend?«

»Die Vernissage!«

»O ja, richtig, die Vernissage!« Eric hatte nach drei Gläsern Wein am Vorabend ein wenig voreilig zugesagt, seine Gastgeberin zur Eröffnung einer Fotoausstellung zu begleiten. Der Künstler war ein Freund von ihr. Eric unterdrückte einen Seufzer. Eigentlich hatte er keine Lust, noch einmal aus dem Haus zu gehen, andererseits hatte er es versprochen und wollte Babette nicht enttäuschen. »Sicher wird es ein interessanter Abend. Fotos, auf denen Menschen abgelichtet sind, finde ich sehr inspirierend, weil man sie darauf ganz in Ruhe betrachten kann. Auf der Straße tut man das besser nicht.« Er lachte auf. »Man kann Fremde schließlich nicht einfach angaffen. Zumindest nicht, ohne rot zu werden, eifersüchtige Ehemänner in Rage zu versetzen oder unsittliche Anträge von zweifelhaften Damen zu bekommen.«

Babette lachte auf. »Ich freue mich, dass Sie so gut gelaunt sind und mich begleiten, Eric. Das weiß ich sehr zu schätzen, zumal Ihr Tag sicher anstrengend war. Ich verspreche auch, dass wir uns nicht allzu lange in der Galerie aufhalten. Zum Essen sind wir zurück. Ich habe eine Daube vorgekocht. Mit Stierfleisch aus der Camargue und einem herrlich kräftigen Rotwein in der Sauce. Dazu gibt es Nudeln, das ist unkompliziert und schmeckt göttlich.« Sie verdrehte genussvoll die Augen und stand auf.»Ich ziehe mich schnell um, dann gehen wir.«

»Gut, ich springe nur noch rasch unter die Dusche. Fünf Minuten, mehr brauche ich nicht.« Eric stand auf und nahm die beiden Teetassen, um sie in die Küche zu tragen. Den Anflug eines Protestes vonseiten seiner Gastgeberin tat er ab.»Nicht doch! Ich bin in einer großen Familie aufgewachsen, da musste jeder mit anpacken. Geh nie mit leeren Händen raus!, hat meine Mutter immer gesagt. Das geht einem in Fleisch und Blut über, und irgendwann kann man nicht mehr anders.«

»Sie sind ein Schatz, Eric.« Babette betrachtete ihn mit geradezu mütterlicher Zärtlichkeit.

Die Galerie, in der die Vernissage stattfand, erreichten sie zu Fuß in einer knappen Viertelstunde. Ein weiterer Vorteil vom Wohnen in der Stadt, dachte Eric und sog zufrieden die milde Herbstluft ein.

»Strahlend schön, wie immer!« Der Künstler betrachtete Babette verzückt und küsste sie auf beide Wangen.

Eric war fasziniert von dem erotischen Knistern, das für wenige Sekunden zwischen den beiden hin- und hersprang, und ungläubig, beinahe enttäuscht, als es vorüber war.

»Agnès, Liebling!«, rief der Fotograf eine Spur zu jovial, als eine platinblonde große Frau Anfang vierzig zielstrebig auf ihn zustelzte.

61

Er sieht aus, als fühle er sich ertappt. Wie ein Kind, das mit dem Nachbarshund spielt, obwohl die Mutter es verboten hat, dachte Eric amüsiert.

»*Bonsoir*, Babette!«, sagte die Frau, die Eric an Brigitte Nielsen erinnerte, beugte sich herab und küsste die Besucherin mit spitzen Lippen auf die Wangen. Dem giftigen Blick nach zu urteilen, mit dem sie sogleich wieder entschwand, schien sie trotz des Altersunterschieds von fast zwanzig Jahren eine durchaus ernst zu nehmende Konkurrentin in Babette zu sehen. Kein Wunder, dachte Eric, es fehlt ihr an Klasse. Der Fotograf war ihm sympathisch, doch eine so aufgedonnerte Frau wollte nicht recht zu ihm passen. Babette dagegen, die noch immer bei ihm stand, sah aus, als gehöre sie zu ihm. Sie war unauffällig, aber elegant gekleidet und hatte die Grazie einer Dame aus gutem Haus.

»Eric, darf ich Ihnen den Künstler vorstellen ... Das ist mein wundervoller alter Freund Alain Chabert.«

»Die Betonung dabei liegt auf *alt*«, frotzelte Chabert, zeigte auf sein vollkommen ergrautes Haar und zwinkerte Eric zu. »Sehr erfreut.«

»Ebenfalls.« Eric schüttelte die Hand des Künstlers und nickte. »Laroche, Eric Laroche.«

»Erstaunlich, wirklich erstaunlich«, murmelte Chabert und warf Babette einen ungläubigen Blick zu, bevor er sich wieder an Eric wandte, dessen Hand er noch immer festhielt. »Babette hat mir erzählt, dass Sie Schriftsteller sind und nach Aix ziehen werden.«

Eric nickte und war erleichtert, als Chabert seine Hand endlich freigab.

»Meine Frau ...«, wollte Chabert ihm die Blonde vorstellen, »... ist offenbar schon wieder verschwunden.« Er lachte verlegen. »Jacques!«, rief er dann in die Menge und winkte einen Mann herbei. »Ein guter Freund«, erklärte er Eric und stellte die beiden Männer einander vor. »Jacques Pellegrin, Maler und Poet. Seine Gemälde sind so wunderbar bunt, voller Energie und Lebensfreude, eine wahre Augenweide.«

Eric reichte dem Künstler die Hand. »Laroche, sehr erfreut.« Pellegrins funkelnde Augen waren von plissierten Lachfältchen umrahmt.

»Eric ist Schriftsteller«, erklärte Chabert. Es klang, als wären sie seit Jahren befreundet.

»Schriftsteller!« Pellegrin schien erfreut. »Worüber schreiben Sie?«

Noch bevor Eric antworten konnte, unterbrach ihn Chabert. »Entschuldigen Sie uns bitte, Eric! Ich muss Ihnen Jacques entführen und einem Galeristen aus London vorstellen. Bitte, sehen Sie sich doch inzwischen um!« Er machte eine weit ausholende Bewegung.

»Danke, gern.«

Babette unterhielt sich, also trat Eric allein auf eines der Exponate zu und betrachtete es genauer.

»Unglaublich, diese Ähnlichkeit!«, hörte er Chabert im Vorübergehen zu Babette sagen. »Weiß er, wer …?« Seine Stimme verlor sich im allgemeinen Stimmengewirr. Nur einige Wortfetzen erreichten noch Erics Ohr. »Du scheinst so sicher, dass er … Du musst es ihm sagen. Oder glaubst du, es ist Zufall …?«

»Rotwein?« Die platinblonde Künstlergattin stand plötzlich neben Eric und hielt ihm ein Glas entgegen.

»Nein danke.« Er winkte ab und beobachtete Chabert, der inzwischen mit Pellegrin und einem weiteren Mann ins Gespräch vertieft war.

63

Pikiert zog sie die Hand zurück. »Sie kennen die Werke meines Mannes bereits.« Ihre raue Stimme klang so entschieden, dass Eric nicht zuzugeben wagte, noch nie von ihm gehört zu haben.

»Sicher, ich habe erst kürzlich über ihn gelesen«, behauptete er und hoffte, nicht näher befragt zu werden. Zum Glück verzog sie jedoch nur frostig das Gesicht und rauschte davon.

Eric wandte sich wieder den Fotografien zu.

Die Ausstellung war offenbar dem Altern gewidmet. Chabert hatte vor zehn, zwanzig, dreißig, ja zum Teil vor über vierzig Jahren Objekte und Tiere, vor allem aber Menschen fotografiert und die gleichen Motive immer wieder abgelichtet. Alle Kunstwerke waren Schwarz-Weiß-Aufnahmen, die sowohl die Zeitlosigkeit als auch das Altern und die Vergänglichkeit der Motive betonten. Eric betrachtete die Bilder mit wohligem Erstaunen und leichtem Schaudern zugleich. Besonders berührte ihn die Fotografie einer jungen Frau, die ganz offensichtlich schwanger war. Ihr Blick war weich und traurig zugleich, obwohl ihre Hand voller Stolz auf ihrem Bauch ruhte. Eric sah sie lange an, versank in ihren melancholischen Augen, die ihm zu folgen schienen, als er einen Schritt zur Seite trat, um das nächste Bild in Augenschein zu nehmen. Ein Stich durchfuhr ihn, als er darauf nicht die junge Frau und vielleicht das Kind, sondern einen Grabstein entdeckte. Nur zwei Buchstaben und zwei Daten standen darauf. *MC 944-66.* Ob die junge Mutter bei der Geburt ihres Kindes gestorben war? Eric konnte den Anblick des Grabes nicht länger ertragen. Er durchquerte den Raum, um sich mit der Betrachtung weiterer Fotos abzulenken, und vergaß so die junge Frau, bis er sie plötzlich auf einem anderen Bild wieder entdeckte.

»Ja, ja, sehen Sie nur genau hin!«, sagte eine Stimme neben ihm.

Schon wieder die Blonde! Eric atmete tief ein und folgte der Richtung ihres ausgestreckten Zeigefingers. Auf dem Bild waren zwei junge Frauen zu sehen. *Herbst 1965* stand darunter, und als er sich bewegte, schien ihm der Blick der jungen Frau erneut zu folgen. Er legte die Stirn in Falten. »Ist das nicht ...«

»Die Maurel, ganz richtig!«, zerschnitt ihm die Frau des Fotografen das Wort. »Ich finde nicht, dass sie besonders hübsch war, aber Alain hat sie vergöttert.« In ihrer Stimme lag so viel Feindseligkeit, dass Eric sie nicht anzusehen wagte. Erst auf den zweiten Blick erkannte er, dass die Frau neben der jungen Fremden, über deren Schicksal er gern mehr erfahren hätte, Babette war. Sie hatten sich also gekannt. Er nahm sich vor, Babette unbedingt bei passender Gelegenheit zu fragen, welcher Schicksalsschlag der jungen Frau und ihrem Kind widerfahren war.

»Alain hat sie so oft fotografiert wie kein anderes Modell. Natürlich ist das hier« – die Blondierte zeigte an der Wand entlang – »nur eine winzig kleine Auswahl seiner Kunst.« Dabei klang sie so verbittert, dass Eric beinahe Mitleid mit ihr empfand, obwohl er sie von Anfang an nicht gemocht hatte.

Sie leerte ihr Glas in einem Zug und wandte sich ab. Leicht schwankend stolzierte sie davon, um sich nachzugießen. Ihre Gehässigkeit und ihre Abneigung gegen Babette mussten Ausdruck von großer Angst sein. Angst vermutlich, die Liebe ihres Mannes zu verlieren oder sie gar niemals besessen zu haben.

Eric wandte sich wieder den Bildern zu. Babette und die junge Frau schienen sehr vertraut zu sein. Wie Schwestern

65

oder enge Freundinnen. Babette war ein wenig kleiner und schlanker, ihr Haar kürzer, dafür höher toupiert, das Lachen ein wenig frecher, so als flirte sie mit dem Fotografen. Eric ging weiter zum nächsten Bild. Es war Mitte der Siebziger aufgenommen worden – Babette mit Schlaghose und Schlapphut und einem etwa achtjährigen Jungen an der Hand. Wieder lächelte sie, als ob sie – ein wenig heimlicher diesmal – dem Fotografen schöne Augen machte. Das erotische Knistern, das Eric bei der Begrüßung zwischen den beiden gespürt hatte, war auf beiden Bildern deutlich zu sehen. Schwarz auf weiß sprang es dem Betrachter ins Auge und machte die Fotografien so persönlich. Niemandem konnte die flirrende Spannung entgehen, besonders Chaberts Frau nicht. Eric wanderte weiter zum nächsten Exponat. *Frühjahr 1993* stand darunter. Es zeigte Babette, inzwischen wohl um die fünfzig. Ihr Blick jedoch war diesmal nicht aufreizend oder fröhlich, sondern stumpf, in sich gekehrt, gebrochen. Das Foto offenbarte sie so privat, dass sich Eric zutiefst berührt fühlte. So verletzlich zeigte man sich nur einem wirklich guten Freund. Eric aber kannte Babette nur flüchtig, war ihr Gast. Plötzlich kam er sich vor wie ein Voyeur. Er zögerte, weiterzugehen und sich das letzte Bild der Serie anzusehen. Elisabeth Maurel hatte ihn, einen vollkommen Fremden, in ihr Haus gelassen und wie einen Freund behandelt. Der Fotograf aber hatte noch viel mehr getan. Er hatte ihm und allen anderen, die das Bild betrachteten, einen Blick tief in ihr Innerstes gewährt. Eric spürte Wut und Ohnmacht in sich aufsteigen. Was gab diesem Mann das Recht, sie so zu entblößen?

»Schönes Bild, eine attraktive Frau.« Die Dame hinter ihm zeigte auf das Foto und trank einen Schluck Wein.

Der Mann an ihrer Seite stimmte ihr nur bedingt zu. »Eine gute Aufnahme, sicher, die Beleuchtung stimmt, aber die Frau ist nicht mein Typ.« Er wirkte gelangweilt und zog seine Begleiterin weiter zum nächsten Ausstellungsstück.

Eric war fassungslos. Die beiden schienen auf dem Bild nicht mehr zu sehen als eine gewöhnliche Frau, während es ihn danach dürstete, mehr über seine Gastgeberin zu erfahren, über ihr Leben, ihre Träume und Hoffnungen. Was hatte die zuvor funkelnde, fröhliche Frau nur so wehmütig gemacht? Ob ihr Mann kurz vor der Aufnahme gestorben war? Sie hatte ihn mit keinem Wort erwähnt. Einzig von ihrem Sohn, mit dem sie auf dem Foto aus den Siebzigern abgebildet war, hatte sie gesprochen. Sie musste einmal glücklich gewesen sein. Glücklich genug, um mit Chabert und seiner Kamera zu flirten. Erics Neugier war es schließlich, die ihn zum nächsten Foto trieb.

Er war überrascht, als er das Datum sah: *Oktober 2009.*

»Alain hat es erst gestern aufgenommen, kurz nachdem Sie angekommen sind. Sie erinnern sich? Mein Termin!« Babette stand plötzlich neben ihm und lächelte, weich, ohne jede Koketterie. Sie legte ihm eine Hand auf den Arm, wie sie es schon zuvor getan hatte. »Ich bin sehr froh, dass Sie mein Gast sind, Eric.«

Neugierig betrachtete er das Foto. Ob es ihm mehr über Babette erzählen konnte? Es zeigte sie so, wie er ihr am Vortag zum ersten Mal begegnet war. Die Kleidung, die Frisur. Erst bei genauerem Betrachten hatte er das Gefühl, tatsächlich mehr von ihrer Persönlichkeit darauf zu entdecken. Als könne er durch die Augen des Fotografen bis in ihr Herz blicken. Strahlend und hoffnungsvoll hatte Chabert sie abgelichtet, zuversichtlich und zugleich fragend, mit einem Hauch von Melancholie. Die weichen Falten, von Glück und Trauer in ihr Gesicht gezeichnet. Der Glanz in ihren Augen. Gefühlvoll, feinsinnig, ganz natürlich und ganz sie selbst. Eric hegte keinen Zweifel daran, dass sie mit Chabert mehr verband als eine gewöhnliche Freundschaft. Es musste eine besondere Beziehung sein, eine Beziehung, die auf Vertrauen begründet war, auf Hochachtung und eine ungewöhnliche Art von Liebe.

Frankfurt, 20. Mai 1942

Am 20. Januar 1942 verhandeln in der Villa am Wannsee in Berlin fünfzehn Spitzenbeamte der Ministerialbürokratie verschiedener Reichsministerien und der SS unter dem Vorsitz des SS-Obergruppenführers Reinhard Heydrich, Chef des Reichssicherheitshauptamtes, über die organisatorische Durchführung der Entscheidung, die Juden Europas in den Osten zu deportieren und zu ermorden.

Anna sieht zu, wie Ruth den Säugling vorsichtig in den Kinderwagen bettet und ihn zudeckt. Ihr Herz rast, so gern möchte sie das Kind in die Arme nehmen und wiegen. Aber sie muss sich gedulden, bis sie allein mit ihm ist.

»So hast du es schön warm, mein Liebling.« Ruth zupft an dem Mützchen.

»Mach dir keine Sorgen, die Sonne scheint, ihm wird schon nicht kalt werden.«

Ruth lächelt unsicher. »Mich von Jakob zu trennen, fällt mir furchtbar schwer, auch wenn es nur für kurze Zeit ist.« Sie betrachtet den Kleinen voller Zärtlichkeit. »Bist du auch sicher, dass du noch mit ihm spazieren gehen kannst?« Sie wirft einen fragenden Blick auf Annas Bauch. Unter ihren Augen liegen dunkle Schatten.

»Hat er heute Nacht wieder so viel geweint?«, fragt Anna statt einer Antwort, denn der Bauch ist nicht ihr Bauch, sondern ein kunstvoll geschnürter Ersatzleib aus Kissen und Stoffresten. Monat für Monat ist mehr Tuch hinzugekommen. Je länger sie den falschen Bauch mit sich herumträgt, desto echter fühlt er sich an. Seit einigen Wochen lässt sie ihn auch nachts umgeschnallt. Für den Fall, dass es wieder Fliegeralarm gibt und sie in den Keller muss. Sie hat jede Geste, jede Mimik der schwangeren Ruth verinnerlicht. Hin und wieder legt sie eine Hand auf den Leib, kratzt und kitzelt ihn mit dem Fingernagel. Sie legt die Hand stützend in den Rücken, wenn sie sich aufrichtet, lächelt plötzlich und behauptet, einen Tritt des Ungeborenen zu spüren, oder beschwert sich über das Bücken, das Schuheschnüren und das angeblich quälende Sodbrennen. So führt sie alle an der Nase herum. Sogar sich selbst. Je länger sie die Schwangere spielt, desto überzeugter ist sie, bald Mutter zu werden.

Sie hat es voller Stolz den Eltern erzählt. Der Vater war zu Tränen gerührt, die Mutter stumm. Zwei Nachbarinnen, Frau Fischer aus Nummer 17 und Frau Hartmann aus der 19, haben Anna gratuliert und fragen fast täglich nach ihrem Befinden. Wann ist es so weit?, wird Anna oft gefragt. Ende Mai, sagt sie dann und ist jedes Mal erstaunt, wie leicht ihr die Lüge über die Lippen kommt.

Ende Mai ist bald.

»Ich habe nicht genug Milch, darum weint er«, sagt Ruth und unterbricht Annas Gedanken.

»Du musst mehr essen.«

Ruth sieht sie mit traurigen Augen an. »Bei den Großen war alles leichter.« Sie seufzt. »Ich hatte einfach mehr Kraft«, fügt sie leise hinzu.

»Leg dich hin, und ruh dich aus! Ich spaziere so lange mit Jakob durch den Park. Die Maimilde tut ihm gut – und mir auch.« Anna tätschelt Ruths Hand, die noch immer den Griff des Kinderwagens umklammert. »Geh nur, und mach dir keine Sorgen!«

Welch ein Glück, dass Ruth sich fürchtet, auf die Straße zu gehen!, denkt Anna. Auch Daniel, Noah und das Käthchen möchten mit ihr in den Park. Doch Anna will nicht. Schon seit Wochen beklagt sie sich, dass ihr die drei zu anstrengend werden. Sie rennen wild umher und sind kaum zu bändigen, hat sie zu Ruth gesagt, denn sie will mit dem Kleinen allein sein. Will so tun, als wäre er ihr Kind. »Sieh nur, er schläft!« Sie deutet auf den winzigen Jakob. »Ich gehe langsam und mache Pausen.«

Ruth nickt und steigt schwerfällig die Treppe hoch. Zweimal sieht sie sich nach Anna und dem Kinderwagen um.

Anna winkt und lächelt. Sie wartet, bis Ruth ganz oben angekommen ist. Als sie endlich die Tür hört, zerrt sie die Tücher, die ihren künstlichen Schwangerschaftsbauch bilden, unter dem Mantel hervor. Nur das kleine Kissen lässt sie an Ort und Stelle, damit es aussieht, als sei sie erst kürzlich niedergekommen. Stolz schiebt sie den Kinderwagen ins Freie. Sonnenstrahlen wärmen ihr Gesicht. Anna schwebt, der Wagen rumpelt. Schneller und schneller möchte sie laufen, weit fort, und nie zurückkehren. Als sie ein Stück vom Haus entfernt die Straße überquert, begegnet ihr Frau Fischer.

»Nein, wie reizend!«, sagt die Nachbarin nach einem Blick in den Wagen und beglückwünscht Anna zur Geburt ihres Kindes. »Ein Junge!«, stellt sie lächelnd fest, denn Jakob trägt Hellblau. »Ihr Mann wird ja so stolz sein.«

Anna nickt mit rotem Kopf, grüßt und geht weiter in Richtung Park. Stolz und glücklich, als wäre sie tatsächlich niedergekommen. Ihr Rücken schmerzt nicht mehr, denn der künstliche Bauch hat nun weniger Gewicht. Überhaupt fühlt sich alles leichter an. Auch Annas Herz. Das frühlingsgrüne Gras badet wohlig im weichen Maienlicht, während der Himmel sein leuchtend blaues Kleid im Ententeich betrachtet. Jetzt, in diesem Augenblick, gehört Jakob ihr allein. Später muss sie ihn wieder hergeben, aber daran will sie nicht denken. Auch an Heinrich nicht. Gut, dass er noch immer fort ist. Anna blickt in den Kinderwagen und lächelt. Der Bub schläft selig süß, die Händchen zu winzigen Fäusten geballt. Es stört ihn nicht, dass der Wagen bei jedem Schritt heftig rumpelt. Er weiß nichts von dem Elend ringsum, von Hunger, Angst und Verfolgung. Er sieht weder die Verwundeten, die von der Ostfront zurück sind und auf den Straßen der Stadt herumlungern, noch die Kriegsgefangenen, die verwahrlost und hungrig ein elendes Dasein fristen. Angst vor der Zukunft ist ihm noch fremd. Anna läuft und läuft, bis die Füße schmerzen. Solange sie nicht stehen bleibt, ist ihr Kopf frei, und ihr Herz möchte jubeln. Doch so wie ein Tag, ganz gleich, wie schön er auch sein mag, irgendwann in den Abend übergeht, so muss auch dieser Spaziergang ein Ende nehmen. Noch ein Stück die Straße entlang, dann einmal abbiegen, und schon ist sie zurück. Sie schließt die Haustür auf und schiebt den Kinderwagen in den Flur, stopft sich die Tücher unter das Hemd, deckt den Kleinen auf und hebt ihn vorsichtig aus dem Wagen. Sie hält sein Köpfchen, so wie Ruth es ihr gezeigt hat, und trägt ihn nach oben.

Anna klingelt und erschrickt, als Ruth ihr mit roten Augen öffnet.

»Was ist passiert?« Anna presst den Jungen fest an ihre Brust.

»Wir haben die *Behördliche Anordnung zur Abwanderung* bekommen.« Würde Ruths Stimme nicht so zittern, klänge der Satz ganz banal. Doch dieser Bescheid kommt einem Urteil gleich, einem Urteil, das anzunehmen man gezwungen ist, ohne Recht auf Widerspruch. »Wir müssen eine Vermögensaufstellung machen.« Ihre Stimme ist rau. »In drei Tagen werden wir abgeholt.«

Niemand weiß genau, was mit den Juden geschieht. Evakuierung oder Abwanderung wird ihre Verschleppung genannt, von Gettos und Arbeitslagern ist die Rede, aber man hört noch viel Schlimmeres.

Nach den Zwangsabwanderungen im vergangenen Herbst, bei denen auch zwei Männer aus dem Haus abgeholt wurden, hat es zunächst keine weiteren Abtransporte gegeben. Bis Anfang des Monats erneut Juden deportiert wurden. Vorangekündigt diesmal, straff organisiert, unausweichlich.

Auch aus ihrem Haus. Eine Familie mit einem Sohn Anfang dreißig, ein Ehepaar Ende vierzig, zwei ältere Damen und eine Mutter mit ihrer erwachsenen Tochter. Nun leben nur noch einige Alte im Haus und Ruth mit ihrer Familie.

»Bislang sind wir verschont geblieben, weil wir kleine Kinder haben und ich wieder schwanger war, hat unser Rabbi gesagt.« Ruth ringt nach Atem. »Wusstest du, dass die Behörden die jüdische Gemeinde zwingen, die *zu Evakuierenden* selbst auszuwählen? Die Kriterien dafür sind genau vorgeschrieben. Diesmal sind wir an der Reihe.« Ruth schluchzt auf. »Man hat sich zu fügen oder wird erschossen«, flüstert sie und wischt sich über die Augen. »Lion muss unsere Fahrräder, die Schreibmaschine und den Fotoapparat abgeben. Gleich morgen. Wir sollen noch Papiere ausfüllen – unser Vermögen betreffend.« Sie stößt einen leisen, harten Laut der Empörung hervor. Das meiste hat man ihnen doch längst genommen. »Ich muss packen«, sagt sie tonlos. »Eine Decke für jeden, festes Schuhwerk und einen warmen Mantel ...« Ein Schluchzen entfährt ihr, sie ringt um Atem und Fassung, wendet sich ab und verschwindet in der Wohnung.

Anna trägt den Kleinen ins Schlafzimmer und legt ihn in die Wiege. Er weiß nichts vom Kummer seiner Eltern, von ihrer Furcht, dem Entsetzen, ihrer Verzweiflung. Er schläft ganz ruhig, macht nur hin und wieder nuckelnde Bewegungen mit dem feinen Mündchen, so als sauge er an seiner Mutter Brust.

Aix-en-Provence, 9. September 1965

Frankreich im Alleingang. Am 9. September 1965 bereitet Charles de Gaulle in einer Pressekonferenz das Ausscheiden Frankreichs aus der integrierten Kommandostruktur der Nato vor.

Marie-Chantal wartete in einem Hauseingang, als Harald die Apotheke auf der anderen Straßenseite betrat, und starrte gebannt auf die Tür, die sich hinter ihm geschlossen hatte. Eine Ewigkeit schien zu vergehen. Marie-Chantal wagte kaum zu atmen. Plötzlich öffnete sich die Tür. Eine Dame trat heraus. Harald war nicht zu sehen. Was, wenn …? Marie-Chantals Magen zog sich zusammen. Im Grunde meinte sie zu wissen, wie der Kaninchentest, der *test de la lapine*, ausfallen würde. Es war mehr eine Ahnung als eine Gewissheit. Und doch schwappte bei dem Gedanken daran ein warmes Glücksgefühl von ihrem Bauch in ihr Herz. Wie genau der Test funktionierte, wusste sie nicht, nur dass man Urin dazu abgeben und zwei unendlich lange Tage warten musste, bis das Ergebnis vorlag. Wie aber ginge es weiter mit Harald und ihr, sollte sich die Vermutung bestätigen? Die Schlagader an ihrem Hals pochte vor Spannung. Schwindel erfasste sie. Konnte es nicht eine ganze Anzahl Gründe dafür geben, dass sie spät dran war? Sicher, höhnte eine Stimme in ihrem Innern. Viele Gründe. Ein Mädchen, ein Junge, Zwillinge oder am Ende gar Drillinge! Marie-Chantal drohten die Knie nachzugeben. Irgendwann öffnete sich die Tür der

Apotheke erneut, und Harald trat heraus. Er blieb am Straßenrand stehen, sah sich nach den Autos um und rannte auf sie zu.

»Und?«, hauchte sie, als er endlich vor ihr stand. Sie war unfähig, etwas anderes als Freude aus seinem Blick zu lesen, wusste jedoch nicht, was sie bedeuten sollte. Ob alles in Ordnung war?

»Wir heiraten«, sagte Harald weich, aber entschlossen, nahm ihre Hand, küsste sie und strich ihr eine Haarsträhne aus der Stirn.

Schwanger, sie war schwanger!

Harald fing sie auf. »Wir sind schon bald eine Familie«, flüsterte er ihr ins Ohr und küsste sie. »Ich liebe dich.«

»Mein Vater wird uns niemals seinen Segen geben.« Maître Jarret war streng und unbeugsam, nicht zuletzt darum wurde er allseits respektiert. *Ein Deutscher, ausgerechnet ein Deutscher,* würde er brüllen und sie mit eisigem Blick strafen. Marie-Chantal rang nach Atem. Sie liebte ihren Vater. Wie sollte sie damit leben, ihn zu enttäuschen oder gar von ihm verstoßen zu werden? Gewiss, die Mutter würde ein gutes Wort für sie einlegen und ihn flehend ansehen, doch ganz sicher vergeblich. *Wer im Recht ist, muss weder nachgeben noch faule Kompromisse eingehen,* sagte Maître Jarret stets. Dass er es für sein Recht hielt, über seine Tochter und die Familie zu bestimmen und zu entscheiden, was richtig oder falsch war, daran ließ er keinen Zweifel. Ob sein Hass auf die Deutschen statthaft war, fragte er sich nicht. Und auch kein anderer würde es wagen, an seiner Haltung Anstoß zu nehmen. Sein Wort anzuzweifeln, sein Urteil zu kritisieren, traute sich niemand in seiner Umgebung. Wenn er Marie-Chantal verstieß, würde nicht einer aus der Familie zu ihr halten.

Nicht einmal die Mutter würde dann noch wagen, ihr zur Seite zu stehen. Sie würde den Blick senken wie ein geprügelter Hund und Marie-Chantal in einem unbeobachteten Augenblick anflehen, sich zu besinnen, den Fremden aufzugeben und Jean-Claude zu heiraten. Wenn auch das nicht fruchtete, würde sie in letzter Instanz voll gespielter Dramatik behaupten, der Vater überlebe die Schmach nicht.

Doch Marie-Chantal wusste genau, dass eine Ehe mit Harald dem Leben ihres Vaters nichts anhaben konnte. Dazu war er zu stark und zu starrköpfig, zu überzeugt von sich selbst und zu herrisch. Nein, so einfach war er nicht in die Knie zu zwingen. Er würde auf seinem Standpunkt beharren. Die Unbeugsamkeit seiner Tochter würde ihn keineswegs umbringen, doch seine Eitelkeit wäre verletzt, und Marie-Chantals mangelnde Gehorsamkeit würde ihn auf ewig unversöhnlich stimmen.

»In nicht einmal sechs Wochen bist du einundzwanzig.« Harald küsste ihre schweißfeuchte Stirn. »Dann bist du volljährig und brauchst sein Einverständnis nicht mehr, auch wenn ich weiß, wie viel es dir bedeutet.« Er strich ihr liebevoll über das Haar. Marie-Chantal war unfähig zu einer Antwort. »Warum bittest du ihn nicht trotzdem um seinen Segen und gibst ihm Gelegenheit, dich zu überraschen? Oder besser noch halte ich bei ihm um deine Hand an, ganz konservativ, wie es sich gehört, mit Blumen für deine Mutter und so weiter.« Harald sah sie aufmunternd an. »Auch wenn es dafür schon ein wenig spät ist … aber vielleicht sieht er ja ein, dass es keinen Sinn hat, sich gegen unsere Liebe zu stellen. Womöglich mag er mich sogar.«

Harald war ein Träumer, gutmütig und liebevoll, und er kannte Maître Jarret nicht.

»Was meinst du?«

Marie-Chantal musste lachen, seufzte dann aber und schüttelte den Kopf. »Er stimmt dieser Ehe niemals zu. Selbst wenn er dich empfängt – er wirft dich aus dem Haus, sobald du auch nur ein Wort von der Hochzeit erwähnst. Er stellt mich vor die Wahl: du oder meine Familie.«

»*Mon pauvre amour!*« Harald sah sie mitleidig an. »Du bist seine einzige Tochter. Ich kann mir nicht vorstellen, dass er dir eine solche Entscheidung abverlangt.«

»Ich dagegen kann das sehr wohl. Es ist ihm schwer genug gefallen, die Entscheidung meines Bruders für das Priesteramt zu billigen. Immerhin war das keine Schande. Aber ein Boche? Es gibt nichts Schlimmeres für ihn. Irgendetwas muss vorgefallen sein, während der deutschen Besatzung von Aix. Er spricht nicht darüber, aber er setzt noch immer keinen Fuß in die Rue de la Mule Noire, wo im Krieg die Verhafteten verhört wurden.« Marie-Chantal sah Harald tief in die Augen, dann schlug sie den Blick nieder. »Mein Vater wird es nicht dulden. Er will Jean-Claude zum Schwiegersohn.«

»Aber du liebst nicht Jean-Claude, sondern mich und bekommst ein Kind von mir. Vielleicht unterschätzt du ihn, und er sieht es doch noch als Gelegenheit, sich mit der Vergangenheit auszusöhnen. Was kann er schon tun, wenn du ihm sagst, dass du dich weder gegen mich noch gegen deine Familie entscheiden kannst? Er wird dich deshalb kaum verstoßen.«

Marie-Chantal war berührt von Haralds Naivität. Sie musste auf der Bedingungslosigkeit beruhen, mit der er von klein auf geliebt worden war. Sie kannte seine Mutter nicht und bewunderte sie doch. Weil Harald nur Gutes über sie zu sagen wusste. Weil sie ihn stets unterstützt und nie an ihm gezweifelt hatte. Weil er so sicher war, dass sie seine Wahl gutheißen würde. Aber auch weil sie den Jungen, dessen Vater im Krieg gefallen war, ganz allein großgezogen hatte. Sie hatte für Essen, Kleidung und Schulbildung gesorgt und ihn mit ihrer ganzen Liebe verwöhnt, ohne ihn zu verzärteln. So hatte sie ihn zu jenem anständigen, vorurteilsfreien und großzügigen Menschen erzogen, den Marie-Chantal über alles liebte. Sie vertraute Harald. Er würde immer zu ihr stehen, davon war sie überzeugt. »Wir sind füreinander bestimmt«, hatte Harald einmal gesagt, und Marie-Chantal war überzeugt, dass er recht hatte. Tränen liefen ihr über die Wangen.

»Nicht doch! Du bist mein Leben, ich lasse nicht zu, dass er dich verstößt. Ich werde mit ihm reden.«

»Es hat keinen Sinn, Harald. Mein Vater ist ein Despot. Von Jean-Claude wird er verlangen, das Kind als sein eigenes anzuerkennen, und von mir, ihn zu heiraten und dich zum Teufel zu jagen.«

»Aber ...«

»Mein Vater lässt kein Aber gelten. Immer wird alles genau so gemacht, wie er es fordert. Niemand wendet sich ungestraft gegen ihn. Er wird alles tun, um diese Ehe zu verhindern. Er wird dafür sorgen, dass wir ganz allein dastehen, und uns so lange drangsalieren, bis wir aufgeben.«

»Wir werden niemals aufgeben!« Harald ergriff entschlossen ihre Hand. »Niemals, hörst du? Wir heiraten. Heimlich, wenn es nicht anders möglich ist, aber wir heiraten. Du sagst deinen Eltern erst, dass du meine Frau und schwanger bist, wenn dein Vater nichts mehr gegen diese Verbindung unternehmen kann. Wenn die Hochzeit stattgefunden hat, bleibt ihm nichts anderes übrig, als sich damit abzufinden.« Haralds Stimme wurde weicher. »Du wirst sehen, sobald er sein Enkelkind in den Armen hält, ist sein Ärger verflogen.«

»Du kennst meinen Vater nicht.«

»Und wenn wir behaupten, ich sei Schweizer? Oder Holländer?«

Harald war bereit, seine Herkunft zu verleugnen, nur damit sie nicht unglücklich wurde. Marie-Chantal streichelte seine Wange. »Wenn er mich verstößt, weil ich dich liebe, dann ist *er* im Unrecht, nicht ich. Wir heiraten, genau wie du es gesagt hast.«

Aix-en-Provence, Oktober 2009

20 Jahre friedliche Revolution und deutsche Einheit. In Aix-en-Provence laufen die Vorbereitungen für den November, wo vom 5. bis 28.11.2009 diverse Veranstaltungen zum zwanzigsten Jahrestag des Berliner Mauerfalls stattfinden. Begegnungen – Zeugnis und Dialog.

Nach einer guten Stunde beschlossen Eric und Babette, die Fotoausstellung zu verlassen. Sie verabschiedeten sich von Chabert und seiner Frau und gingen schweigend durch das Quartier Mazarin. Die schnurgeraden Straßen wie auf einem Schachbrett, gesäumt von herrschaftlichen Häusern mit luxuriösen Altbauwohnungen, Galerien, Arztpraxen und Kanzleien, waren ebenso typisch für dieses elegante Viertel wie seine beschauliche Atmosphäre.

»Dort hinten, am Ende der Rue Cardinale, liegt das Musée Granet«, sagte Babette in die gemeinschaftliche Stille hinein und wies rechter Hand die Straße hinauf. »Es ist erst kürzlich umfassend saniert worden. Bis Ende September fand dort eine Sonderausstellung statt. Cézanne und Picasso. Kunstinteressierte aus der ganzen Welt haben stundenlang Schlange gestanden, um Karten zu ergattern.«

Eric blickte in die angedeutete Richtung und nickte. Er mochte Cézanne nicht besonders, doch das brauchte Babette nicht zu wissen. Schweigen breitete sich erneut zwischen ihnen aus.

Die Altstadt, die sie kurz darauf erreichten, war nicht so

ruhig wie das Quartier Mazarin, das regelrecht verschlafen gewirkt hatte. Obwohl die Geschäfte inzwischen geschlossen waren, sprühten die verwinkelten Gassen geradezu vor Leben. Überall hatten die Restaurantbesitzer ihre Terrassen mit Heizstrahlern und Vordächern aus Kunststoffplanen bestückt, damit die Gäste auch im Spätherbst noch draußen speisen konnten. Ein Geiger stimmte eine getragene Melodie an, und Erics Gedanken schweiften zurück zu der Ausstellung. Das Bild mit dem Grabstein ließ ihm keine Ruhe.

»Wer war die junge Frau auf dem Foto neben Ihnen? Auf dem Bild aus den Sechzigern.«

»Meine Cousine«, antwortete Babette leise.

»Ah, darum.« Eric nickte verstehend.

»Bitte?« Sie sah ihn fragend an.

»Ich mochte sie auf Anhieb.« Er lächelte. »Sie war mir schon vorher auf einem anderen Bild aufgefallen. Ich frage mich, was wohl aus ihr geworden ist.« Eric räusperte sich. »Ich meine … ich vermute …« Ihm wurde plötzlich heiß. »Sie ist gestorben, nicht wahr?«

Babette biss sich auf die Unterlippe und starrte zu Boden.

Schweigend gingen sie weiter. Eric wagte weder etwas zu sagen noch Babette anzusehen. Er hatte sie nicht verletzen wollen, und doch war es, als stände das Schweigen mit einem Mal wie eine Mauer zwischen ihnen. Irgendwann überquerten sie den Platz kurz vor dem Uhrenturm am Rathaus und bogen nach rechts ab.

Eric warf einen Blick auf die honiggetränkten orientalischen Spezialitäten in einem Schaufenster und hatte sogleich den Geschmack von Orangenblüten auf der Zunge.

Babette sah ihn fragend an. »Mögen Sie Baklava?«

82

»Ich liebe Baklava!«

»Dazu grüner Tee mit frischer Pfefferminze, wie man ihn in Nordafrika zubereitet?« Babette lächelte.

»Wunderbar!« Eric rollte verzückt mit den Augen. »Wie schade, dass schon geschlossen ist!«, sagte er und war erleichtert, weil das Eis zwischen ihnen gebrochen schien.

»Es gibt bessere Geschäfte als dieses. Glauben Sie mir, Sie bekommen schon bald Gelegenheit, sich davon zu überzeugen«, stellte sie ihm mit geheimnisvoller Miene in Aussicht.

Während sie zu Hause das Essen zubereitete, erzählte Babette von Urlauben in Marokko, schwärmte von der Freundlichkeit der Menschen und der Schönheit der Landschaft.

Nach dem zweiten Glas Rotwein, das sie zur Daube getrunken hatte, wirkte sie gelöst und blendender Laune. Nach einer Weile wurde sie jedoch wieder nachdenklich und still. Ihre Wangen schimmerten rosig, und in ihren Augen lag Wehmut.

Zum Nachtisch, zu fortgeschrittener Stunde, genehmigte sich Eric gleich zwei ordentliche Stücke Baklava und viel Pfefferminztee. Babette hatte sie bereits am frühen Morgen in ihrem Lieblingsgeschäft gekauft und kredenzte sie ihm nun mit großer Freude. Zufrieden lehnte er sich zurück und bemerkte über dem Kamin zu seiner Linken ein Gemälde, das ihm zuvor nicht aufgefallen war. Es war das Porträt einer Frau mit kastanienbraunem Haar. Sie saß aufrecht in einem Lehnstuhl, eine Hand im Schoß auf einem Rock aus smaragdgrünem Moirétaft, die andere auf der Armlehne. Den Blick hatte sie melancholisch in die Ferne gerichtet.

»Sie sieht Ihnen ähnlich«, sagte Eric voller Bewunderung, nachdem er sie eine ganze Weile schweigend betrachtet hatte.

Babette tauchte aus ihren Gedanken auf und blickte ihn verwirrt an.

»Die Dame auf dem Porträt.« Er deutete mit dem Finger darauf.

»Ach ja, finden Sie?« Babette sah sich kurz um, dann lächelte sie. »Sie schmeicheln mir, Eric.« Sie errötete wie ein junges Mädchen. »Doch sie gehört nicht zur Familie. Sie war die Ehefrau des Malers. Er soll verrückt nach ihr gewesen sein, und ich denke, das sieht man. Haben Sie schon einmal von den Vagh-Weinmann-Brüdern gehört?«

»Nicht dass ich wüsste.«

Babette hatte ihre Leichtigkeit wiedergefunden und begann, voller Elan aus ihrer Jugend zu erzählen. »Sie waren zu dritt. Drei Brüder aus Ungarn. Eine fesselnde, aber recht lange Geschichte übrigens, die ich Ihnen gern ein andermal erzähle. Ich habe sie gut gekannt, denn mein Vater hat sich ihrer angenommen, als sie nach Frankreich kamen. Als Mäzen, wenn Sie so wollen, denn die drei waren sehr arm und darum häufig bei uns zu Besuch. Maurice, von dem das Porträt stammt, und seine Brüder Nandor und Elemer sind häufig bei uns gewesen, um zu malen.« Ihr Blick wurde plötzlich wieder nachdenklich. »Entschuldigen Sie, Eric …« Sie rang sich ein Lächeln ab, erhob sich und stellte das Geschirr zusammen. »Es ist schon spät.«

»Selbstverständlich!« Eric half ihr beim Abräumen.

»Wissen Sie schon, ob Sie morgen wieder hier essen möchten?« Babette lächelte ihn fragend an.

»Sehr gerne! Vielleicht erzählen Sie mir dann mehr von den Wagmann-Brüdern.«

»Vagh-Weinmann!« Babette lachte. »Gewiss doch, das tue ich.«

»Die Daube war übrigens köstlich«, beteuerte Eric und verabschiedete sich zur Nacht.

»*Je vous fais la bise*«, sagte Babette, legte ihm eine Hand auf den Arm und küsste ihn auf beide Wangen. »Schlafen Sie gut, Eric!«

»Danke, Sie auch, Babette.« Eric betrat sein Zimmer und schloss die Tür. Er war leicht beschwipst, setzte sich aufs Bett, nahm sein Handy vom Nachttisch und rief Catherine an.

»Ist alles in Ordnung?«, fragte sie schlaftrunken.

»Hab ich dich geweckt?« Eric blickte erschrocken auf seine Uhr. »Es tut mir leid, *ma chérie*, ich habe nicht gemerkt, dass es schon so spät ist. Babette, meine Gastgeberin, ist wirklich sympathisch. Sie hat gekocht, und der Wein …« Eric geriet ins Stammeln. »Wir waren in einer Galerie, die Fotos haben mich …« Catherine musste um halb sechs aufstehen – wie egoistisch von ihm, sie mitten in der Nacht anzurufen! »Ich wollte nur sagen, dass ich dich liebe. Du fehlst mir. Es tut mir leid, dass ich dich geweckt habe. Schlaf weiter, wir telefonieren morgen, ja?«

Catherine seufzte schläfrig, und Eric legte auf. Er ging ins Bad, putzte sich die Zähne, holte seinen Pyjama aus dem Bett und zog sich aus. Er legte sich hin und schloss die Augen. Für gewöhnlich drehte er sich zum Einschlafen auf die rechte Seite. Jetzt aber lag er auf dem Rücken und dachte nach. Die Fotos der Ausstellung gingen ihm durch den Kopf, mischten sich mit Bildern aus dem Orient. Er glaubte Babettes Stimme zu hören, wie sie von Marokko erzählt hatte, und glitt in die Welt der Träume hinüber.

Irgendwann wachte er benommen auf. Sein rechter Arm

85

fühlte sich wie tot an. Er hob ihn mit der Linken hoch und massierte ihn, bis das Blut wieder zirkulierte. Und weil er den süßen Nachtisch mit so viel Tee hinuntergespült hatte, stand er auf, tappte barfuß durch das dunkle Zimmer zur Toilette, stieß sich den kleinen Zeh am Waschtisch, fluchte und hüpfte auf einem Bein weiter. Auf dem Weg zurück ins Bett bemerkte er Licht unter der Tür zum Flur, öffnete sie und tappte zum Salon, aus dem der Lichtschein drang. Ob Babette noch munter war? Alle Lampen waren ausgeschaltet, trotzdem erkannte er seine Gastgeberin sofort. Steif und aufrecht saß sie auf einem Stuhl. Auf dem Tisch neben ihr stand ein altmodischer Projektor, an dessen kleiner Lampe ein Schmalfilm vorbeiratterte. Daher kam also das Licht, das er gesehen hatte. Grobkörnige Bilder in matten Farben flimmerten über die gegenüberliegende Wand. Der Kleidung und den Frisuren der jungen Leute nach zu urteilen, stammte der Film aus den Sechzigern. Wie gebannt stand Eric da und starrte auf die Leinwand. Babette und die junge Frau von dem Bild aus der Galerie lachten in die Kamera. Sie sprachen auch, doch hatte der Film keinen Ton. Unbeschwert erschienen sie ihm, ausgelassen und voller Lebenslust. Die Kamera schwenkte zu einer Picknickdecke.

Was Eric dort sah, überraschte ihn so sehr, dass er die Augen zusammenkniff und den Atem anhielt. Es dauerte, bis er wieder hinzusehen wagte. Der Projektor ratterte noch immer, doch der Film war zu Ende. Babette saß noch immer wie eingefroren da. Nur das Beben ihrer Schultern verriet, dass sie weinte.

Leise zog sich Eric in sein Zimmer zurück. An Schlaf war nicht mehr zu denken. *Die Ähnlichkeit ist unglaublich*, hörte er Chabert in Gedanken immer wieder sagen. Ein

Kribbeln zog sich von Erics Rücken bis zum Nacken hinauf. Die Fragen, die er als Kind gestellt, auf die jedoch niemand eine Antwort gewusst hatte, stürzten nun erneut auf ihn ein. Doch Antworten wollten sich nicht einfinden. Noch bevor es hell wurde, stand er auf. Nicht einmal sieben Uhr war es, als er unbemerkt die Wohnung verließ und die Tür leise hinter sich zuzog. Er rannte die Treppe hinunter, stürzte auf die Straße und irrte durch die noch schläfrige Stadt, bis er vor der mit schweren Rollläden verschlossenen Galerie stand. Was er hier suchte, wusste er nicht. Also wanderte er ziellos weiter durch die Straßen. Der Mann. Die Ähnlichkeit. Babettes Überraschung. Chaberts Erstaunen. All das ergab nur einen Sinn, wenn … Eric wagte den Gedanken nicht zu Ende zu führen. Allzu große Hoffnungen waren damit verbunden. Zuerst musste er herausfinden, wer er war, erst dann konnte er weitere Fragen stellen.

Der Tag küsste bereits die Stadt wach, als die Männer von der Straßenreinigung schwere Gummischläuche hinter sich herzogen, sie an Tankwagen oder Hydranten anschlossen und geschickt allen Unrat die Straßen hinabspülten. Ein muffig-feuchter, doch keineswegs unangenehmer Geruch verbreitete sich. Die ersten Cafés öffneten ihre Türen. Es wurden Fenster geputzt und Böden geschrubbt, Tische und Stühle mit Getöse über das Pflaster gezerrt, Blumen gegossen und Marktstände aufgebaut. Aus einer Bäckerei duftete es nach warmen Croissants. Eric fröstelte. Es war Viertel vor acht, als er ein *Pain au chocolat* und dampfend heißen Kaffee in einem winzigen Pappbecher erstand. Er war fest entschlossen, endlich herauszufinden, was er längst hätte wissen müssen, und machte sich auf den Weg zur Mairie, in der sich das Standesamt befand.

87

Frankfurt, Freitag, 22. Mai 1942

Am 24. Mai 1942 wurden 930 Frankfurter und 27 Wiesbadener Juden nach Majdanek oder Izbica deportiert. Keiner von ihnen kehrte lebend zurück.

Anna ist in aller Frühe aufgewacht und gleich nach dem spärlichen Frühstück zu den Sterns gegangen. Heute werden sie abgeholt. Anna hat versprochen, Ruth mit dem Kleinen zu helfen, obwohl sie Angst vor der Gestapo hat. Wenn nur niemand merkt, dass ihr Bauch nicht echt ist! Zur Sicherheit hat sie ihren Ahnenpass eingesteckt, um nachweisen zu können, dass sie arischer Herkunft ist, nur für den Fall, dass man ihr unangenehme Fragen stellt. Wenn es Schwierigkeiten gibt, kann sie behaupten, nur heraufgekommen zu sein, um einige Dinge für ihr Kind zu erbitten. Die Wiege vielleicht. In Wahrheit aber will sie Jakob sehen.

Ruth öffnet, nachdem Anna geklingelt hat. Ein verhärmter Zug hat sich um ihren Mund eingegraben. Der Kleine in ihrem Arm schreit wie am Spieß.

»Ich hab ihn schon dreimal gestillt, aber er hört nicht auf. Käthchen, die Spielsachen musst du hierlassen!« Sie zittert am ganzen Leib.

»Aber...«, protestiert das kleine Mädchen und verzieht weinerlich das Gesicht.

»Nicht doch, Süße, du bekommst neue!«, sagt Anna. »Nimm den Quacki mit, der passt in die Manteltasche.«

»Den Quacki, ja!« Das Käthchen jubelt erleichtert und strahlt. Wie ein Wirbelwind rennt es los, um den Frosch aus Filz zu holen.

»Lass mich ein paar Schritte mit dem Kleinen auf und ab gehen, draußen an der Luft wird er sich beruhigen und einschlafen. Ich bleibe ganz in der Nähe, mach dir keine Sorgen.« Anna nimmt Ruth das brüllende Kind ab und wiegt es. »Schschsch!«, versucht sie es zu besänftigen.

Ruth ist hineingegangen und weinend auf dem Sofa zusammengesunken.

»Ich gehe dann , ja? Nur bis er schläft.«

»Danke, Anna.« Lion steht plötzlich neben ihr, legt ihr die Hand auf die Schulter und gibt seinem Sohn einen Kuss. Er wirft seiner Frau einen besorgten Blick zu. »Ruth ist vollkommen von Sinnen vor Angst. Man hört so viel Schreckliches …«, flüstert er Anna zu.

Anna nickt. Es ist gefährlich, jüdisch zu sein. »Ich würde euch helfen, wenn ich nur wüsste, wie.«

»Du hilfst uns doch.« Lion versucht sich an einem Lächeln, das zu einer Grimasse gerät. »Du warst immer Ruths Freundin und hast sie nie im Stich gelassen. Das vergessen wir dir nicht.«

»Ich glaube, sein Geschrei macht sie nur noch verzweifelter.« Liebevoll betrachtet Anna den Säugling. »Ich gehe jetzt besser mit ihm spazieren.«

»Du musst sie verstehen.« Lion hat wieder die Stimme gesenkt und sieht noch einmal zu seiner Frau hinüber. »Dass sie uns ausgerechnet heute holen, ist das Schlimmste für sie.«

Anna sieht ihn fragend an.

»Heute ist der achte Tag nach Jakobs Geburt. Der Tag, an dem er nach jüdischer Tradition beschnitten werden sollte. Brit Mila ist das wichtigste Gebot unseres Herrn, durch sie wird das Kind in den Bund Gottes mit Abraham aufgenommen. Es bekommt seinen Namen wie bei der christlichen Taufe, und dann wird mit Verwandten und Freunden gefeiert.« Lion stehen Tränen in den Augen. »Ich habe Angst«, sagt er. »Um die Kinder und um Ruth.«

Anna nickt stumm, dann geht sie. Eilt die Treppe hinunter, so schnell ihre Füße sie tragen, ohne zu stolpern. Sie legt den noch immer schreienden Säugling in den Kinderwagen, deckt ihn zu und entfernt hastig die Tücher, die ihre Schwangerschaft vortäuschen, bevor sie den Wagen nach draußen schiebt. Kühle Luft und feiner Nieselregen empfangen sie. Sie überquert die erste Seitenstraße und blickt sich um. Das Haus kann sie noch immer deutlich sehen. Es dauert nicht lange, und Jakob ist vom Ruckeln des Kinderwagens eingeschlafen. Ganz ruhig liegt er da, ein winziges Lächeln zuckt um seinen Mund. Anna kehrt um, denn inzwischen regnet es stärker. Nur eine Querstraße noch, dann ist sie da. Plötzlich fahren drei schwere Lastwagen vor dem Haus vor. Anna hat gewusst, dass sie kommen würden, und doch erschrickt sie, als Befehle gebrüllt werden und Bewaffnete herausklettern. Das Stampfen ihrer Schritte und Annas Herzschlag werden eins. Plötzlich möchte Anna fortlaufen, so weit wie möglich. Doch sie geht tapfer weiter. Wie in Trance schlüpft sie an dem Uniformierten im Eingang vorbei, schiebt den Kinderwagen auf seinen Platz im Hausflur und erstarrt, als sie die schnarrenden Stimmen des Oberkommandierenden hört. Behutsam nimmt sie Jakob aus dem Wagen. Das Weinen der Stern-Kinder, die gebellten Befehle und Ruths Flehen werden unerträglich laut. Anna flüchtet in ihre Wohnung und verriegelt die Tür hinter sich. Jakob schläft noch immer seelenruhig. Der Lärm scheint ihn nicht zu stören. Anna aber macht er Angst. In einer Ecke setzt sie sich auf den Boden, lehnt den Kopf an die Wand und schließt die Augen. Als es draußen im Hausflur laut rumpelt, droht ihr das Herz vor Schreck zu zerspringen.

»Vorwärts!«, brüllt eine Männerstimme, dann rumpelt es erneut.

»Jakob!« Das ist Ruth, die nach ihrem Kind ruft, hysterisch, voller Angst. Sicher hat sie den Kinderwagen gesehen und weiß, dass Anna den Jungen vor ihr verbirgt.

»Bitte, Herr, er soll sie nicht rufen hören!«, betet Anna leise murmelnd und drückt den Säugling an sich.

»Weitergehen!«, donnert eine Männerstimme.

»Jaakoob!« Ruth schreit und schluchzt.

Anna bleibt ganz still und reglos auf dem Boden sitzen.

»Geh weiter!«, hört sie Lion tonlos sagen. »Es ist besser so.«

»Nein!«, weint Ruth verzweifelt. »Jakob!«

Anna laufen Tränen über das Gesicht. Sie wird den Jungen nicht hergeben. Sie kann nicht. Er gehört ihr. Er hat ein Recht, zu leben und glücklich zu sein. Er soll geliebt werden, zur Schule gehen, heiraten und Kinder haben. Anna küsst seine Stirn. Die Sterns haben ihn nicht angemeldet, niemand weiß von ihm. »Du gehörst mir«, sagt sie weich. Der Kleine schmatzt und wendet den Kopf ab, ohne aufzuwachen.

Erst als er sich lange später genüsslich streckt, begreift Anna, dass die Gestapo und Jakobs Familie längst fort sind. Ruths gellende Schreie wird sie niemals vergessen, aber das nimmt sie in Kauf. Sie muss stark sein. Für Jakob, der nicht mehr Jakob heißen wird. Ein Lächeln huscht ihr über das Gesicht. Wie stolz Heinrich auf seinen Sohn sein wird! Beim Standesamt melden muss sie das Kind noch. *Ich habe zu Hause entbunden, allein,* wird sie sagen. Es ist Krieg, da kommt das schon vor. Keiner wird an ihren Worten zweifeln. Sie ist die Frau eines deutschen Soldaten. Und Jakob schon bald ihr Sohn. Wer auch immer im Haus weiß oder ahnt, was sie getan hat, wird nicht wagen, etwas zu sagen.

Aix-en-Provence, 19. November 1965

Lou noù porto doù – Die Neun trägt Trauer
Provenzalischer Hochzeitsspruch

Du weißt, was Großmutter uns eingeschärft hat: Heiratet weder im Mai noch im Juli, September oder November, nicht an einem Montag oder Freitag, nicht an einem Tag mit einer Neun, nicht im Advent oder während der Fastenzeit«, gab Lilou mit hocherhobenem Zeigefinger zu bedenken.

»Ach, das ist doch altmodischer Unsinn!« Marie-Chantal schüttelte den Kopf. »Wir haben neunzehnhundertfünfundsechzig, seit über sechzig Jahren trägt das Datum eine Neun, und nicht alle Ehen, die in dieser Zeit geschlossen wurden, sind vom Unglück verfolgt. Sollen wir etwa noch fünfunddreißig Jahre lang warten, bis wir heiraten können? Du auch?«

Ihre Cousine schüttelte den Kopf und lachte. »Natürlich nicht. Du hast ja recht, es ist nur … Ich habe Angst um dich, *ma chérie*! Dein Vater wird so wütend werden …«

Marie-Chantal nickte. »Ich weiß.« Sie strich ihrer Cousine über die Wange. »Danke, dass du gewagt hast, meine Trauzeugin zu sein. Ich verspreche dir bei allem, was mir heilig ist, dass niemand von der Familie davon erfahren wird.«

»Ach was, ist doch Ehrensache, um *mich* mache ich mir keine Sorgen.« Lilou winkte ab. »Aber um *dich*! Ich meine,

93

du bekommst ein Kind, und dein Mann hat weder sein Studium beendet, noch bekommt er finanzielle Unterstützung durch seine Familie. Von deinen Eltern ganz zu schweigen. Ihr habt keinen Centime und müsst doch leben.«

»Wir schaffen das schon. Harald ist fleißig. Er hat jetzt Arbeit, abends und am Wochenende. Er verdient nicht schlecht. Irgendwie kommen wir schon zurecht. Ich meine, wer hätte gedacht, dass wir in so kurzer Zeit alle Papiere zusammenkriegen, die man für die Ehe mit einem Ausländer braucht?« Marie-Chantal versuchte zuversichtlich zu wirken, obwohl auch sie der Zukunft bang entgegenblickte. Während ihre Eltern nichts von der Hochzeit wussten, hatte Haralds Mutter sich nach Kräften um seine Geburtsurkunde und das Ehefähigkeitszeugnis samt Übersetzung gekümmert. Sie wäre gern zur Hochzeit gekommen, doch ihrer eigenen Mutter ging es so schlecht, dass sie die alte Frau nicht allein lassen wollte.

Am schwierigsten zu beschaffen gewesen war das scheinbar Nächstliegende. Das Familienstammbuch der Jarrets. Marie-Chantals Vater bewahrte es in der untersten Schublade seines Schreibtisches auf und verschloss diesen sorgsam, wenn er aus dem Haus ging. Marie-Chantal hatte sich also etwas ausdenken müssen, um ihn fortzulocken, während er arbeitete. Alain war ihr behilflich gewesen, und nach zwei vergeblichen Versuchen war es ihr schließlich doch noch gelungen, das Stammbuch zu entwenden, ohne erwischt zu werden. Als das Aufgebot zehn Tage vor der Hochzeit ausgehängt worden war, hatte sie voller Inbrunst zum Herrn gebetet, er möge schlechtes Wetter schicken, und war tatsächlich mit einer guten Woche Dauerregen belohnt worden. Der hatte immerhin dafür gesorgt, dass sich offenbar niemand vor dem Kasten mit den Aushängen aufgehalten hatte, auch ihr Vater nicht. Dann aber hatte das Aufgebot wie üblich gleich neben den Todesanzeigen und anderen öffentlichen Bekanntmachungen in der Zeitung gestanden. In letzter Minute hatte es Marie-Chantal entdeckt und am Frühstückstisch mit einem dicken Marmeladenklecks, der ihr angeblich vom Brot getropft war, unleserlich gemacht. Trotzdem grenzte es an ein Wunder, dass offenbar keinem einzigen der vielen Bekannten ihres Vaters das Aufgebot ins Auge gesprungen war, zumindest hatte ihn niemand auf die bevorstehende Hochzeit angesprochen.

»Nun schau nicht so niedergeschlagen drein!« Lilou versuchte ihre Cousine aufzumuntern. »Es wird alles gut. Mach dir keine Sorgen, und genieß deine Hochzeit, sie soll doch der schönste Tag im Leben einer Frau sein!«

»Ich bin froh, dass wenigstens du da bist.« Ein Schluchzen entfuhr Marie-Chantal. »Harald wäre Vater ein guter Schwiegersohn geworden, aber er wird keine Gelegenheit dazu bekommen.« Sie bemühte sich um Fassung, nahm einen Stielkamm zur Hand und hielt ihn Lilou hin. »Hilfst du mir beim Hochstecken der Haare?«

Lilou nahm den Kamm und toupierte Strähne für Strähne. »Im Grunde beneide ich dich. Ich meine, du heiratest den Mann, den du liebst.« Sie betrachtete ihre Cousine im Spiegel und lächelte. »Wer weiß, was die Zukunft euch noch bringt?«

»Du hast mich nie spüren lassen, wie sehr dich der Gedanke quält, eines Tages zu meiner Hochzeit mit Jean-Claude kommen zu müssen. Nun ist er frei, Lilou. Frei für dich.« Marie-Chantal ergriff die Hand ihrer Cousine und drückte sie. »Bestimmt ist auch für dich der Tag deiner Hochzeit nicht mehr fern.«

»Du weißt schon, dass das heute Abend eine Katastrophe wird?«, lenkte Lilou vom Thema ab und steckte die letzten Haarnadeln in das hochtoupierte Konstrukt auf dem Kopf der Braut.

»Sicher.« Marie-Chantal wagte sich kaum auszumalen, was noch geschehen würde. Wie erwartet hatte ihr Vater anlässlich ihrer Volljährigkeit Freunde und Kollegen zu einem großen Fest eingeladen, doch sie, die eigentliche Hauptperson, würde nicht teilnehmen. »Ich rede vorher mit ihm, versprochen.« Sie sah auf die Uhr. »Komm, wir müssen los!«

Wie die meisten jungen Frauen hatte auch sie stets von einer großen kirchlichen Hochzeit mit einem langen Kleid aus weißer Seide und einem Schleier aus Tüll geträumt. Nun aber zog sie die kurze Jacke eines schmucklosen grauen Kostüms an und bereitete sich auf den Weg zum Standesamt vor. Auf eine kirchliche Hochzeit mussten sie verzichten. Der Bürgermeister von Ventabren, ein Onkel von Alain, würde sie trauen, ganz schlicht, ohne Gäste und Blumengestecke. Nur Alain und Lilou, ihre Trauzeugen, würden dabei sein.

»Na endlich!« Das Hupen von Alains Ente war unüberhörbar. »Die Hochzeitskutsche!« Lilou öffnete die Tür zum Flur und spähte hinaus. »Die Luft ist rein.« Sie winkte und schlich den Korridor entlang zur Haustür. »Komm schon!«, rief sie leise, dann huschten sie beide hinaus.

»Ich kann es ihm nicht sagen!« Marie-Chantal sah ihre Cousine hilflos an. Ihr Herz war schon den ganzen Tag in Aufruhr gewesen. Nun aber, wenige Stunden vor dem Fest, das ihr Vater für sie geben wollte, spielte es vollkommen verrückt.

»Sicher kannst du!«

»Aber er …«

»Er wird toben, gewiss, doch da musst du nun durch. Eine andere Wahl hast du nicht. Schließlich kannst du nicht einfach deiner eigenen Geburtstagsfeier fernbleiben. Nicht ohne Erklärung.« Lilou versetzte ihrer Cousine einen leichten Stoß. »Na los, geh schon, Madame Haeckel!« Sie lächelte verschwörerisch.

Marie-Chantals Knie fühlten sich noch weicher an als an jenem Tag vor der Apotheke. Madame Haeckel, das war sie. Seit – sie sah auf die Uhr – seit drei Stunden und vierunddreißig Minuten. Keine Viertelstunde hatte die Trauung gedauert, dann hatte der Bräutigam die Braut küssen dürfen. Marie-Chantal straffte die Schultern, stieg die Treppe hinauf und klopfte an die Tür des väterlichen Arbeitszimmers.

»Herein.«

»Kann ich dich einen Augenblick sprechen?«

Maître Jarret hob den Kopf von den Papieren auf seinem Schreibtisch. »Sicher.« Er stieß sich vom Tisch ab und rollte mit seinem schweren Stuhl nach hinten.

»Du siehst reizend aus«, sagte er. »Allerdings ein wenig trist für den Anlass, findest du nicht? Grau!« Er schüttelte tadelnd den Kopf und lehnte sich zurück. »Du weißt doch, dass ich heute deine Verlobung mit Jean-Claude bekannt gebe.«

Marie-Chantal nahm ihren ganzen Mut zusammen. »Das geht nicht«, sagte sie leise, ohne ihn anzusehen, und knetete ihre Finger.

»Wie bitte?« Er beugte sich zu ihr vor.

»Ich *kann* Jean-Claude nicht heiraten.« Mehr brachte Marie-Chantal nicht über die Lippen.

»Und warum, wenn ich fragen darf? Ist er dir plötzlich nicht mehr gut genug?« Seine Stimme klang bedrohlich. »Ist sich die Demoiselle zu fein für den Sohn meines besten Freundes?«

Marie-Chantal schüttelte nur stumm den Kopf.

»Nun, dann steht der Hochzeit ja nichts im Weg.« Maître Jarret erhob sich.

»Doch!«, stieß Marie-Chantal hervor. »Ich bin bereits verheiratet!« Sie streckte die Hand aus, an der ihr Ehering steckte, ein einfacher schmaler Goldreif ohne jede Verzierung. »Ich bin schwanger«, fügte sie rasch hinzu.

Maître Jarret ließ sich auf seinen Stuhl zurückfallen. »Wie konntest du das tun? Wer ist der Kerl?«

»Bitte, Vater, ich liebe ihn!«, rief Marie-Chantal in höchster Not.

Das Gesicht ihres Vaters war vor Wut dunkelrot angelaufen.

»Harald ist …«

»Doch nicht etwa dieser Boche?«, fuhr Maître Jarret ihr über den Mund.

Nur einmal hatte Marie-Chantal ihn bei Tisch erwähnt.

»Habe ich dir nicht deutlich genug gesagt, dass ich einen Boche in meinem Haus nicht dulden werde?« Maître Jarret sprang auf und kam auf seine Tochter zu wie eine Gewitterfront.

Harald konnte doch nichts für die Gräueltaten der Nazis!

»Doch, das hast du, Vater, aber …«

»Kein Aber!«, donnerte er.

»Wir erwarten ein Kind«, sagte Marie-Chantal noch einmal, als hätte er das nicht längst verstanden.

»Na und? Deswegen hättest du ihn doch nicht heiraten

98

müssen. Jean-Claude hätte die Vaterschaft natürlich anerkannt, um die Ehre der Familie zu retten.«

Marie-Chantal hatte gewusst, dass er das sagen würde. Wie ein Film war das Geschehen, das sie gerade durchlebte, schon ein gutes Dutzend Mal vor ihrem inneren Auge abgelaufen. Jedes Wort schien sie bereits gehört zu haben.

»Wie konntest du mich nur so enttäuschen und heimlich heiraten?«

»Du hättest es doch niemals erlaubt.«

»Selbstverständlich nicht. Glaubst du etwa, weil du mich vor vollendete Tatsachen stellst, ändert sich etwas? Du kennst mich und hast deine Wahl getroffen. Du bist nicht länger meine Tochter und auch die deiner Mutter nicht mehr. Tot bist du für die Familie, gestorben!« Er wandte sich ab und starrte aus dem Fenster.

»Vater, bitte!«

»Ich wünschte, deine Mutter hätte dich niemals geboren. Geh und betritt nie wieder mein Haus! Wage es nicht, uns deinen Bastard anzuschleppen, er existiert nicht für uns, hast du mich verstanden? Raus!«, brüllte er, als Marie-Chantal nicht gehorchte.

Weinend rannte sie aus dem Haus, lief vielleicht zum letzten Mal über den knirschenden Kiesweg und durch das schmiedeeiserne Tor hinaus auf die Straße.

Aix-en-Provence, Oktober 2009

Zum ersten Mal seit der Gründung des Festival d'Art Lyrique 1948 wird im Sommer 2006 Richard Wagner gegeben. Auf dem Konzertplan steht Das Rheingold. *Der zweite Teil der Tetralogie* Der Ring des Nibelungen *folgt im Sommer 2007 zur Einweihung des Grand Théâtre de Provence mit der* Walküre. Siegfried *wird im Sommer 2008, die* Götterdämmerung *2009 gegeben. Es spielen die Berliner Philharmoniker.*

Der Standesbeamte, der sich Erics Anfrage annahm, war überaus verständnisvoll und hilfsbereit.

»Sie haben Glück«, sagte er, nachdem Eric sein Anliegen vorgebracht hatte. »Ihre Adoption fällt zeitlich in eine Grauzone. Nur wenige Wochen später kam ein neues Gesetz zur Anwendung, das es mir unmöglich gemacht hätte, Ihnen weiterzuhelfen.« Dann suchte er in seinem Computer nach Erics Geburtsurkunde. »Ihre Eltern sind tot«, murmelte er. »Ich sehe wirklich keinen Grund, Ihnen Ihre Identität vorzuenthalten.« Er druckte Eric eine Kopie der ursprünglichen Geburtsurkunde aus.

»Am 29. März 1966 um 3 Uhr 46 Minuten wurde 24, Avenue des Tamaris, 13 100 Aix-en-Provence geboren: Eric François Hervé, männlichen Geschlechts ...«, las Eric halblaut.

»Eine bekannte Aixer Familie, die Jarrets«, unterbrach der Beamte Erics Lektüre. Er musste die Urkunde am Computer gelesen haben.

Eric sah ihn fragend an, warf einen erneuten Blick auf die Geburtsurkunde und suchte nach dem Namen Jarret.

»Merkwürdig, dass Sie zur Adoption freigegeben wurden«, brummte der Beamte und kratzte sich am Kinnbart, als ob er seine Hilfsbereitschaft mit einem Mal bereute. »Darf ich Ihnen einen Rat geben? Seien Sie umsichtig, wenn Sie Ihre Verwandten aufzusuchen gedenken. Fallen Sie nicht gleich mit der Tür ins Haus. Stellen Sie lieber erst ein paar Fragen, wer weiß, was damals vorgefallen ist.« Er stand auf, als Eric sich erhob, und reichte ihm die Hand. »Viel Glück, Monsieur.«

Kurz darauf fand sich Eric auf dem Platz vor der Mairie wieder. Blumenverkäufer priesen ihre Waren an, und die Sonne schien. Er hatte Familie. Hier in Aix. Solange er denken konnte, war er der festen Überzeugung gewesen, dass es niemanden gegeben hatte, der ihn nach dem Unfall seiner Eltern bei sich hätte aufnehmen können. Nun jedoch sah es so aus, als sei das ein Irrtum. Er zuckte zusammen, als sein Handy klingelte.

»Catou?«

»Ich hab mir Sorgen gemacht, *mon amour.* Geht es dir gut?«

»Ich wollte dich gestern nicht wecken.«

»Was ist los, *mon loulou?* Du klingst so merkwürdig.«

Catou konnte er so leicht nichts vormachen.

»Ich …«, Eric atmete tief ein. »Ich war beim Standesamt.«

»Beim Standesamt?«

»Um meine ursprüngliche Geburtsurkunde zu besorgen.«

Catou tat das einzig Richtige in diesem Augenblick. Sie schwieg, bereit, ihm zuzuhören.

»Ich weiß jetzt endlich, wer ich bin«, erklärte Eric. Ein Schaudern überkam ihn. Irgendetwas klang falsch daran. »Ich habe Verwandte hier. Offenbar ist die Familie meiner Mutter recht bekannt in Aix.«

»Aber das ist doch wunderbar!«

»Ich weiß nicht…«

»Sicher doch, *mon loulou,* deine Verwandten freuen sich ganz bestimmt, dich kennenzulernen.«

»Aber sie haben mich nicht gewollt, damals…«

»Du weißt doch gar nicht, was genau passiert ist.« Catou klang zärtlich. »Besuch sie und frag nach!«

Eric räusperte sich. »Du meinst wirklich, ich soll Kontakt aufnehmen?«

»Aber natürlich. Das musst du tun, Eric. Für dich. Du kommst sonst nie zur Ruhe.« Sie legte eine Pause ein. »Denk nur, wie schön es auch für die Kinder wäre!« Er hörte sie lächeln und nickte, obwohl er wusste, dass sie ihn nicht sehen konnte. Wie immer hatte sie recht. Solange es ausgesehen hatte, als hätte er keine Familie mehr, war ihm seine Herkunft nicht wichtig gewesen, natürlich hatte er Fragen gehabt, jedoch niemals Angst. Nun aber fürchtete er sich vor der Antwort auf die Frage, wer diese Menschen waren, die ihn aufgegeben hatten, einen Säugling, der beide Eltern verloren hatte.

»Vielleicht recherchierst du zunächst im Internet«, schlug Catherine vor.

»Gute Idee. Meine Mutter hieß Marie-Chantal«, sagte er leise. »Marie-Chantal Jarret.«

»Bestimmt wirst du fündig. Ich könnte versuchen, Urlaub zu kriegen, und zu dir kommen, aber es kann ein paar Tage dauern. Der Chefarzt ist seit gestern krank, und ich vertrete ihn.«

»Du vertrittst den Chefarzt? Das ist großartig, *ma chérie!*«
Eric bemühte sich, erfreut zu klingen. »Lass nur, Catou!
Kümmere dich um deine Arbeit, ich schaffe das hier, mach
dir keine Sorgen.«

»Aber du rufst mich an, sobald du mehr weißt, versprochen?«

»Versprochen.«

»Und jeden Abend!«

»Und jeden Abend. Ich liebe dich.«

»Ich liebe dich auch. Ich muss gehen.«

»Bis heute Abend also!«

»Ja«, sagte sie. »In meinem Herzen bin ich bei dir,
vergiss das nicht.«

»Vergesse ich nicht.« Es tat gut, ihre Stimme zu hören.
Catou fehlte ihm. Besonders jetzt. Hoffnung und Angst
waren keine gute Mischung. Bisher hatte Eric nie daran
gezweifelt, geliebt worden zu sein, nun aber schien es,
als sei er dem Rest der Familie, Menschen, die für ihn hätten sorgen können, hätten sorgen müssen, vollkommen
gleichgültig gewesen. Vielleicht hatte Catou ja recht und
es gab eine vernünftige Erklärung … Hastig lief er durch
die Straßen. Er würde Babette nach den Jarrets fragen. In
der Rue du Puits Neuf angekommen, nahm er den Fahrstuhl nach oben, rannte die letzte Treppe hinauf und
schloss voller Erwartung auf. Doch die Wohnung war leer.
Der Projektor stand noch auf dem Tisch. Eric fiel der
junge Mann aus dem Film ein. Mitte zwanzig mochte er
gewesen sein, als die Aufnahmen gemacht worden waren.
Eric war sicher, dass ihm Babette mehr über seine Familie
erzählen konnte. Der junge Mann sah ihm einfach zu ähnlich, als dass dies ein Zufall sein konnte. Eric nahm sich
vor, seine Gastgeberin ins Kreuzverhör zu nehmen, sobald

sie zurückkam. Er packte seinen Laptop aus und schaltete ihn ein. »Jarret«, murmelte er während der Recherche immer wieder vor sich hin. Zu seinem Erstaunen fand er eine ganze Menge Informationen, vor allem Zeitungsberichte über Maître Jarret und seine prominentesten Fälle. Auch was die Adresse des Familiensitzes anging, wurde er schließlich fündig. Er notierte sie und beschloss, das Haus zu suchen. Er wollte nachsehen, wo die Jarrets wohnten und wie sie lebten. Wollte wissen, warum diese Menschen einen Säugling in fremde Obhut gegeben hatten, statt ihn nach dem Tod seiner Mutter, die doch eine von ihnen gewesen war, aufzuziehen.

Die Bastide der Jarrets befand sich nordöstlich des Périphérique, der Ringstraße rund um die Innenstadt, und war zu Fuß gut zu erreichen.

Trotz der Stadtnähe war es eine ruhige Straße mit wenig Verkehr und parkenden Autos auf nur einer Seite.

Eric schlenderte auf dem Trottoir entlang, prüfte die Hausnummern und Namen, soweit sie auf den Briefkästen standen, und machte schließlich vor einem großen Tor halt. JARRET stand da in fetten Kapitalbuchstaben, Respekt einflößend, geradezu entmutigend. Das massive Eisentor verbarg das Anwesen vor neugierigen Blicken, also ging Eric weiter, kehrte jedoch schon bald um, da die Mauer um das Grundstück mehr als mannshoch war und ebenso wenig Einblick gewährte. Enttäuscht schritt er noch einmal an dem großen Eisentor vorüber und versuchte durch eine schmale Ritze in den Garten zu spähen. Plötzlich näherte sich ein Auto, und das Tor öffnete sich wie von Geisterhand mit lautem Quietschen. Eric fühlte, wie ihm das Blut in den Kopf schoss. Er wich zurück. Ein schwarzer

Geländewagen bog in die Einfahrt ein. Die dunkle Fensterscheibe auf der Fahrerseite surrte herunter. Ein Mann um die Mitte sechzig, gepflegt, gut aussehend, graues Haar und scharfe Augen, musterte Eric fragend und zugleich feindselig. Ob er ein Bruder seiner Mutter war?

»Monsieur Jarret?« Eric ging einen halben Schritt auf den Wagen zu.

»Nein«, antwortete der Mann barsch, drückte auf den Knopf, um die Scheibe hochzufahren, gab Gas und preschte die Einfahrt so ungestüm hinauf, dass der Kiesweg vom aufgewirbelten Staub zu rauchen schien. Am Haus angekommen, stieg er aus, sah sich zu Eric um und starrte ihn an, bis ihm das Tor, das sich langsam schloss, die Sicht nahm.

Willkommen war Eric hier offenbar nicht. Auch wenn der Mann kein Jarret war, so schien er doch in diesem Haus ein und aus zu gehen. Natürlich konnte er nicht ahnen, wer da an der Einfahrt stand und dass der Zaungast, den er vermutlich für einen potenziellen Einbrecher hielt, quasi ebenfalls hierhergehörte. In seinem Blick aber hatte nicht nur Argwohn gestanden, sondern eindeutig Feindseligkeit.

Eric blickte noch einmal ganz genau auf den Briefkasten. Unter dem Namen JARRET befand sich, in zierlichen Buchstaben geschrieben, noch ein weiterer: *Maître Jean-Claude Maurel*

Maurel?

Frankfurt, 28. Mai 1942

Treue und Tapferkeit bis in den Tod …
Aus einer Rede Adolf Hitlers

Frau Haeckel!«, hört Anna eine Stimme hinter der Tür. »Frau Haeckel!« Dann klingelt und klopft es. »Geht es Ihnen gut?«

Anna muss sich zusammenreißen. »Augenblick!« Sie atmet tief durch und öffnet die Tür. Den Kleinen hält sie fest in den Armen. So kann ihr der Kohlgeruch im Hausflur nichts anhaben. Sie stülpt sich ein Lächeln über und blickt die Nachbarinnen, Frau Fischer und Frau Hartmann, fragend an.

»Wir haben uns Sorgen gemacht.«

»Sie waren seit Tagen nicht mehr mit dem Kleinen auf der Straße, und das, obwohl die Sonne scheint.«

»Ach herrje! Sie sind ja schon wieder so dünn, Kindchen!«

»Haben Sie denn, was Sie brauchen?«

Anna nickt, obwohl sie kaum etwas zu sich nimmt.

»Ich meine da oben.« Frau Hartmann wirft einen Blick ins Treppenhaus, und Frau Fischers Augen folgen ihr. »Da oben sind ja fast alle fort. Die brauchen doch nichts mehr.«

»Wir dachten, Sie könnten ein paar Sachen für den Kleinen gebrauchen.«

»Windeln und Kleidung.«

»Ein Gitterbettchen.«

Anna zurrt das Lächeln in ihrem Gesicht fester, um den Halt nicht zu verlieren.

»Wir bringen Ihnen die Sachen runter. Ehe neue Mieter einquartiert werden. Vielleicht finden wir sogar noch ein paar Vorräte.«

Anna nickt. Sie hat Ruth und Lion das Kind gestohlen wie eine gewöhnliche Diebin, nun kann sie ihnen auch noch Bettchen, Kleidung und Windeln nehmen.

Nur ein paar Alte sind noch im Haus verblieben. Ihre Wohnungstüren halten sie fest verschlossen, obwohl es im ganzen Hausflur lärmt, als die beiden Frauen die Sachen heruntertragen. Vermutlich hoffen sie, dass man sie vergisst, wenn sie sich nicht zeigen.

»Sie müssen auf sich achtgeben«, sagt Frau Fischer, als alles in Annas Wohnung untergebracht ist, und streicht ihr freundlich über den Arm.

»Ein hübscher Junge.« Sie mustert das Kind mit forschenden Augen.

Annas Herz ist dem Zerspringen nahe. Ob die Nachbarin merkt, dass ihr das Kind nicht ähnlich sieht?

»Dunkles Haar«, stellt Frau Hartmann fest und strahlt. »Wie der Führer.«

Anna schwächelt.

»Kommen Sie, wir legen den Kleinen ins Bettchen!«

Eine Hand fasst Anna am Arm und zieht sie sanft ins Schlafzimmer. Nur widerwillig lässt sie den Jungen los. Gleich werden sie die Frauen an den Haaren reißen und ihr die Augen auskratzen. *Ein Judenbalg willst du unter unseren Augen großziehen und glaubst, wir merken es nicht!*, werden sie zetern. Anna spürt, wie sich ein schwarzer Vorhang vor ihre Augen schiebt.

Als sie wieder zu sich kommt, duftet es nach Kaffee.

Anna schleppt sich vom Sofa in die Küche.

»Echter Bohnenkaffee! Der belebt!«, jubiliert Frau Hartmann. »Geht es wieder?«

Anna nickt, nimmt die Tasse, die ihr hingehalten wird, und trinkt. Heiß ist er und dünn und schmeckt wie richtiger Kaffee.

»Ich hab ihn eigentlich aufheben wollen, für den Heimaturlaub meines Mannes«, sagt Frau Hartmann freundlich.

»Nun sei doch still, Sieglinde!«, fährt Frau Fischer sie an, doch es ist zu spät. Gesagt ist gesagt.

Heimaturlaub? Die Küche dreht sich plötzlich. Anna muss sich setzen. Wenn Heinrich von dem Kind erfährt, wird er ganz sicher ebenfalls Heimaturlaub beantragen und ihn auch bekommen. Freudentaumel und Angst zugleich ergreifen sie.

»Ich hab dir doch gesagt, du sollst nicht davon anfangen«, zischt Frau Fischer.

Heinrich. Der liebe, gute Heinrich. Was, wenn er merkt, dass der Junge nicht sein Sohn ist, und Anna verlässt? Sie womöglich den Behörden meldet? Er kennt sie und wird ihr ansehen, was sie getan hat. Er wird enttäuscht sein von ihr, dabei wünschten sie sich doch beide so sehr ein Kind!

»Heinrich«, murmelt Anna. Ihre Stimme kippt.

»Siehst du, sie weiß es schon«, brummt Frau Hartmann. »Es tut mir leid, Kindchen!« Sie streicht mit der Hand über Annas Wange.

Anna blickt auf, sieht die Nachbarin mit großen Augen an. »Was? Was weiß ich?«

»Dass du aber auch nie deinen Mund halten kannst!«

108

Frau Fischer schnauft und funkelt ihre Freundin wütend an. »Sie hätte es noch früh genug erfahren.«

»Was denn?«, schreit Anna. Sie ahnt es bereits und spürt, wie sie vom Stuhl rutscht. Sie stürzt auf den kalten Küchenboden, presst die heiße Wange dagegen. Heinrich! »Ist er tot?«, fragt sie, betrachtet das geometrische Muster der Fliesen. Weiß, schwarz, weiß, schwarz. Leben. Tod. So nah beieinander.

»Er ist am sechzehnten April gefallen, mein Mann hat es mir geschrieben.«

Heinrich und Herr Hartmann haben dem gleichen Zug angehört. Frau Hartmann sinkt neben ihr auf den Fußboden. »Ach, Kindchen, es tut mir so leid! Ich habe den Brief vor zwei Tagen bekommen. Ich dachte, Sie wüssten es und wären darum nicht mehr auf die Straße gegangen.«

»Wir haben uns wirklich Sorgen um Sie gemacht.« Frau Fischer packt sie unter den Achseln und zieht sie hoch, zurück auf den Stuhl.

Anna fühlt sich leer. Heinrich. Tot. Irgendwo an der Ostfront. Und alles, was sie empfinden kann, ist Erleichterung. Anna beginnt hysterisch zu lachen, lacht, bis ihr die Tränen über das Gesicht laufen und aus dem Lachen ein Weinen und dann ein Schluchzen wird.

Heinrich wird die Wahrheit niemals erfahren.

Er wird den Jungen nicht vor die Tür setzen und Anna nicht vor den Richter bringen. Ich bin Witwe, dämmert es ihr. Heinrich muss die Vaterschaft nicht einmal anerkennen. Sie sind ja verheiratet. Niemand wird es wagen, an dem Kind zu zweifeln. Sein Vater ist ein Held. Gefallen für Führer und Vaterland. Und der Junge ist kein Jude mehr. Anna wird immer für ihn da sein, ist er doch das Wichtigste in ihrem Leben. Nur für ihn atmet und isst sie.

Gott hat ein Einsehen mit ihr gehabt.

Er hat ihr den Mann genommen und dafür einen Sohn geschenkt. Nun muss er nur noch dafür sorgen, dass Ruth und Lion niemals zurückkehren. *Es ist besser so,* glaubt sie Jakobs Vater sagen zu hören.

Aix-en-Provence, Juni 1966

Erst durch Erlasse der Glaubenskongregation vom 14. Juni und 15. November 1966 wurde der Index Librorum Prohibitorum, das 1559 erstmals erschienene Verzeichnis verbotener Bücher, in dem Autoren wie Balzac, Dumas, Heine, Kant und als einer der Letzten auch Sartre verzeichnet waren, formell abgeschafft.

Maman?« Marie-Chantal steckte den Kopf ins Schlafzimmer ihrer Mutter.

»Marie!« Madame Jarret sprang vom Stuhl vor ihrer Frisierkommode auf. »Was willst du hier?« Panik schwang in ihrer Stimme mit.

Marie-Chantal öffnete die Tür ganz. »Ich wollte dir deinen Enkel vorstellen.« Lächelnd trat sie ein. »Er schläft«, sagte sie sanft, als ihre Mutter zurückwich. »Sieh nur, wie reizend er ist!«

Madame Jarret stand da wie erstarrt.

»Bitte, Maman, er ist dein einziger Enkel!« Marie-Chantal konnte nur ahnen, wie sich ihre Mutter fühlte. Als treue Ehefrau hatte sie ihrem Gatten stets absoluten Gehorsam gezollt. So hatte man sie erzogen. So war sie es gewohnt. In all den Jahren ihrer Ehe hatte sie ihm nie widersprochen oder sein Urteil angezweifelt. Wäre sie nun auf ihre Tochter und deren Sohn zugegangen, hätte das Rebellion im Hause Jarret bedeutet. Doch eine Mutter liebt ihr Kind, und auch sie liebte ihre Tochter, dessen war sich Marie-Chantal sicher.

»Maman, bitte!«, flehte sie erneut. »Nur eine Minute. Schau ihn dir an!« Sie tat einen Schritt auf ihre Mutter zu. »Er kann doch nichts dafür. Weder für meine Entscheidung noch für Vaters Zorn. Er ist unschuldig.«

»Die Erbsünde…«, murmelte Madame Jarret. »Niemand ist ohne Schuld.« Trotzdem trat sie näher und betrachtete das Kind.

»Er hat deine Augenbrauen«, sagte Marie-Chantal weich, »und Vaters entschlossenen Zug um den Mund.« Als sie von ihrem Vater sprach, versteifte sich Madame Jarret, und das zarte Flämmchen von Zuneigung für das Kind, das Marie-Chantal in ihren Augen zu sehen geglaubt hatte, erlosch sogleich wieder.

»Er ist ein Bastard. Dein Vater wird nie die geringste Ähnlichkeit in ihm sehen.«

»Und doch ist er sein Großvater, daran ändert sich nichts, ganz gleich, wie er darüber denkt.« Marie-Chantal küsste das schlafende Kind auf die Wange. »Er heißt Eric. Ich dachte, du solltest das wissen.« Der jüngste Bruder ihrer Mutter hatte Eric geheißen. Er war ihr Liebling gewesen. Ein fröhliches Kind, das sein junges Leben mit nicht einmal neun Jahren im Krieg verloren hatte.

Marie-Chantal entdeckte Rührung im Blick ihrer Mutter. Sie trat auf sie zu und hielt ihr den Säugling entgegen. »Halt ihn!«

Wie in Trance streckte Madame Jarret die Arme aus, nahm das Kind und wiegte es leise singend.

»Mein Wiegenlied.« Marie-Chantal lächelte wehmütig. »Meine Stimme ist nicht so schön wie deine, trotzdem singe ich es für den Kleinen, und es wirkt genauso beruhigend auf ihn wie bei mir früher.« Sie küsste ihre Mutter auf die Wange. »Du fehlst mir, Maman.«

»Dein Vater wird seine Meinung niemals ändern. Du musst gehen, ehe er nach Hause kommt«, erwiderte sie traurig und reichte ihr das Kind zurück.

»Meine Adresse – komm uns besuchen!«, bat Marie-Chantal und steckte ihrer Mutter einen Zettel zu.

»O Gott!« Madame Jarret wurde kreidebleich, als die Haustür zu hören war. »Dein Vater!«

Als ob er geahnt hätte, dass hinter seinem Rücken etwas Unerlaubtes geschah, kam er an diesem Nachmittag früher nach Hause und stürmte nun die Treppe herauf.

»Wo ist sie?«, brüllte er schon im Flur.

Jeanne, die Haushälterin, musste ihm gesagt haben, dass Marie-Chantal im Haus war.

Madame Jarret sprang so weit von ihrer Tochter und dem Kind zurück wie nur irgend möglich und riss abwehrend die Hände hoch.

»Ich habe dir verboten, dich noch einmal hier blicken zu lassen!«, herrschte Maître Jarret seine Tochter an. »Du und dieses Bochebalg seid hier nicht willkommen!« Er starrte das Kind so feindselig an, dass Marie-Chantal in Tränen ausbrach.

»Er ist dein Enkel!«, rief sie.

»Er ist *dein* Bastard, ich habe keinen Enkel und keine Tochter«, antwortete er mit purpurfarbenem Gesicht. »Verlass mein Haus und betritt es nie wieder!«

Marie-Chantal unterdrückte ein Schluchzen und blickte hilfesuchend zu ihrer Mutter hinüber. Die aber hatte nicht die Kraft, ihrem Mann die Stirn zu bieten. Sie senkte den Blick, setzte sich an den Frisiertisch und kämmte sich das Haar.

Marie-Chantal verließ das Haus mit hocherhobenem Haupt. Ihr Sohn würde einmal ein brillanter Anwalt werden und sein Großvater nicht anders können, als stolz auf ihn zu sein. Auf dem Weg zum Tor begegnete sie Jean-Claude, der ihrem Vater wie immer die Akten nachtrug.

»Wehe, du machst Lilou unglücklich!«, fuhr sie ihn an. »Sie liebt dich, wie ich es nie getan hätte.«

»Du hast die falsche Entscheidung getroffen, dein Boche kann ja nicht einmal anständig für euch sorgen. Bei mir hättest du dir Kleider von Cacharel kaufen können.«

»Ich pfeife auf Cacharel!«

»Ich hätte mich sogar um *ihn* gekümmert.« Jean-Claude deutete auf den Jungen, wie man beim Schlachter auf ein Stück Fleisch zeigt.

»So, wie du ihn ansiehst? Niemals!«

»Ich liebe dich«, sagte Jean-Claude. »Deine Cousine habe ich nur aus Rücksicht auf meinen Vater geheiratet. Es hätte ihm das Herz gebrochen, wenn unsere Familien nicht vereint worden wären.«

»Werd endlich erwachsen, Jean-Claude, und triff deine eigenen Entscheidungen!«

Marie-Chantal schritt zum Tor hinaus, ohne sich noch einmal umzusehen.

Aix-en-Provence, Oktober 2009

Ein deutsches Requiem von Brahms wird schon seit Jahren immer wieder in Aix gegeben, unter anderem in der Cathédrale Saint-Sauveur und in diesem Jahr im Grand Théâtre de Provence.

Als Eric den Salon betrat, saß Elisabeth Maurel mit glasigen Augen am Esstisch, vor ihr ein Karton mit Bildern.

»Wir haben gestern über meine Cousine gesprochen …«, sie deutete auf einen Stuhl. Eric folgte der stummen Aufforderung schweigend. »Marie-Chantal fehlt mir noch immer. Sie war nicht nur meine Cousine, sondern auch meine beste Freundin.«

»Marie-Chantal?«

Sie nickte. »Marie-Chantal Jarret, deine Mutter. Ich habe die Geburtsurkunde auf dem Tisch liegen sehen, aber ich ahnte, nein, ich wusste schon vorher, dass du ihr Sohn bist.«

Eric lief ein Schauer über den Rücken.

»Seit dem Moment, als du auf meiner Schwelle standest. Die Ähnlichkeit mit deinem Vater hat mich darauf gebracht. Trotzdem wollte ich Gewissheit. Darum bat ich dich, mich zu Chaberts Ausstellung zu begleiten. Alain war genauso überrascht wie ich und ebenso sicher.« Babette lächelte ihn an. »Gestern Nacht habe ich mir zum ersten Mal seit Marie-Chantals Tod den Film angesehen, den Alain von uns gedreht hat. Nur deine Mutter hat mich Lilou genannt. Niemand sonst hat Elisabeth so abgekürzt.«

115

Sie sah Eric nicht an, schob ihm nur den Karton mit den Bildern zu. »Der Film und ein paar Fotos, mehr ist mir von ihr nicht geblieben.«

Eric öffnete den Mund, ohne einen Laut hervorzubringen. Er wollte die Hand heben und die Fotos betrachten, doch er konnte nicht.

»Deine Mutter hat deinen Vater geliebt«, sagte Babette, goss sich ein Glas Rosé ein und hob fragend die Flasche.

»Nein danke.« Eric wollte nüchtern bleiben.

»So wie ich Jean-Claude geliebt habe, den Mann, dem deine Mutter versprochen war. Ich hatte Glück, dass sie sich damals für Arald entschied. Das dachte ich zumindest, als mich Jean-Claude um meine Hand bat.«

Eric erinnerte sich an den zweiten Namen auf dem Briefkasten der Jarrets.

»Maître Maurel? Jean-Claude Maurel?«

»Du kennst ihn?«

Erst jetzt fiel Eric auf, dass Babette ihn duzte. Er schüttelte den Kopf.

»Ich wusste, dass er deine Mutter liebte und nicht mich, doch ich war zuversichtlich, seine Liebe im Lauf der Zeit gewinnen zu können. Ein Traum war das, mehr nicht. Ein naiver Traum, der nicht in Erfüllung ging!« Sie schüttelte ungläubig den Kopf. »Bis ich schwanger war, behandelte er mich zumindest mit Respekt«, fuhr sie fort. »Doch nach der Geburt unseres Sohnes hat er mich kein einziges Mal mehr angerührt.« Babette nahm einen großen Schluck Wein, bevor sie weitersprach. »Er hat mich erniedrigt und mich schamlos betrogen, ohne Rücksicht auf meine Gefühle. Und ich? Ich habe es zugelassen. Ich war ihm verfallen und wollte nicht wahrhaben, was doch offensichtlich war.« Ein Seufzer entfuhr ihr. »Weil er sich an ihr nicht mehr rächen konnte, bestrafte er mich für Marie-Chantals Zurückweisung. Trotzdem brachte ich es nicht fertig, ihn zu hassen. Ich kam einfach nicht los von ihm, habe festgehalten an unserer Ehe, die Augen geschlossen und alles erduldet, ohne mich je zu beschweren. Doch ihm war das nicht genug.« Sie rang nach Atem und sprach schließlich bedächtig weiter, als müsse sie sich erinnern, die Worte abwägend. »Neunzehnhunderteinundneunzig, unser Sohn war gerade achtzehn und damit volljährig, hat er sich von mir getrennt. Scheidungen waren längst kein Drama mehr. Außer in unserer Familie. Mein Vater hat mich wie eine Aussätzige behandelt, meine Mutter hat gezetert, weil ich meinen Mann nicht zu halten gewusst hatte. Jean-Claude hat die Scheidung betrieben, und ich habe die Beschimpfungen über mich ergehen lassen müssen. Obwohl ich meinen Mann niemals betrogen habe, wurde mir Untreue nachgesagt. *Er* tat allen leid, weil er mit einer Verrückten zusammenlebte.« Babette schnaubte ungläubig. »Ich litt an Depressionen, weil der Mann, den ich liebte, mich hinterging – und *ihn* bedauerte man.«

Eric fiel das Foto aus der Galerie ein, auf dem Babette so niedergeschlagen gewirkt hatte.

»Ich hätte dir gern gesagt, dass du eine wunderbare Familie hast, Eric.« Babette betrachtete eines der Fotos auf dem Tisch. »Doch das kann ich nicht. Deine Mutter wurde verstoßen, weil dein Großvater es verlangte. Dabei hatte sie nichts weiter verbrochen, als den Falschen zu lieben.« Sie lachte verzweifelt auf . »Und mich haben sie verachtet, weil mich der Richtige nicht geliebt hat. Und sie tun es noch immer. Keiner in dieser Familie hat ein Herz im Leib. Nicht einer hatte Mitleid. Weder meine Geschwister noch der Bruder deiner Mutter. Kleine seelenlose Zinnsoldaten meines Onkels waren sie. Alle miteinander. Nur Jean-Claude hat stets seine eigenen Ziele verfolgt und den Alten so zu nehmen gewusst, dass er zeit seines Lebens alles, wirklich alles von ihm bekommen hat.«

Eric dachte an den misstrauischen Blick des Mannes, der vor dem Anwesen der Jarrets vorgefahren war.

»Hat Jean-Claude meinen Vater gekannt?«

»Nicht wirklich. Er hat ihn ein paarmal gesehen, als die beiden bereits verheiratet waren, das ist alles.«

Eric nickte verstehend. Wenn der Grauhaarige Maître Maurel gewesen war, konnte er also durchaus geahnt haben, wer Eric war. »Und mein Großvater?«

Babette schüttelte den Kopf. »Nein, er hat ihn nicht gekannt.«

»Vielleicht sollte ich ihn aufsuchen.«

»Er ist tot, Eric. Seit einigen Jahren schon.« Sie legte ihre Hand auf die seine und drückte sie sanft. »Glaub mir, es ist besser so. Bis zum letzten Atemzug beharrte er auf seiner Meinung. Er hätte dich nicht sehen wollen. Er hat die Deutschen zu sehr gehasst.«

»Und meine Großmutter, lebt sie noch?«

Babette nickte zögerlich. »Auch wenn ihr Mann nicht mehr lebt, wird sie es nicht wagen, sich seinem Willen zu widersetzen. Glaub mir, es ist verlorene Liebesmüh.«

Eric suchte dennoch ein weiteres Mal das Anwesen der Jarrets auf. Er hatte heftig mit sich gerungen, ob es Sinn hatte, doch er brauchte Antworten, die Babette ihm nicht geben konnte. Seine Hand zitterte, als er auf den Klingelknopf drückte. »Eric Laroche für Madame Jarret«, sagte er in die Sprechanlage, als sie rauschte und knackte, dann öffnete sich das Tor lautlos, beinahe widerstrebend.

»Ich muss Madame Jarret in einer dringenden persönlichen Angelegenheit sprechen«, erklärte er der Haushälterin. Sie musterte ihn einen Augenblick lang unschlüssig, führte ihn schließlich in die Bibliothek und versprach, Madame zu fragen, ob sie gewillt sei, ihn zu empfangen.

Eric setzte sich auf einen der fein geschwungenen Sessel im provenzalischen Stil. Drei der vier Wände waren bis unter die Decke mit maßgefertigten Bücherschränken aus gewischtem Holz ausgestattet. Viele wertvolle Ausgaben von Klassikern, antike Atlanten und goldverzierte Folianten standen darin. Ob sie jemals gelesen oder zumindest durchgeblättert worden waren? Eric bezweifelte es. Sie wirkten unberührt, standen zu ordentlich in Reih und Glied. Gewiss wurden sie vom Personal regelmäßig abgestaubt, von ihren Besitzern aber wohl kaum geliebt. Nicht wie ein Ausdruck von Kultur und Lesefreude wirkten sie, sondern wie Zeugnisse von Reichtum und Erfolg.

Eric hatte sich keine Gedanken über das Alter von Madame Jarret gemacht und war überrascht, als er bei ihrem Eintreten feststellte, dass sie weit über achtzig sein musste. Die elegante, feingliedrige alte Dame war keineswegs unsympathisch, wirkte jedoch unnahbar.

»Monsieur Laroche?« Ihr Blick verriet nicht, ob sie ahnte, wer sie besuchte. »Was verschafft mir die Ehre?« Sie hüstelte kurz und stützte sich auf den Elfenbeinknauf ihres Gehstocks.

»Ehre?« Eric lachte auf. »Ich weiß nicht, ob Sie es als Ehre empfinden, wenn Sie erfahren, wer ich bin.«

»Dann machen Sie es kurz, ich habe nicht viel Zeit.« Madame Jarret musterte ihn abweisend, strich den Rock mit einer Geste glatt, die ihr vermutlich seit über sechzig

Jahren eigen war, und setzte sich. Sie hatte schlanke Beine und schmale Füße, an denen sie elegante Schuhe trug.

»Mein Name ist Eric«, sagte er. »Ich wurde adoptiert, als ich sechs Monate alt war. Meine Eltern hatten einen tödlichen Autounfall, bei dem ich als Einziger überlebte.« Er legte eine taktische Pause ein und musterte die alte Dame mit forschendem Blick. Ihre Augen waren von einem verwaschenen Graublau, ihr Gesicht war schmal und von feinen Linien durchzogen, besonders um Mund, Kinn und Nase. Ihr Teint war abgepudert, das weiße weiche Haar zu einem eleganten Chignon aufgesteckt und die duftige Seidenbluse mit einer Schleife hochgeschlossen, vermutlich damit man die Falten an ihrem Hals nicht sah.

»Eric?« Sie war aschfahl geworden. Ihre zarten Hände bebten, als sie auf der Suche nach Halt die Armlehnen umklammerten. Der Gehstock ruhte auf ihren Knien.

»Ich habe immer geglaubt, keine Familie mehr zu besitzen«, fuhr Eric fort und empfand ein gewisses Maß an Genugtuung, als er sah, welche Wirkung die Enthüllung auf seine Großmutter hatte. »Bislang war ich glücklich, von so wunderbaren Adoptiveltern aufgenommen worden zu sein.« Er räusperte sich. »Seit gestern jedoch weiß ich, dass meine Mutter nicht allein auf der Welt war, sondern neben einem Bruder auch Eltern, Cousins und Cousinen, Onkel und Tanten hatte.« Wie viel Wut und Enttäuschung in seiner Stimme mitschwang, konnte der alten Dame nicht entgehen. Eric musterte sie herausfordernd, obwohl er sie viel lieber in die Arme geschlossen hätte.

Madame Jarret schüttelte ungläubig den Kopf. Wächsern sah sie aus, als laure der Tod bereits auf sie. Atmete sie überhaupt noch? Wage nicht, einfach tot umzufallen!, dachte Eric. Das könnte dir so passen, dich fortzustehlen, ohne mir Rede und Antwort zu stehen!«»Haben Sie sich nie gefragt, was aus mir geworden ist, Madame?« Er sah ihr forschend in die Augen und begegnete dort nur frostiger Kälte, so als ginge sein Schicksal sie nichts an.

Erics Schläfen pochten. »Warum habt ihr zugelassen, dass ich in die Hände von Fremden gegeben wurde?«, brach es aus ihm heraus, doch er hoffte vergeblich auf eine Antwort. »Ich bin euer Enkel! Der einzige Sohn eurer toten Tochter.« Als die alte Dame mit keiner Wimper zuckte, verlor Eric die Fassung. »Ich war noch ein Säugling!«, brach es aus ihm heraus. Tränen drohten ihn zu ersticken.

»Marie-Chantal hatte die Wahl«, stieß sie schroff hervor.

»Die Wahl?« Eric traute seinen Ohren nicht. »Die hattet *ihr* auch!«, begehrte er empört auf. »Ihr hättet ihre Entscheidung respektieren können, respektieren müssen.«

»Ein Boche in unserer Familie!«, schnaubte sie verächtlich. »Das war undenkbar und ist es noch.« Sie sah an ihm vorbei.

»Habt ihr eure Entscheidung denn nie bereut, euch nie gefragt, ob es nicht doch einen Weg gegeben hätte? Ob es mir gut geht?«

Sie blickte ihn mit verkniffenem Mund an, schüttelte den Kopf und stand auf. »Der Boche hat uns die einzige Tochter genommen. Sie hätte alles haben können! Aber sie musste ja unbedingt *ihn* nehmen. Ausgerechnet einen Deutschen, nach allem, was die uns angetan haben.« Sie starrte aus dem Fenster. »Deutschland, dieses verdammte Deutschland hat sie uns genommen.« Sie straffte die schmalen Schultern. »Unser Gespräch ist beendet, Monsieur.«

Eric wollte noch etwas erwidern, doch er schluckte nur, wandte sich ab und ging.

Monsieur. Sie hatte ihn Monsieur genannt, nicht Eric. Nicht ein einziges Mal, obwohl seine Anrede vertraulicher geworden war. Obwohl sie doch seine Großmutter war.

Was hast du erwartet?, pochte sein Herz. Dass sie den verlorenen Enkel in die Arme schließt und weinend um Verzeihung bittet? »Vielleicht«, murmelte Eric und lief den Kiesweg zum Tor hinunter.

Plötzlich stand der gut aussehende Mittsechziger vor ihm.

»Monsieur Maurel?«

»Hier gibt es nichts zu holen, verschwinde, geh zurück, wo du herkommst, Boche!«, fauchte der. »Unglaublich, hier einfach aufzutauchen!« Verbitterung und abgrundtiefer Hass lagen in seinem Blick. »Du und dein Vater seid schuld an Marie-Chantals Tod!«

Frankfurt, 22. März 1944

Das Wort Katastrophe, *besonders im Zusammenhang mit Luftangriffen, soll aus dem offiziellen Sprachgebrauch ausgemerzt werden. Im Dezember 1943 ergeht eine Anordnung, anstelle des Begriffs Katastropheneinsatz nur noch das Wort* Soforthilfe *zu verwenden ...*

Als die Sirenen heulen, fährt Anna hoch. Fliegeralarm! O nein, bitte nicht! Nicht schon wieder!

»Baba, Mama!« Sie ist auf dem Sofa eingeschlafen und hat geträumt. Von ihren Eltern und vom Sommer, von bestellten Feldern und einer langen Tafel mitten im Grünen, schwer beladen mit krossem Braten von Schwein und Rind, mit Hühnchen und Ente, mit Würsten, Brot, Butter und Schmalz, mit Süßspeisen und Kuchen, Bohnenkaffee und Wein. Ein schöner Traum, der nun jäh endet. Anna springt auf, sieht auf die Wanduhr. Es ist Nacht. Viertel vor zehn. Fast die gleiche Zeit wie beim letzten Angriff. Ihr Herz stolpert. Wieder und wieder heulen die Sirenen. Wie so oft in den letzten Monaten. Sie jagen ihr Schauer über den Rücken. An dieses Jaulen gewöhnt sie sich nie. Der Bombenhagel vor vier Tagen war der bislang schlimmste Angriff auf Frankfurt. Alle sind erschöpft und hoffnungslos. Viele Häuser wurden zerstört, ganze Straßenzüge liegen in Schutt und Asche. Wasser- und Stromleitungen, Kirchen und Krankenhäuser, nichts ist verschont geblieben ... Ob je wieder Frieden einkehrt? Anna ist nicht die

Einzige, die am Endsieg zweifelt. Hier und dort wird verhaltene Kritik am Krieg geübt, nur laut sagen darf man so etwas nicht. Wehrkraftzersetzung wird das genannt und von Standgerichten verhandelt. Die Verräter werden in aller Öffentlichkeit auf der Straße hingerichtet. Zur Abschreckung für alle. Es gibt Bilder vom Krieg, die Anna niemals vergessen wird. Die Gehängten gehören dazu. Und die Erschossenen. Die Schwerverletzten, die Verbrannten, Erschlagenen und Verbrühten.

Anna nimmt die Kerze vom kleinen Tisch und läuft ins Schlafzimmer. Wasser und elektrisches Licht gibt es schon seit Wochen nicht mehr. Sie müssen in den Keller. Gleich! Tiefes, bedrohliches Brummen kündigt die ersten Bomber an. Das Haus erzittert vor Angst. In der Ferne sind Explosionen zu hören. Auf der Suche nach ihren Schuhen fliegt Annas Blick durch das Schlafzimmer.

»Mama?«, fragt ein verschlafenes Stimmchen.

»Ja, mein Liebling.« Sie hat ihre Schuhe gefunden und ist hineingeschlüpft. »Wir müssen in den Keller«, flüstert sie und deckt den Jungen auf. Dick und rund sieht das dürre Kerlchen aus. Anna hat ihm zweimal Unterwäsche, drei Pullover, eine Jacke und einen Mantel angezogen. Seit Tagen schon legt sie ihn so eingemummelt schlafen – für den Fall, dass sie wieder die ganze Nacht in der eisigen Dunkelheit des Kellers verbringen müssen.

»Ich will nicht!«, plärrt der Kleine.

»Ich weiß, du bist müde.« Liebevoll fährt sie ihm über das weiche, leicht verschwitzte Kinderhaar. Auch sie ist müde. Furchtbar müde. Ist den Krieg leid. Den Hunger. Die Angst. Die Unsicherheit. »Halt dich fest! Ich trage dich.« Sie küsst den Buben auf die Wange, nimmt die Kerze, hebt ihn auf den Arm und geht in den Flur. Der kleine Lederkoffer wartet neben der Kommode auf sie. Sie ergreift ihn und stürzt aus der Wohnung. Ein letzter Blick noch, Kerze löschen, Tür zuschließen. Vielleicht ist es Unsinn, sie zu verriegeln. Wenn eine Bombe auf das Haus fällt, ist ohnehin alles vorbei. Dann bleibt nichts übrig von ihrem Hab und Gut, dann liegen sie alle verschüttet unter den Trümmern, erschlagen oder erst nach einer Weile erstickt, womöglich verbrannt oder einfach verblutet. Nach den zahllosen Angriffen der letzten Monate sind viele Häuser zerstört und ausgebrannt, so hat Anna kaum Hoffnung, auch diesmal glimpflich davonzukommen. Vor allem die Innenstadt, den Römer und den Westen hat es das letzte Mal erwischt. Kaum ein Haus steht dort noch. Zerbombte Gebäude, wo man hinschaut, steinerne Gerippe, tot, anklagend und elend. Trümmerhaufen und Leichenberge, Verschüttete, Rauch, der aus den Ruinen aufsteigt, Gestank, Verzweiflung und Angst sind alles, was von der Altstadt übrig geblieben ist. Straßen gibt es dort nicht mehr, nur Schuttberge, aus denen herausgerissene Straßenbahnschienen hervorragen.

Es hat doch alles keinen Sinn, denkt Anna. Warum bleibe ich nicht einfach in der Wohnung, lege mich mit dem Kleinen ins Bett und sterbe, geborgen und in Würde, statt in einem dunklen, schmutzigen Keller elend zu verrecken?

»Frau Haeckel, nun kommen Sie doch!«, ruft ein Nachbar ungehalten und zerrt sie am Arm mit hinunter. Seit Mitte letzten Jahres ist das Haus *judenfrei*. Zwei ausgebombte Beamte mit ihren Familien wohnen nun hier. Die Schmidts und die Lechners. Und der pensionierte Postoberinspektor Dietrich mit seiner Frau. Die Krusenbrink mit ihren drei Kindern, ihrer Schwester, die beim Rundfunk arbeitet, und ihren Eltern sowie die Kriegsversehrten. Weck – er hat nur noch einen Arm. Und Lehmann – ihm fehlen an jeder Hand drei Finger, auch die Nasenspitze und die Fußzehen sind ihm in Russland erfroren. Dazu zwei alleinstehende junge Frauen, die zur Untermiete wohnen. Zum Glück ahnt keiner von ihnen, dass noch immer ein Jude im Haus lebt. Anna drückt den Kleinen fest an die Brust. Niemand weiß etwas, beruhigt sie sich. Nicht einmal ihre Untermieterin. Wohnraum wird immer knapper, seit die häufigen Bombenangriffe so viele Häuser zerstört haben, darum wohnt Renate nun bei ihnen. Anna weiß nichts von ihr und sieht sie kaum, denn sie ist Tänzerin und arbeitet nachts. Immer wieder verschwindet die junge Frau für ein paar Tage, taucht plötzlich mit einem Pelzjäckchen, elegantem Schmuck oder schicken Kleidern wieder auf. Da sie die Miete im Voraus bezahlt, fragt Anna nicht nach. Der Bub ist zum Glück noch zu klein, um verdorben zu werden. Diesmal ist Renate schon seit einer Woche verschwunden. Gewiss hat sie wieder einem SS-Mann den Kopf verdreht. Sie liebt Männer in Uniform, und Anna ist sicher – wenn der Krieg vorbei ist, wird sie mit den Siegern herumpoussieren, ganz gleich, wer das sein wird. Auch wenn Anna sie für allzu leichtfertig hält, was Männerbekanntschaften angeht, so ist Renate doch freundlich und zaubert ein wenig unbeschwerte Fröhlichkeit in den harten grauen Alltag. Oft bringt sie Lebensmittel mit nach Hause und teilt sie mit Anna und dem Jungen. Das Essen!, fällt Anna siedend heiß ein. Sie hat vergessen, die wenigen Vorräte, die noch im Küchenschrank liegen, mit in den Keller zu nehmen. Tränen schießen ihr in die Augen. »Ich muss noch einmal in die Wohnung!« Sie will schon umkehren, als sie eine Hand im Rücken spürt.

»Dafür ist es zu spät, Frau Haeckel, denken Sie an den Jungen!« Herr Dietrich, der Luftschutzwart, ruft sie zur Ordnung und schiebt sie energisch vorwärts. Anna gehorcht und geht weiter. Mörtel raucht aus den Wänden, als das Haus plötzlich erbebt.

Anna hustet.

»Schneller!«, ruft der einarmige Herr Weck und wirft die Kellertür hinter ihnen zu.

Anna stellt das Köfferchen gleich neben ihrer Matratze auf den Boden. Nur das Nötigste hat sie darin zusammengepackt. Papiere, Schmuck, ein paar Erinnerungsstücke, die Sammeltassen der Großmutter und ihr silbernes Besteck. Sie setzt den Kleinen ab und lässt sich neben ihm nieder. Im Keller hat jeder seine Ecke. Ihre ist eigentlich keine Ecke, sondern nur ein ganz bestimmter Platz zwischen den anderen. Rechts sitzt die Krusenbrink mit ihrer Großfamilie, links das Ehepaar Dietrich. Die Schmidts und die Lechners haben sich auf der anderen Seite der Tür eingerichtet. Unter den beiden Fenstern, die mit Eisenplatten verschlossen sind, sitzt niemand. In der Altstadt waren viele Keller miteinander verbunden. Hier im Nordend nicht. Einige Keller sind ungeeignet als Luftschutzraum, andere sollen sicher genug sein. Dieser hier ist von den Männern im Haus erst letztes Jahr verstärkt und ausgebaut worden. Hoffentlich hält er stand. Im Keller, im Aufgang und in den Fluren stehen Wassereimer mit Feuerpatschen und Holzkisten mit Löschsand. Für den Fall, dass jemand muss, gibt es einen Eimer mit Deckel und eine weitere Kiste mit Sand.

Das tiefe, dumpfe Grollen kommt immer näher, treibt Anna Angstschweiß auf die Stirn. Dann kracht es, und das Trommelfell droht ihr zu platzen.

Sie schließt die Augen, wirft sich über den Kleinen und hält ihm die Ohren zu. Der Einschlag muss ganz nahe gewesen sein. Putz rieselt von den Wänden. Pfeifen, Schrillen, Quietschen, Fauchen, Brummen, Donnern, dann ein Rauschen und Brausen, als ob die Welt unterginge. Die Kinder weinen. Die Nachbarn tuscheln und wispern, jammern, klagen, schnaufen und schaben mit den Füßen auf dem Boden.

Jemand betet laut. »Vater unser im Himmel …«

Anna will ruhig bleiben, doch die Sirenen heulen nicht draußen, sondern in ihrem Kopf, die Flieger dröhnen, und die Bomben explodieren in ihrem Körper. Keuchen, Zerren und Ziehen in ihrer Magengrube. Angst. Nackte Angst.

Herr Dietrich steht auf.

»Gasmasken aufsetzen!«, ruft er. »Wer weiß, was die da draußen auf uns herunterwerfen. Außerdem helfen sie gegen den Rauch, falls das Haus …« Er beendet den Satz nicht.

Alle im Keller folgen seiner Aufforderung. Manche brummeln, tun dann aber doch, was er sagt. Auch Anna.

»Schatz!« Sie streichelt dem Kleinen über die Wange. »Lass uns die Maske aufsetzen, ja? So, wie wir's geübt haben«, bittet sie das verschreckte Kind in ihren Armen.

Doch der Kleine wendet sich ab. »Die tinkt!« Dicke Tränen rollen ihm über die Wangen.

»Nicht doch!« Anna muss sich zusammenreißen, um das Kind nicht anzuschreien. »Bitte, mein Liebling, für Mama!« Es darf ihm nichts passieren. »Wenn die Bomben Gas abwerfen«, erklärt sie, »dann stinkt es noch viel schlimmer und macht Bauch- und Kopfweh.« Sie bemüht sich um ein aufmunterndes Lächeln, nickt erleichtert und dankbar, als der Bub sich wieder zu ihr umwendet. »So ist es brav.« Sie streift ihm die Maske über und prüft, ob sie richtig sitzt. Dann setzt sie die ihre auf.

Aix-en-Provence, 27. August 1966

Am 29. August 1966 fand in San Francisco der letzte gemeinsame Auftritt der Beatles statt.

Meine Großmutter ist gestorben.« Harald ließ die Hand mit dem Brief seiner Mutter in den Schoß sinken. »Sie hat lange gelitten, nun ist sie erlöst.« Seine Stimme klang merkwürdig unberührt ob dieser traurigen Nachricht.

Marie-Chantal stellte das Bügeleisen beiseite, ließ den Blick über das Körbchen mit dem schlafenden Kind gleiten und legte Harald die Hände auf die Schultern. Als er den Kopf neigte und sie an sich zog, fuhr sie ihm liebevoll durch das volle Haar und küsste seinen Scheitel. »Wir sollten nach Deutschland fahren und deine Mutter besuchen, sie braucht deinen Beistand.«

Harald seufzte. »Wie sollen wir das anstellen? Die Kosten für das Benzin und die Tage, an denen ich nicht arbeite …, nein, wir können uns das nicht leisten.«

»Deine Mutter hat ihren Enkel noch nie gesehen. In jedem Brief fragt sie nach ihm. Lass uns hinfahren! Es wird ihr guttun – und dir auch.«

»Aber …«

»Kein Aber.« Sie gab ihm einen Kuss auf die Nase. »Ich liebe dich, Harald. Ich bitte Lilou, uns etwas Geld zu leihen, und wenn wir zurück sind, dann schnallen wir den Gürtel enger und zahlen es zurück.«

»Wir schnallen den Gürtel enger?« Harald lachte auf. »Wie eng, glaubst du, können wir ihn noch schnallen?« Verzweiflung lag in seiner Stimme ebenso wie in seinem Blick.

»Sie lässt uns sicher genügend Zeit.« Marie-Chantal strich ihm eine rebellische Schokoladenkuchensträhne aus dem Gesicht. »Ich verspreche dir, dass niemand außer ihr davon erfährt.«

»Es wird eine halbe Ewigkeit dauern, bis wir in Frankfurt sind …« Harald küsste sie auf die Nasenspitze. »Ich liebe dich. Du bist die beste Frau der Welt.«

Zwei Tage später packten sie Haralds Reisetasche und den kleinen Koffer.

»Müssen wir die alle mitnehmen?« Harald deutete ungläubig auf drei Stapel mit weißen Mullwindeln.

Marie-Chantal seufzte. »Ja, müssen wir. Schließlich kann ich die schmutzigen Windeln erst nach unserer Ankunft auskochen und zum Trocknen aufhängen. Und das vielleicht auch nicht gleich. Oder wie soll ich mich deiner Mutter vorstellen?« Sie streckte ihm gekünstelt die Hand entgegen und schraubte die Stimme in die Höhe. »Guten Tag, Frau Haeckel, ich bin Ihre Schwiegertochter, könnte ich mal kurz in Ihre Küche, um die vollgeschissenen Windeln Ihres Enkels auszukochen?« Sie lachte laut auf. »Ich würde deine Mutter lieber erst besser kennenlernen, und trocknen müssen die Windeln nach dem Waschen ja auch noch. Also brauchen wir sie alle. Verstehst du?« Ohne seine Antwort abzuwarten, legte Marie-Chantal vier weitere Windeln als Polsterung auf die dünne Matratze im Oberteil des gebrauchten Kinderwagens, den Alain ihnen besorgt hatte. Er war zwar ein bisschen schäbig mit seiner abgewetzten Stoffbespannung, dafür aber ungeheuer praktisch. Der Aufsatz ließ sich vom Fahrgestell abheben und war breit genug, um dem Kleinen während der Reise als Bettchen zu dienen.

Harald verstaute Reisetasche und Koffer unter der vorderen Haube des Käfers und wuchtete das mächtige Kinderwagenoberteil auf die Rückbank. Sobald er die Vordersitze zurückgeklappt hatte, war es so eingekeilt, dass es sich nicht mehr bewegte. Als Letztes legte er den Jungen hinein und deckte ihn liebevoll zu.

»So, mein Sohn, gleich sind wir so weit.« Er tauchte aus dem Innern des Wagens auf und strahlte. »Nur eine Kleinigkeit noch, dann geht's los.« Er zog zwei Wäscheklammern aus der Hosentasche und legte sich unter das Auto.

Marie-Chantal runzelte die Stirn. Was in aller Welt ließ sich mit Wäscheklammern so richten, dass man damit gut tausend Kilometer fahren konnte? Sie atmete tief durch, sagte aber nichts. Harald kannte jede Schraube an diesem Wagen. Seit er den alten Käfer besaß, bastelte er daran herum, und bislang hatte er ihn noch immer wieder zum Laufen gebracht. Er wusste sich zu helfen, wenn etwas kaputtging. Trotzdem hoffte sie, dass sie ohne Panne bis nach Frankfurt kommen würden.

»So, das wär's!« Harald kroch unter dem Wagen hervor, wusch sich die Hände am Hahn des kleinen Straßenbrunnens und trocknete sie mit einem Stofftaschentuch aus seiner Hosentasche. »Jetzt können wir.« Er wartete, bis Marie-Chantal eingestiegen war, dann reichte er ihr die Tasche mit der Wegzehrung, die sie zwischen den Füßen verstaute.

Zwei Wasserflaschen, Baguette mit Schinken und Rosette – Haralds Lieblingssalami – sowie ein paar selbst gemachte Navettes, trockene Kekse, die einfach und preiswert zu backen waren und lange hielten.

Zunächst würden sie auf der Nationale 7 über Avignon, Orange, Valence bis nach Lyon fahren, anschließend über die Schweiz nach Deutschland. Sie kurbelten die Fenster herunter und legten die Ellbogen auf die Türen. Es war sonnig und heiß, als sie Aix hinter sich ließen. Die Luft flirrte, und die Zikaden verabschiedeten sie mit ihrem Gesang.

Marie-Chantal wandte sich nach dem Kleinen um und strich ihm zärtlich über den flaumigen Schokoladenschopf, den er von seinem Vater geerbt hatte. Mit etwas Glück machte ihn das Schaukeln während der Fahrt ordentlich schläfrig. Je seltener sie anhalten mussten, um ihn zu beruhigen, desto besser.

Seit er den Brief von seiner Mutter bekommen hatte, war Harald ungewöhnlich still. Er hatte oft von seinem Großvater erzählt, von seiner Großmutter jedoch nie. Nicht sie hatte ihm die Liebe zur Provence und die französische Sprache nähergebracht, sondern ihr Mann. Harald hatte ihn vergöttert, aber er war schon vor Jahren gestorben. Mit seiner Großmutter schien er keinerlei Erinnerung zu verbinden, weder Wärme und Zuneigung noch den Duft von Plätzchen oder Apfelkuchen.

»Es ist traurig«, sagte er plötzlich, als ahne er, worüber Marie-Chantal nachdachte, »aber ich empfinde keinerlei Schmerz über den Tod meiner Großmutter. Sie hat mir genauso wenig bedeutet wie ich ihr.« Er hielt inne und sprach erst nach einer Weile weiter. »Ich glaube, sie hat nicht einmal gewusst, was Liebe überhaupt ist. Meiner Mutter und mir hat sie kaum Aufmerksamkeit geschenkt, und auch meinen Großvater kann sie auch nicht wirklich geliebt haben. Sie hat ihn wohl versorgt, solange er lebte, hat für ihn geputzt, gekocht und seine Strümpfe gestopft, aber sie hat keine Träne um ihn geweint, als sie an seinem Grab stand. Kalt und unnahbar habe ich sie in Erinnerung. Bei dem Gedanken an meinen Großvater jedoch muss ich lächeln und an die Sonne des Südens denken, an die Fabeln von La Fontaine und die vielen Gedichte und Geschichten, die er mir früher erzählt hat. Stundenlang habe ich bei ihm gesessen und ihm zugehört. Während ich mich im Haus meiner Großeltern wohlgefühlt habe, weil ich meinen Großvater ganz für mich hatte, hat meine Mutter dort stets ein wenig verloren gewirkt.« Ein wehmütiger Laut entfuhr ihm.

»Ich freue mich, deine Mutter endlich kennenzulernen.« Marie-Chantal lächelte ihn an.

»Ich bin sicher, sie wird dich lieben. Weil ich dich liebe und weil du eine wunderbare Frau und Mutter bist.«

Hoffentlich hat er recht und sie mag mich, dachte Marie-Chantal mit einem Mal bang. Von Schwiegermüttern, die ihre Schwiegertöchter liebten, hörte man nur selten. Eher von Schwiegermutterdrachen, die den Frauen ihrer Söhne das Leben zur Hölle machten.

Eric brabbelte schon eine ganze Weile vor sich hin, nun aber stieß er immer öfter ungeduldige kleine Schreie aus. Sie hatten noch nicht einmal Lyon erreicht.

Marie-Chantal warf einen besorgten Blick nach hinten.

»Vielleicht sollte ich das Radio anschalten.«

»Sicher, mach nur!«

Sie drehte am Einstellknopf, bis die Mittelwelle pfiff und tirilierte, dann ertönte Musik. *Can't buy me love!*, dröhnte es aus dem Röhrenradio, als sie den Ton lauter stellte.

»Die Beatles!«, freute sie sich. »Can't bai mi loove!«, sang sie aus voller Kehle mit und sah Harald mit strahlenden Augen an. Statt für ein Dasein in einem goldenen

Käfig hatte sie sich für ein bescheidenes, aber glückliches Leben entschieden und es keinen Augenblick lang bereut. »Je t'aime!«, rief sie und: »Isch liebe diesch!«

Als das Lied zu Ende war, pfiff der Sender so laut, dass sie ein Stück weiterdrehte, doch das änderte nichts. Sie schaltete das Radio aus, denn Eric brabbelte wieder friedlich vor sich hin.

»Puh, ist das warm hier!« Marie-Chantal fächelte sich mit der flachen Hand Luft zu. »Findest du nicht, dass es riecht, als sei die Heizung an?« Sie rümpfte die Nase.

Harald nickte. »Ich fahre auf den nächsten Parkplatz und kümmere mich darum. Liegt an den Heizzügen. Die sind hinüber, deshalb habe ich die Heizklappen vorhin mit den beiden Wäscheklammern festgemacht. Bei der Bodenwelle vor ein paar Kilometern ist wahrscheinlich eine davon abgefallen. Zum Glück habe ich vorgesorgt. Sieh mal im Handschuhfach nach, da liegen noch welche drin.«

Marie-Chantal streckte die Hand aus und tastete danach. Tatsächlich, neben zwei Stofftaschentüchern, einer kleinen Taschenlampe und einer Straßenkarte befanden sich auch Wäscheklammern in dem offenen Fach.

»Und ich wundere mich, dass sie zu Hause immer weniger werden!«, schnaubte sie mit gespielter Empörung.

»Im Winter brauchen wir sie nicht, aber jetzt willst du doch sicher nicht schwitzen, oder?«

»Nein!« Marie-Chantal schüttelte entschieden den Kopf. »Auf keinen Fall!«

Nachdem Harald die Heizklappen erneut festgesteckt hatte, wurde die Temperatur im Wagen wieder erträglich.

»Und was wäre gewesen, wenn du keine Klammern dabeigehabt hättest?«

»Nun, dann hätten wir irgendwo angehalten und welche von einer Wäscheleine stibitzt.«

»Aber Arald!« Diesmal war Marie-Chantals Empörung fast echt.

»*Mais mon amour!* Es ist Sonntag, und die Geschäfte sind geschlossen. Wo hätten wir denn welche kaufen sollen?«

Marie-Chantal zog die Schultern hoch, und Harald lachte laut auf. »Siehst du, ich habe uns durch meine vorausschauende Art vor elender Hitze und einer kriminellen Tat bewahrt.« Er grinste sie breit an.

»Ach du!« Marie-Chantal gab ihm einen Klaps auf den Arm, so wie ihre Cousine es oft bei Alain tat.

»Lilou ist schwanger«, fiel ihr dabei ein. »Ich wollte es dir schon gestern erzählen, aber du warst so erpicht drauf, mir unsere Fahrtroute auf der Karte zu zeigen, dass ich es vergessen habe.«

»Schwanger?« Harald schwieg für einen Augenblick. »Von Jean-Claude?«

»Natürlich von Jean-Claude, sie sind verheiratet!« Marie-Chantal schüttelte entrüstet den Kopf.

Harald zuckte mit den Achseln. »Ich habe immer gedacht, sie entscheidet sich doch noch für Alain. Er ist ein feiner Kerl.«

Harald war nicht gut auf Jean-Claude zu sprechen, was nicht weiter verwunderlich war. Im Frühjahr, kurz nach der Geburt des Kleinen, waren sie ihm auf der Straße begegnet. Er hatte Harald und Eric ignoriert, Marie-Chantal aber mit Blicken geradezu verschlungen. Das reizende Bild, das sie als Familie abgegeben hatten, mochte ihn geschmerzt haben, trotzdem hatte er nicht das Recht gehabt, so deutlich zu zeigen, wie sehr er sich nach ihr verzehrte.

Harald hatte Jean-Claudes Blick kaum ertragen können

und sich um ein Haar auf ihn gestürzt. Einen eingebildeten Lackaffen hatte er ihn genannt, und weil er als Student in Deutschland boxen gelernt hatte, wäre er vermutlich gar als Sieger aus einem Kampf hervorgegangen, denn Jean-Claude war, sah man vom Wasserskifahren in St. Tropez einmal ab, nicht gerade übermäßig sportlich. Zum Glück hatte sich Harald jedoch zurückgehalten. Seine berufliche Zukunft wegen einer unsinnigen Schlägerei aufs Spiel zu setzen, war nicht seine Art.

»Ich bin froh, dass die beiden geheiratet haben. Lilou ist verrückt nach Jean-Claude.«

»Mag sein, trotzdem hätte sie einen besseren Ehemann verdient. Er liebt sie nicht, sondern dich, und er wird ihr niemals treu sein, da bin ich mir sicher.«

»Hoffentlich täuschst du dich. Ich wünsche mir so sehr, dass sie glücklich wird.«

Nach knapp vier Stunden machten sie auf einem Parkplatz halt, denn Eric forderte lauthals seine nächste Mahlzeit und eine frische Windel. Nachdem sie ebenfalls etwas gegessen hatten, legte Marie-Chantal den Kleinen in das Kinderwagenoberteil und sang ihm sein Schlaflied, während Harald noch ein wenig auf und ab lief, ein paar Kniebeugen und Strecksprünge machte. »Die Pause hat gutgetan! Jetzt bin ich wieder richtig frisch.« Er streckte sich, als Marie-Chantal aus dem Heck des Wagens auftauchte, ließ noch einmal die Hüften kreisen und setzte sich wieder hinter das Steuer.

»Siebzehn Stunden werden wir brauchen«, hatte er vor der Abfahrt geschätzt. »Vielleicht auch länger.« Marie-Chantal entwich ein leiser Seufzer bei dem Gedanken, welche Strecke noch vor ihnen lag.

Sie döste vor sich hin, während die Bäume, Felder und Dörfer entlang der Nationale an ihr vorbeihuschten. Der Käfer knatterte. Eric hatte ein Weilchen Bläschen aus Speichel gebildet und war darüber eingeschlafen. Die Sonne zog auf dem Weg in den Norden ihre kuschelige Wolkendecke bis zur Nase und Marie-Chantal wurde schläfrig. Als ihr Kopf noch vorn kippte, schreckte sie hoch und blickte erschrocken zu Harald hinüber, als wäre sie bei etwas Verbotenem ertappt worden. Sein Blick war konzentriert auf die Straße geheftet.

»Schlaf ruhig ein bisschen, wenn du müde bist«, sagte er, ohne sie anzusehen.

»Du hast gemerkt, dass ich eingenickt bin?«

»Sicher. Ist schon in Ordnung.« Er sah kurz zu ihr hinüber und lächelte. »Ehrlich, es macht mir nichts aus.«

Dankbar glitt Marie-Chantal erneut in einen leichten Schlaf, bis der Motor zweimal kurz spuckte und ausging.

»Reservetank?« Sie fuhr hoch und sah Harald fragend an, bereit, sich vorzubeugen, um den Hebel nach rechts zu legen.

»Klingt eher nach Benzinpumpe.« Er runzelte die Stirn. Der Wagen wurde immer langsamer. »So ein Mist, ich kann nirgends rechts ranfahren!«

»Aber du musst!« Marie-Chantal riss ängstlich die Augen auf. Der Wagen kroch nur noch.

»Hast du gesehen, wie tief die Straßengräben hier sind? Wenn wir da hineinfahren, kommen wir nie wieder heraus. Wir müssen es bis dort vorn schaffen!« Etwa dreihundert Meter vor ihnen lag ein Feldweg. Harald blickte in den Rückspiegel. »O mein Gott, der Laster!«

Aix-en-Provence, Oktober 2009

Weit über 200 Passagierflugzeuge pro Woche fliegen französische Städte an. Seit Juni 2007 ist Frankfurt von Paris aus auch mit dem Zug in weniger als 4 Stunden zu erreichen.

Als Eric erwachte, dröhnte und schmerzte sein Kopf, seine Zunge war pelzig und klebte am Gaumen. Was war nur am vergangenen Abend geschehen? Wie war er nach Hause gekommen? Ob er Babette geweckt hatte? Er schloss die Augen. Nach dem Rückschlag bei den Jarrets war er in die Stadt gegangen. Einen Aperitif hatte er trinken wollen. Offenbar war mehr daraus geworden. Er versuchte sich zu erinnern. Gesichter. Und Bier. Viel Bier. Ein irischer Pub. Er lächelte gequält. Ein Junggesellenabschied, bei dem er mitgefeiert hatte. Sein Kopf dröhnte. Nicht einmal den Namen des Bräutigams wusste er noch. Behutsam stand er auf und wankte ins Bad. Der verquollene Kerl, der ihm aus dem Spiegel entgegenstarrte, sah mindestens so erbärmlich aus, wie Eric sich fühlte. Die Tränensäcke unter den roten Augen waren geschwollen, seine Haut wirkte schlaff und grau. Die Falten des Kopfkissens hatten sich in die rechte Wange eingegraben. Bis hinunter zum Hals. Eric wandte sich ab, setzte sich auf die Toilette und stützte den Kopf in beide Hände. Sein Schädel war schwer wie Blei und dröhnte. Am besten, er kehrte ins Bett zurück, bevor er im Sitzen einschlief.

Gerade als er sich unter der Decke verkriechen und seinem Selbstmitleid hingeben wollte, klopfte es. Jeder Schlag an der Tür dröhnte in seinem Schädel.

»Herein!«, stöhnte er und hielt sich den Kopf.

»Guten Morgen.« Babettes Stimme war seinem Zustand entsprechend gesenkt.

O nein, ich hab sie aufgeweckt heute Nacht!, dachte er, als sie ein Tablett hereintrug und es auf dem Tisch vor dem Fenster abstellte.

»Ein Glas Cola, eine große Tasse Tee mit viel frischer Zitrone und Honig, eine Tasse Bouillon, eine Scheibe Toast und eine Tablette gegen die Kopfschmerzen«, zählte sie auf. »Hinunter mit allem, dann geht es bald besser!«

Katerfrühstück.

Ohne zu fragen, half sie Eric beim Aufsetzen, stellte das Tablett auf seinem Schoß ab und ging.

Gehorsam trank er und verleibte sich sogar den Toast ein, obwohl sein Magen zu rebellieren drohte. Eine halbe Stunde nach der Schmerztablette fühlte er sich immerhin in der Lage, unter die Dusche zu gehen. Heiß wie gewohnt konnte er das Wasser allerdings nicht ertragen. Er ließ es lauwarm laufen, seifte Kopf und Körper ein und genoss den Duft von Lavendel, der ihn sanft umhüllte. Langsam kam er wieder an Deck. Eine weitere halbe Stunde später, rasiert und wohlriechend, fühlte er sich vorzeigbar genug, Babette erneut unter die Augen zu treten.

Er räusperte sich, als er die Küche betrat, und stellte das Tablett auf die Spüle. »Ich hoffe, ich war nicht zu laut, als ich nach Hause gekommen bin.«

»Du warst bei deiner Großmutter, nicht wahr?« Ohne aufzublicken, schnitt Babette eine Aubergine in dicke Scheiben.

»Hm.« Erics Schläfen pochten. Er hatte nicht auf ihren

Rat gehört, aber er war erwachsen und in der Lage, seine Entscheidungen allein zu treffen.

»Vielleicht ist es besser so. Jetzt weißt du, woran du bist.«

»Ja!« Eric lachte bitter auf. »Sie wollte damals nichts von mir wissen, und gestern war es nicht anders.« Wie gebannt beobachtete er jeden von Babettes Handgriffen. Wie sie die Aubergine schweigend in Würfel schnitt, diese von dem Holzbrett in eine Schüssel schob und zur Seite stellte. Nur nicht an die Enttäuschung vom Vortag denken!

Nach einer Weile sah Babette von ihrer Arbeit auf und brach das Schweigen. »Sie hatte keine Wahl damals. Und heute ...« Sie hob die Mundwinkel zu einem verzagten Lächeln. »Heute ist sie zu alt, um ihre Fehler einzugestehen. Natürlich hätte sie sich ihrem Mann widersetzen können. Widersetzen *müssen*. Doch das hätte nichts geändert. Wir kannten den Hass deines Großvaters auf die Deutschen. Worauf er beruhte, das wussten wir nicht. Erst auf dem Sterbebett hat meine Mutter mir davon erzählt. Dein Großvater war zu diesem Zeitpunkt bereits tot.«

Eric musterte Babette erwartungsvoll.

»Eine Frau war der Grund. Dein Großvater soll sie vergöttert haben. Doch statt ihn zu heiraten und eine Familie mit ihm zu gründen, schloss sie sich der Résistance an. Ihren Mut im Kampf gegen die Deutschen hat sie schon bald mit dem Leben bezahlt, und dein Großvater hat den Verlust niemals verwunden. Deine Großmutter war immer nur die zweite Wahl, und das wusste sie. Vielleicht hatte sie deshalb so große Angst, sich ihm entgegenzustellen. Sie hat so sehr versucht, ihm eine gute Ehefrau zu sein. Schließlich war sie abhängig von ihm, gesellschaftlich ebenso wie finanziell.« Babette gab zwei Esslöffel Olivenöl in den breiten Topf auf dem Herd. »Ich war mit Charles schwanger, als der Unfall passierte«, erklärte sie leise. »Glaub mir, ich wollte, dass ihr gemeinsam aufwachst.« Sie ließ geschnittene Zwiebeln in das heiße Öl gleiten. »Und ich bin sicher – wäre dein Großvater nicht gewesen, hätte Jean-Claude mir gestattet, dich zu uns zu nehmen. Immerhin war deine Mutter die einzige Frau, die er je geliebt hat.« Weder Bitterkeit noch Vorwurf lagen in ihrer Stimme.

Eric zweifelte daran, dass Maurel ihn aufgezogen hätte, trotzdem widersprach er nicht.

»Obwohl er sein erklärter Liebling war, konnte nicht einmal Jean-Claude Streit mit deinem Großvater riskieren. Seine berufliche Zukunft stand auf dem Spiel. Alles, wofür er so hart gearbeitet hatte, verstehst du?« Sie nahm einen hölzernen Kochlöffel, rührte um und fügte geschnittene Paprika hinzu. »Ich wollte dich, Eric. Wirklich.« Sie rieb sich mit dem Handrücken über die Nase. »Aber auch ich war abhängig, schwanger, ohne Ausbildung und ohne eigene Mittel. Mein Vater, der jüngere Bruder deines Groß-vaters, wagte ebenso wenig, gegen ihn aufzubegehren. Was hätte ich also tun sollen?« Sie blickte Eric fragend und bittend zugleich an. Plötzlich wandte sie sich ab, zog ein Taschentuch aus einer Box im Regal und tupfte sich die Augen. »Die Zwiebeln«, murmelte sie, leerte die Schüssel mit den Auberginenwürfeln in die Pfanne, fügte Zucchini-scheiben, frischen Knoblauch und Kräuter hinzu.

Eric trat hinter sie und legte ihr die Hände auf die schmalen, leicht nach vorn gebeugten Schultern. »Sei nicht traurig, Tante Babette! Ich habe eine gute Familie und hatte eine glückliche Kindheit.«

Tante Babette. Er hatte sie zum ersten Mal so genannt. Wie ein Kind, das alle weiblichen Verwandten Tante nennt.

Es schaffte Geborgenheit und überbrückte Distanz. Eric mochte das Gefühl, dass sie zu ihm gehörte, auch wenn sie nicht wirklich seine Tante war.

Babette wandte sich um und schlang die Arme um seinen Hals. »Bitte, verzeih mir!« Die Küche duftete nach gedünstetem Gemüse und Kräutern. »Ich könnte es nicht ertragen, dich ein zweites Mal zu verlieren.«

»Du verlierst mich nicht.« Dass sie zu jung gewesen war, um gegen den Willen der Familie Verantwortung für ihn zu übernehmen, verstand er. Aber seine Großmutter? Ganz gleich, wie schwierig es gewesen wäre. Wie sehr sie um die Gunst ihres Gemahls gebangt hatte. Sie hätte um ihren Enkel kämpfen müssen. Er war ihr Fleisch und Blut.

Über Babettes Schulter fiel ihm ein vergilbtes Schwarz-Weiß-Foto auf, das mit einem Magnet am Kühlschrank befestigt war. »Sind das meine Eltern? Mit ... mit mir?«

Babette nickte, ohne hinzusehen. »Alain hat es gemacht, als du drei Wochen alt warst.« Sie ließ ihn los, wischte sich über die Augen und nahm das Bild ab. »Ich schenke es dir. Alain hat gewiss noch das Negativ und macht mir einen neuen Abzug.«

Eric nahm das Foto behutsam entgegen. Wie winzig er darauf war! Ein weißes Bündel in einer Häkeldecke. Seine Eltern sahen glücklich aus. Seine Eltern. Ungewohnte Gedanken beim Anblick zweier Fremder. Eric suchte nach vertrauten Zügen im Gesicht der jungen Frau. Grub in seiner Erinnerung nach ihrem Bild, dem Klang ihrer Stimme, dem Duft ihrer Haut. Doch alles, was er fand, war die frappierende Ähnlichkeit mit seinem Vater.

»Wenn ich mir das Foto ansehe, weiß ich, wie du mit Mitte zwanzig ausgesehen hast.« Babette legte die Hand auf die seine. »Aber den krummen kleinen Finger, den hast du von ihr.« Ein Lächeln huschte über ihr Gesicht. »Er ist mir gleich am ersten Tag aufgefallen.«

Eric blickte auf seine Hand. War ein schiefer Finger alles, was er von seiner Mutter hatte?

»Als ich klein war, hoffte ich stets, Ähnlichkeiten mit den Laroches zu entdecken, obwohl ich wusste, dass ich adoptiert war. Trotzdem war ich selig, wenn jemand behauptete, ich hätte den gleichen vergeistigten Gesichtsausdruck wie mein Adoptivvater. Ist ein merkwürdiges Gefühl, mit einem Mal einem vollkommen Fremden zu ähneln und dann gleich auf so unglaubliche Weise.«

Babette rührte das Gemüse um, fügte frische Tomaten in kleinen Stücken hinzu und schwieg.

»Ich habe mir nie Gedanken über meine leiblichen Eltern gemacht. Jetzt aber wüsste ich gern mehr über sie.«

»Gut.« Babette stellte die Gasflamme niedriger und legte einen Deckel auf den Topf. »Die Ratatouille kann in Ruhe vor sich hin köcheln. Komm!«

Helles Sonnenlicht fiel über die Dächer ins Esszimmer, und der Himmel über Aix leuchtete.

Während Eric sich an den Tisch setzte, öffnete Babette das Fenster, ließ Luft, Straßenlärm und Leben herein. Dann holte sie aus einer antiken Kommode einen Glasflakon hervor. Ein schmaler bernsteinfarbener Rand am Boden des Fläschchens, mehr war von dem Inhalt nicht erhalten.

»L'Air du Temps, das Lieblingsparfum deiner Mutter. Nach ihrem Tod hat dein Großvater alle ihre Sachen fortwerfen lassen. Nur diesen Flakon konnte ich unbemerkt retten.« Sie schloss die Augen, hielt das Parfum an die Nase und zog sie kraus. »Riecht leider nicht mehr gut.« Sie stellte das Fläschchen vor Eric auf den Tisch und setzte sich.

Eric heftete den Blick auf den Flakon, bis ihm die Augen tränten. Vorsichtig nahm er das bauchige Fläschchen in die Hände, berührte geradezu ehrfürchtig das gedrehte Glas. Seine Mutter hatte genau diesen Flakon einst in Händen gehalten, hatte ihn geöffnet und sich ein Tröpfchen oder zwei hinter die Ohren getupft. Er befühlte die schnäbelnden Tauben, die den Verschluss bildeten. Wie ein Blinder ertastete er die Spitzen ihrer ausgebreiteten Flügel, glitt mit dem Zeigefinger behutsam über die Rückenwölbungen des Taubenpärchens. Das satinierte weiße Glas fühlte sich ein wenig stumpf an und gewährte keinen Blick auf das Innere des Paares. Unwillkürlich musste Eric an seine Eltern denken. Wie Tauben aus Glas schienen auch sie ihm. Berührend und doch fremd. Trauer überkam ihn. Wie gern hätte er dem Fläschchen den Duft seiner Mutter abgetrotzt. Ihn eingesogen und ganz tief in sich aufgenommen, um auch das letzte Fünkchen Erinnerung aus seinem Gedächtnis zu kitzeln und jenes Gefühl von Sicherheit und Vertrautheit heraufzubeschwören, das ihm als Säugling in den Armen seiner Mutter gewiss vergönnt gewesen war.

»Hier, sieh nur!« Das erste Bild aus der Fotokiste, das Babette ihm hinstreckte, zeigte sie mit Marie-Chantal und einem jungen Mann, offenbar Maurel, an einem langen Tisch, irgendwo in einem Garten. »Das Twinset war lavendelfarben. An dem Tag, als das Foto aufgenommen wurde, hat mir Marie-Chantal deinen Vater zum ersten Mal gezeigt.« Sie strich zärtlich über das gelbstichige Bild.

»Wie war er?«

»Durchaus einnehmend.« Babette lächelte. »Auf eine zurückhaltende, höfliche Art. Er war fleißig und klug, hilfsbereit und sogar zu mir charmant, obwohl ich gerade am

Anfang nicht besonders nett zu ihm war.« Sie starrte auf die Tischdecke und knetete ihre Hände. »Ich habe mich ständig über seinen deutschen Akzent lustig gemacht und ihn Boche genannt. Dabei wusste ich doch, dass er sich schämte, Deutscher zu sein. Den Grund habe ich nicht verstanden. Dazu war ich zu dumm und unwissend. Deine Mutter hingegen hat vom ersten Augenblick an in seine Seele geblickt.« Babette wischte mit der Hand über den Tisch und fegte ein paar Krümel zusammen. »Ich habe mich erst nach dem Tod der beiden mit Deutschland befasst. Ich wollte verstehen. Arald und seine Scham ebenso wie Marie-Chantal, die ihn auch für jene Fähigkeit, sich für etwas schuldig zu fühlen, das er nicht begangen hatte, so sehr geliebt hat. Mit der Zeit habe ich viel gelernt. Auch die Deutschen zu schätzen. Weil sie mit ihrer Geschichte ganz anders umgehen als wir Franzosen. Als Volk Scham für die Taten unserer Politiker zu empfinden, sei es in Bezug auf Algerien oder Indochina, liegt uns so fern. Auch die Millionen von Toten, die auf das Konto von Napoleon gehen, haben nie ein schlechtes Gewissen in uns ausgelöst. Im Gegenteil. Als Franzosen sehen wir in Napoleon einen Helden. Den Vater unserer Gesetze. Keinen Verbrecher. Für viele Deutsche hingegen ist ihre Vergangenheit zutiefst beschämend. Auch heute noch.« Babette sah zu ihm auf. »Ich finde es mutig, sich zu seiner Schuld zu bekennen und sich zu bemühen, aus Fehlern zu lernen. Natürlich wollen das nicht alle Deutschen, aber doch sehr viele.« Sie legte Eric eine Hand auf den Arm. »Deine Mutter war ein besonderer Mensch. Es verlangte Courage, sich über deinen Großvater hinwegzusetzen und Arald zu heiraten. Aber es war richtig. Ihr Tod hatte damit nichts zu tun. Er war ein Unfall, weder eine Strafe Gottes noch verursacht von den Deutschen, wie dein Großvater stets behauptet hat.«

Eric nickte nachdenklich. »Ich fahre zurück nach Paris«, erklärte er nach einer ganzen Weile entschlossen. »Gleich morgen früh. Ich brauche Abstand, muss erst verstehen, was geschehen ist.«

Babette nahm seine Hand. »Du bist wie ein Sohn für mich. Ein Sohn, den ich lange verloren glaubte.«

Eric fand zu einem Lächeln und schenkte es ihr. »Ich komme wieder, Tante Babette. Mit Catherine und den Kindern.«

»Das wäre wunderbar, Eric!« Sie umarmte ihn. »Ihr seid immer willkommen hier, vergiss das nicht! Ich habe genügend Platz und bin so gespannt auf die beiden Kinder.« Ein Lächeln huschte über ihr Gesicht. »Nun habe ich doch noch Enkel bekommen.«

Teil II

Paris, November 2009

Knapp drei Wochen war Eric nun schon zurück in Paris. Er brachte Thomas und Agathe zur Schule, kaufte ein, saugte die Wohnung, wusch die Wäsche, putzte die Fenster und ging dreimal am Tag zum Briefkasten. Er grüßte die Nachbarinnen mit einem freundlichen *Bonjour*, hielt das übliche Schwätzchen mit Müttern oder Großeltern, während er vor der Schule auf die Kinder wartete, nickte dem Postboten auf der Straße zu und trank seinen Kaffee im Bistro gegenüber. Die nichtssagenden Gespräche zwischen Tür und Angel aber ödeten ihn plötzlich an, der kritische Blick der Nachbarin regte ihn so sehr auf, dass er wegsehen musste, und sogar der Kaffee bei Auguste, den er zuvor geliebt hatte, schmeckte ihm nicht mehr. In Paris war alles wie immer. Es war Eric, der sich verändert hatte.

Er versuchte sich mit einem neuen Manuskript abzulenken. Schrieb, korrigierte, löschte, schrieb, löschte wieder und verzweifelte, weil es ihm nicht gelang, etwas Sinnvolles zu Papier zu bringen. Er schlief schlecht, war übel gelaunt, verbrachte zu viel Zeit im Internet und war frustriert. Morgens checkte er seine E-Mails, kochte Kaffee, sah sich die Nachrichten im Fernsehen an, während er frühstückte, las noch einmal im Netz, was es Neues gab, checkte abermals seine Mails, holte sich einen weiteren Kaffee und recherchierte ein wenig.

Obwohl die Tage lang und grau waren, flogen sie vorüber, ohne dass er vorankam. Manchmal flanierte er noch ein wenig durch die Stadt, wenn er die Kinder zur Schule gebracht hatte. Fuhr mit der Métro, wenn nicht gerade gestreikt wurde wie erst vor Kurzem wieder. Bummelte durch eines der anderen Viertel oder trieb sich bei den *Bouquinistes* an den Ufern der Seine herum. Bisweilen hatte er schon wahre Schätze unter den Büchern dort gefunden.

Diesmal lenkte schon am ersten Stand ein schwarz-rotgoldener Einband seine Aufmerksamkeit auf sich. »*Nous les Allemands – Wir Deutschen* lautete der Titel. Erics Hände wurden feucht. Die Linke krampfhaft in der Manteltasche geballt, griff er wie in Trance mit der Rechten nach dem Buch.

Nous les Allemands.

Der Originalpreis des Buchs lag bei vierundzwanzig Euro, der *Bouquiniste* wollte acht dafür haben, obwohl es noch vollkommen neu war. Vermutlich erwartete er kaum Interesse dafür.

Ohne es durchzublättern und zu prüfen, ob es lesenswert war, entschloss sich Eric zum Kauf.

»Na, gehen Sie jetzt unter die Deutschen?«, fragte ihn der Händler.

»Bitte?« Eric spürte, wie ihm das Blut in den Kopf schoss.

Der *Bouquiniste* kannte ihn seit Jahren und wusste von seinen Veröffentlichungen. Er deutete auf den schwarz-rotgoldenen Einband. »Zur Recherche für eine Figur?«

Eric nickte erleichtert und bat um eine Tüte.

Der Buchhändler kassierte und packte den Band ein.

»Na, dann viel Spaß!«, wünschte er Eric mit leicht mitleidigem Blick. »Immerhin spielen sie recht anständigen Fußball!«, rief er ihm nach und lachte. »Und gute Autos bauen sie auch.«

Eric klemmte sich das Buch in der Papierhülle unter den Arm, winkte, ohne sich umzuwenden, und entfernte sich mit raschen Schritten.

Zu Hause angekommen, legte er das Päckchen auf den Küchentisch und machte sich Kaffee. Catherine hatte erst kürzlich eine neue Maschine mit Kapseln gekauft. Sündhaft teuer. Die Maschine und die Kapseln. Dafür war der Kaffee damit im Handumdrehen fertig und hatte eine leckere Crema. Während der Automat brummte, packte Eric das Buch aus und warf einen Blick hinein. Drei Seiten Inhaltsangabe. Seufzend klappte er es zu, drückte auf den Knopf, der den Kaffee durchlaufen ließ, genoss das Aroma, das sich verbreitete, und nahm schließlich die zu drei Vierteln gefüllte Tasse von dem kleinen Stahlrost. Vom bitterherben Duft des Kaffees lief ihm das Wasser im Mund zusammen. Er kostete ein Schlückchen und setzte sich, um die mehr als dreihundertachtzig Seiten des Buchs durchzublättern und hier und da ein Kapitel anzulesen. Schwere Kost war das für jemanden, der von Deutschland und den Deutschen so wenig Ahnung hatte wie er. Antworten auf seine unzähligen Fragen würde er mithilfe des Buches nicht finden. Er musste sich intensiver mit dem Land und seiner Geschichte befassen, um zu verstehen, wer sein Vater gewesen war. Vor allem mit dem Krieg, der ihn bisher weder betroffen noch interessiert hatte, würde er sich beschäftigen müssen. In der Schule war diese Zeit nur oberflächlich behandelt worden. Ein paar Daten hatte er damals auswendig gelernt, Kriegsbeginn, Landung der Alliierten und Schlacht um die Normandie, Sieg über die Deutschen. Viel war davon nicht hängen geblieben.

Eric schlug das Buch zu, ging in den Salon, der eigentlich zu klein war, um so genannt zu werden, und stellte es in die Bücherwand. Seinen Arbeitsplatz hatte er im Mezzanin, einem kleinen Zwischengeschoss über dem Sofa. Nur

153

wenn die Kinder in der Schule waren, konnte er dort in aller Ruhe arbeiten. Abends und am Wochenende oder während der Ferien brachte er kaum etwas Vernünftiges zustande. Eine Vierzimmerwohnung mit Mezzanin mitten in Paris zu besitzen, konnte getrost als Luxus bezeichnet werden, trotzdem war sie nicht groß genug für die Familie, vor allem für seine Arbeit zu Hause. Falls sie alle tatsächlich nach Aix zogen, würde er ein Haus oder eine Wohnung mit einem richtigen Arbeitszimmer suchen. Mit einer Tür, die er hinter sich schließen konnte.

Eric seufzte leise, nahm am Esstisch Platz und starrte aus dem Fenster. Aus den Augenwinkeln leuchteten ihm die schwarz-rot-goldenen Farbblöcke des Buches entgegen. Er bemühte sich, nicht hinzusehen, doch sein Blick wurde wie magisch von dem farbigen Einband angezogen. Er stand auf, stellte es ganz unten ins Regal und stieg die Holzstufen zu seinem Schreibtisch hoch. Er setzte sich, rückte ein wenig hin und her, klappte den Deckel des Laptops auf und schaltete ihn an. Der typische Apple-Akkord begrüßte ihn. Während er wartete, bis alle Programme vollends geladen waren, schweifte sein Blick durch das Geländer nach unten und blieb erneut an dem Buch hängen. Er stöhnte, erhob sich, stieg die Treppe hinunter, nahm es aus dem Regal, ging die Reihen nach besonders dicken farbigen Buchrücken durch und entschied sich schließlich, es zwischen die Bildbände *Provence* und *Bretagne* zu stellen. Dann beschloss er, sich einen zweiten Kaffee zu machen, und kehrte in die Küche zurück. Er räumte die Tasse vom Tisch, stellte sie in die Spülmaschine und nahm sich eine frische.

Catherine war in der Bretagne geboren. Eric versuchte nicht weiter darüber nachzudenken. Er öffnete die Maschine, warf die alte Kapsel in den Müll und legte eine neue nach. Wasser war noch genügend im Tank. Als das blinkende Licht an der Kaffeemaschine erlosch, drückte er auf den Knopf, wartete, bis der Kaffee durchgelaufen war, und trug die Tasse ins Wohnzimmer. Er holte das Buch aus dem Regal und suchte nach einer anderen Stelle dafür. Drei verschiedene Plätze probierte er aus. Schob andere Exemplare nach vorn und den schwarz-rot-goldenen Band nach hinten, doch auch das nutzte nichts. Ganz gleich, wie sehr er sich bemühte, die Farben der deutschen Flagge zu ignorieren, sie sprangen ihm ins Auge, sobald sein Blick das Regal streifte. Schließlich gab er auf, brachte das Buch ins Schlafzimmer und legte es in die Schublade seines Nachttischs. Weit nach unten. Unter die Taschentücher, die Kaugummis, seine Lesebrille und den Roman *Windows on the World* seines Kollegen Beigbeder.

Die Idee dieses Romans war genial, die Geschichte dicht geschrieben, dem Schrecken des Attentats vom elften September angemessen. Die Ausweglosigkeit, die Fatalität. Das wohlbekannte Ende. Zu wissen, dass keine der Hauptfiguren überleben würde, hatte bei Eric jedoch eine solche Enge in der Brust hinterlassen, dass er das Buch immer wieder hatte fortlegen müssen, um sich selbst eine Pause zu gönnen. Zu schwer zu ertragen war das schreckliche Geschehen. Auch heute noch. Ihm fehlte das Quäntchen Hoffnung, von dem er hätte zehren können, um den Roman zu Ende zu lesen. Aber vermutlich war genau das die Intention des Autors gewesen. In den Medien war Beigbeders Buch als literarisches Ereignis gefeiert worden. Es hatte Zündstoff für viele Diskussionen geboten und war sicher gewollt brisant gewesen. Ideal damals, um im Gespräch zu bleiben. Frédéric Beigbeder kam aus der

Werbung. Er wusste mit den Medien umzugehen und sie für sich zu nutzen, wusste, wie viel Mut dazu gehörte, ein solches Buch zu schreiben und sich der Kritik der Öffentlichkeit zu stellen. Ein Wagnis, das ihn offenbar nicht geschreckt hatte.

Eric bewunderte den Autor für seine gelassene Selbstsicherheit. Dafür, dass er sich nicht fürchtete, zu provozieren und sich als *Enfant terrible* der französischen Literatur in Szene zu setzen.

Eric hätte das niemals gewagt. Er hatte ständig und viel zu sehr mit Selbstzweifeln zu kämpfen. Vor allem wenn er Werke großer Kollegen las. Dann fragte er sich, warum er überhaupt schrieb. Warum er alles gab und dennoch nicht so erfolgreich und genial war wie sie. Wie auch? Ausgerechnet er. Erfolg, Selbstsicherheit und Eloquenz, Talent, Philosophie und Poesie waren ihnen angeboren. Was aber war ihm in die Wiege gelegt worden? Goethe und Schiller fielen ihm ein. Er hatte sie in französischen Übersetzungen gelesen, aber als Erbe ihres Vermächtnisses konnte er sich weiß Gott nicht sehen. Er schüttelte entschieden den Kopf. Sie gehörten nicht zu ihm und er nicht zu ihnen. Er war Franzose, hatte Racine, Corneille, Molière, Voltaire, Baudelaire und viele andere gelesen. Die großen Franzosen hatten ihn zutiefst beeindruckt, aber auch die modernen französischen Autoren hatten ihn beeinflusst. Nächtelang hatte er mit seinen Kommilitonen über ihre Werke diskutiert.

Eric legte sich auf sein Bett und schloss die Augen. Seit er aus Aix zurückgekehrt war, hatte er kein einziges Wort von Bestand zu Papier gebracht. In seinem Kopf drehte sich alles. Fragen über Fragen prasselten auf ihn ein. Hielten ihn vom Arbeiten ebenso ab wie vom Leben. Er war nicht bereit, sich ganz hinzugeben. Noch nicht. Stumpf und hilflos. Diesmal waren es nicht die üblichen Selbstzweifel, die ihn quälten und gegen die wohl alle Autoren hin und wieder zu kämpfen hatten. Es war die Frage nach seiner Identität, die ihn lähmte. Wer war er? Was machte ihn aus? Wohin gehörte er? Und was bedeutete es, der Sohn eines Deutschen zu sein?

Eric wälzte alle Bücher über den Zweiten Weltkrieg, die er auftreiben konnte, sah sich Hunderte von Fotos an – fast ausnahmslos in dumpfen Grau- und Schwarztönen –, las Berichte von Verschleppungen, Folterungen, Zwangssterilisationen und medizinischen Versuchen an Frauen und Kindern. Die bedrückenden Bilder von halb verhungerten KZ-Häftlingen, deren kahl rasierte Köpfe wie von Pergament umspannte Totenschädel wirkten, von Leichenbergen und Exekutionskommandos verfolgten ihn bis in den Schlaf. Morgens erwachte er übermüdet und übellaunig, mit Salzrändern unter den Augen. Er war kein Zuschauer mehr, auf der Seite der Sieger, mit genügend Abstand, um auf die Schuldigen hinabsehen zu können. Mit einem Mal gehörte er mit zu den Tätern. Fürchtete, in seinen Adern könne das Blut eines mitleidlosen Schlächters fließen. Empfand das Vermächtnis der deutschen Verbrechen als immer schwerer zu ertragende Bürde. Scham und eine nie gekannte Traurigkeit bemächtigten sich seiner. Er, der immer gesellig gewesen war, verstummte zunehmend. Zog sich zurück. Suchte Stille und Einsamkeit.

Catherine blieb sein Kummer nicht verborgen. Vergeblich versuchte sie ihn zu trösten. Weder sein Vater, der im Krieg noch ein Säugling gewesen sei, noch er, der mehr als zwanzig Jahre nach Kriegsende geboren war, hätten irgendeine Schuld auf sich geladen, beharrte sie. Doch es half nichts.

Natürlich hatte sie recht.

Trotzdem. Seine Hilflosigkeit schlug in verzweifelte Wut um. Was waren das für Menschen, die eine solche Vernichtungsmaschinerie betrieben hatten? Wie hatte ein ganzes Volk der Menschenverachtung der Nazis so bedingungslos zujubeln können?

Er las von der *Weißen Rose* und Graf von Stauffenbergs Attentat auf Hitler, von kleinen und großen sogenannten Staatsfeinden und Verrätern, die von den Nazis verurteilt und ermordet worden waren, und empfand so etwas wie Erleichterung. Immerhin hatten doch einige Deutsche aufbegehrt. Ein Hoffnungsfunke flammte in ihm auf. Sein Großvater konnte genauso gut dem Widerstand angehört haben. Doch die Realität holte ihn rasch wieder ein. Wäre dem so gewesen, hätte sein Vater wohl eher Stolz statt Scham für seine Herkunft empfunden.

Eric begriff, welches Privileg es gewesen war, als Franzose aufwachsen zu dürfen. Unbelastet. Ohne schlechtes Gewissen. Ohne Scham.

Doch diese Leichtigkeit war ihm für immer genommen.

Wie ein Brandmal glaubte er diesen Teil seiner Herkunft von nun an auf der Stirn zu tragen. Auch fürchtete er, dass sogar seine Freunde ihn künftig mit anderen Augen sähen, so sie davon erfuhren. Schweiß brach ihm aus allen Poren bei dem Gedanken, dass sie womöglich *Ihr Deutschen* sagen würden, wenn sie mit ihm diskutierten, und ihn am Ende gar für einen anderen Menschen hielten, obwohl er doch noch immer der gleiche war.

Eric Laroche. Franzose und Katholik. Auch wenn er zuweilen an seinem Glauben zweifelte. Gerade in diesen

Tagen. Aufgewachsen in behüteten Verhältnissen im Pariser Umland, in einer bürgerlichen Großfamilie, wie sie typischer für Frankreich kaum sein konnte.

Wo aber hatte er wirklich seine Wurzeln? Er schwankte. Ein hoher, durchdringender Ton in seinen Ohren. Was war wirklich *typisch deutsch*, und was davon hatte er geerbt?

Frankfurt, 23. Mai 1948

Schnell, mein Süßer!«, ruft Anna. »Puste die Kerzen aus, bevor das Wachs auf den Kuchen läuft!«

Der Kopf des Jungen ist rot wie eine sonnengereifte Tomate, so aufgeregt ist er. Mit strahlendem Lächeln steht er auf und reckt sich, um größer zu erscheinen, holt tief Luft und bläst so kräftig, dass die sechs Kerzen auf dem Frankfurter Kranz im Nu erlöschen. Ein solcher Kuchen ist etwas Besonderes. Mit feiner Buttercreme und Krokant umhüllt, war er lange Zeit kaum zu bekommen. Darum schmeckt er jetzt, da Frieden eingekehrt ist, umso besser. Nussig, cremig und süß, nach unbeschwerten Zeiten und baldigem Wohlstand.

Seit drei Jahren ist der Krieg schon vorbei, doch die Angst, die Sterns könnten zurückkehren und ihr den Kleinen wegnehmen, lässt sich nicht abschütteln. Anna schämt sich, hofft sie doch, dass keiner von ihnen je wiederkommt, obwohl sie weiß, was das bedeutet. Millionen Juden sind in den Konzentrationslagern umgebracht worden. Von den Überlebenden, die von den Besatzungsmächten befreit wurden, sind noch viele in sogenannten DP-Lagern untergebracht. DPs – Displaced Persons. Menschen, die nicht mehr nach Hause können. Kranke und Geschwächte, Heimatlose und Vertriebene. Entwurzelte. Opfer. Sie warten darauf, auswandern zu können. In die USA, nach Kanada oder Israel. Wenn die Sterns überlebt hätten, wären sie gewiss nicht einfach fortgegangen. Sie wären nach Frankfurt zurückgekehrt, um ihren Sohn zu suchen. Trotzdem kann man nie wissen. Solange es noch

DP-Lager gibt, zuckt Anna bei jedem unerwarteten Geräusch zusammen.

Es ist dem Jungen gut ergangen, das ist das Wichtigste, oder nicht?

Sie hat das Richtige getan und ihn wie ihr eigen Fleisch und Blut erzogen. Sie hat ihn geliebt, versorgt, behütet. Nur sie weiß, dass sein wahrer Geburtstag vor fast einer Woche gewesen ist. Sie hat beim Amt ein falsches Datum angegeben, und niemand hat an ihrer Aussage gezweifelt.

Sechs Jahre ist das her. Drei davon war noch Krieg. Im Sommer kommt der Kleine zur Schule. Er ist mächtig stolz darauf, denn er ist schlau. Annas Vater beschäftigt sich viel mit ihm. Er liebt den Jungen, sieht in ihm den Sohn, den er nie hatte. Er liest ihm vor und bringt ihm bei, was er selbst am liebsten hat: die französische Sprache. Der Junge ist begabt, sagt er stets voller Stolz. Sehr begabt. Das Kind spricht die fremde Sprache schon gut und versteht längst mehr, als Anna je aufschnappen konnte. Er liest, seit er fünf ist, und kann gut rechnen. Er vergöttert seinen Großvater, den er zärtlich Papi nennt, mit der Betonung auf dem i, so wie es die Franzosen tun. Und wenn sich jemand wundert, dass der alte Herr sein Vater sein soll, dann schüttelt er heftig den Kopf.

»O nein«, sagt er, »mein Baba ist tot.« Und er schaut traurig drein, obwohl er ihm doch niemals begegnet ist. »Papi ist französisch und heißt Opapa.«

Dann lachen die Leute und fahren ihm zärtlich über das schokoladenbraune Haar.

»Sieh nur!«, sagt Anna und deutet auf das Buch, das ihr Vater ihm hinhält.

»Von Jules Verne!« Die Stimme des Jungen überschlägt sich fast.

»Von Jules Verne«, bestätigt sein Großvater und nickt.

Der Junge betrachtet den Titel und bewegt lautlos den Mund. »Auf Französisch!«, ruft er aus und zeigt es stolz herum. »*Vingt mille lieues sous les mers!*«, ruft er. Nun strahlt sein Großvater übers ganze Gesicht. »Das kenne ich«, freut sich der Junge. »Davon hast du mir schon erzählt und ein Kapitel vorgelesen. Danke, Papi, *merci, merci!*« Es ist die Selbstverständlichkeit, mit der er die fremden Worte ausspricht, die Anna immer wieder überrascht.

»Ganz der Großvater«, sagt Frau Fischer, die zum Kaffeetrinken gekommen ist, und rückt gerührt ihre Frisur zurecht. Sie wohnt nicht mehr in Annas Straße, kommt aber hin und wieder zu Besuch. Sie hat nie geheiratet und verehrt den Herrn Professor, wie sie Annas Vater ehrfürchtig nennt. »Sie müssen so stolz auf Ihren Enkel sein«, sagt sie und schaut ihn voller Bewunderung an.

Nur Anna sieht, wie ihre Mutter ganz leicht die Stirn runzelt. »Mir kannst du nichts vormachen«, hat sie ihr zugeflüstert, als der Kleine noch ein Säugling war. »Er sieht Heinrich überhaupt nicht ähnlich.« Seitdem fragt sich Anna, was ihre Mutter weiß. Oder ahnt. Gewiss glaubt sie an einen Liebhaber, denkt, dass Anna ihren Heinrich betrogen hat, und sagt darum nichts mehr dazu. Anna ist froh darüber. Sie könnte die Mutter nicht belügen. Die Wahrheit kann sie nicht aussprechen, sie ist zu schrecklich.

Ich habe ein Kind gestohlen.

Nein. So etwas kann man nicht, darf man nicht sagen. Nicht einmal denken will sie das. Sich einzugestehen, dass sie ihn für sich wollte, nur für sich, das kann sie nicht. Sie hat ihn doch beschützt. Ihn vor einem schrecklichen Schicksal bewahrt. Genau das möchte sie glauben. Daran hält sie sich fest. Eines Tages wird sie es ihm beichten müssen und hoffen, nein, darauf vertrauen, dass er sie versteht. Dass er vielleicht sogar dankbar ist, weil sie ihm das Leben gerettet hat. Weil sie ihn geliebt hat. Mehr als sich selbst. Mehr als Heinrich. Mehr als alles auf der Welt.

Paris, Dezember 2009

Wie eine Maske setzte Eric eine unbeschwerte Miene auf und spielte den fröhlichen Hausmann, sobald Catherine am Abend die Wohnungstür aufschloss. Es war immer spät und längst dunkel, wenn sie endlich aus dem Krankenhaus kam. Im Wohnzimmer flimmerten Zeichentrickfilme über die Mattscheibe, die Kinder lagen bettfein auf dem Sofa, der Tisch war gedeckt, das Abendessen so gut wie fertig. Eric begrüßte Catherine mit einem Kuss, verschwand in der Küche, um ihr ein wenig Zeit zu lassen, die Post zu lesen und rasch unter die Dusche zu springen, während er das Essen zubereitete. Mit nassen Haaren, abgeschminkt und müde saß Catherine dann am Tisch. Oft war sie so zerschlagen, dass sie kaum die Augen offen halten konnte. Dann antwortete sie lakonisch, lächelte bemüht und versuchte angestrengt, den Kindern zuzuhören, die von den Erlebnissen ihres Schultages berichteten.

In knapp zwei Wochen war Weihnachten. Die Arbeit im Krankenhaus wurde dadurch nicht leichter. Eric wusste genau, wie sehr Catherine der wissende Blick der todgeweihten Kinder und die verzweifelte Hoffnung der Eltern zusetzten. Nach seiner Rückkehr aus Aix hatte er ihr von den Jarrets erzählt, von der Begegnung mit Jean-Claude Maurel, dem Gespräch mit seiner Großmutter und den gemeinsamen Abenden mit Babette. Sie hatte ihm mitfühlend über die Wange gestrichen und ihn lange und zärtlich geküsst, war plötzlich in Tränen ausgebrochen und hatte sich zum ersten Mal seit ihrer Heirat an seiner Schulter ausgeweint. Sie war stets die Stärkere, Entschlossenere gewesen. Hatte allzeit mit beiden Beinen im Leben gestanden und überall dort Verantwortung übernommen, wo Eric nicht in der Lage dazu gewesen war. Doch der Druck des vergangenen Jahres, der Tod ihres Vaters und die harte Arbeit waren auch für sie zu viel gewesen. »Ich brauche dich«, hatte sie geflüstert. »Ich wäre so gern stark für dich, aber ich kann nicht.« In diesem Augenblick war Eric über sich hinausgewachsen, hatte seine eigene Not hintangestellt und Catherine getröstet. An jenem Tag hatte er beschlossen, sie nicht auch noch mit den quälenden Überlegungen seine Identität betreffend zu belasten. Ganz gleich, wie sehr sie ihn beschäftigten. Natürlich hatte Catherine anfangs versucht, ihn zu verstehen, nachzuvollziehen, was in ihm vorging. Doch genau wie er es im umgekehrten Fall nicht gekonnt hätte, so war es auch ihr schwergefallen, seine innere Verlorenheit nachzuempfinden.

»Wenn du nicht nach Aix ziehen willst, könnte ich das verstehen«, hatte sie gesagt. Doch Eric hielt an der Entscheidung fest, im kommenden Sommer in die Provence überzusiedeln. Sicher war es das Beste für Catherine, für die Kinder und für ihn.

Die Tage bis Weihnachten vergingen wie im Flug. Eric kaufte die Geschenke allein, denn Catherine hatte weder die Zeit noch die Muße dazu. Tagelang hastete er von einem Spielwarenladen zum nächsten, von Buchhandlung zu Buchhandlung, von Haushaltswarenläden zu Geschenkboutiquen und landete schließlich kurz vor der völligen Erschöpfung in einer großen Parfümerie, um die letzten Posten auf seiner Liste abzuhaken. Abgekämpft drängte er sich durch die schwitzenden, viel zu warm angezogenen Kunden, die ungeduldig darauf warteten, bedient zu werden, bis er vor einem der Parfumregale stand und sich zu orientieren suchte. *Nina Ricci – L'Air du Temps* las er plötzlich und griff wie in Trance nach dem Tester.

»Robert Ricci hat den blumig würzigen Duft zusammen mit Francis Fabron von Givaudan kreiert«, sagte eine Männerstimme hinter ihm. »Iris, Moschus, Sandel- und Zedernholz bilden die Basisnote. Sinnlich und ein wenig pudrig, leicht süß. Bergamotte, Nelke, Gardenie und Rosenholz bestimmen die Würze der Kopfnote. Das Besondere aber sind Jasmin, Rose und Veilchen, sie machen die Herznote aus. Fünf Wochen reift das Parfum, bevor es in den Verkauf kommt.« Ein junger Mann, gut einen Meter neunzig groß, sehr schlank und sehr dunkelhäutig, stand neben ihm und strahlte ihn aus runden Augen an. Wie ein Laufstegmodel sah er aus mit seinem eng anliegenden weißen Hemd, der schmal geschnittenen schwarzen Hose und dem kurz geschorenen Haar, das seinen grazilen Kopf zur Geltung brachte, während seine glänzenden, freundlichen Augen durch einen Kranz langer, nach oben gebogener Wimpern betont wurden.

Eric musste an Bambi denken.

Der junge Mann beugte sich ein wenig vor, als wolle er ihm ein Geheimnis anvertrauen. »Die Dame, die dieses Parfum trägt, ist sehr elegant, ein wenig konservativ und trotzdem mutig.« Mit einer feminin wirkenden Geste nahm er Eric den Tester aus der Hand. »Darf ich?« Er besprühte einen schmalen Papierstreifen und wedelte ihn vor dem Gesicht hin und her. »Wunderbar!« Er streckte ihn Eric entgegen. Zögernd nahm Eric ihm den Duftstreifen ab, schloss die Augen und hielt ihn dicht vor die Nase. Das Stimmengemurmel ringsum verebbte, als ihn der weiche Geruch wohlig umhüllte.

»Ist es nicht großartig? Oder möchten Sie lieber etwas anderes? Frischer vielleicht oder exotischer?«

Eric schüttelte den Kopf und öffnete nur widerwillig die Augen. Wie gern hätte er sich dem zarten Duft noch ein wenig hingegeben. »Nein, es ist das Richtige. Ich nehme es.« Er würde es Babette zu Weihnachten schicken.

Der Gedanke an sie tupfte Wärme in sein Herz.

»Eine gute Entscheidung, Monsieur, kann ich noch etwas für Sie tun?«

Eric ließ sich heraussuchen, was auf seiner Liste stand, und begleitete den jungen Mann von einem Regal zum nächsten. Erst auf dem Weg zur Kasse fasste er sich ein Herz und fragte, ob er ein Probefläschchen von *L'Air du Temps* bekommen könne.

»Ich bedaure, Monsieur, wir haben keine einzige Probe mehr vorrätig. Weder Cremes noch Düfte!«, rief der junge Mann, öffnete und schloss die Augen dramatisch wie eine Schlafpuppe und schüttelte den Kopf. »Aber wenn Sie möchten, kann ich Ihnen etwas aus dem Tester in ein Glasröhrchen abfüllen.« Perlengleiche Zähne blitzten Eric an. Als er nickte, huschte der Verkäufer davon.

Völlig verschwitzt und um einige hundert Euro ärmer, dafür schwer beladen und zufrieden, beendete Eric seinen Einkaufsmarathon. Das Röhrchen mit dem Parfum hatte er aus der Papiertüte gefischt und sicher in seiner Jackentasche untergebracht, um es nur nicht zu verlieren. Wie einen Schatz trug er es nach Hause. Irgendwann würde er auch Catou daran schnuppern lassen. Zunächst aber wollte er sich allein damit zurückziehen. Als er zu Hause ankam, atmete er erleichtert auf. Die Wohnung war leer, vertraut und still. Der Teppich im Flur wie immer an einer

Ecke umgeschlagen. Er lächelte wehmütig, verbarg die Weihnachtseinkäufe im Schlafzimmerschrank und setzte sich aufs Bett. Das einfache Röhrchen mit dem Parfum hatte etwas Steriles. Eric runzelte die Stirn. Die Tauben fehlten ihm. Er öffnete den Plastikverschluss, bekam dabei ein paar Tropfen Parfum auf die Finger, verteilte sie auf dem Handgelenk der Linken, steckte den Stöpsel wieder auf die Phiole und schloss die Augen. Andächtig hob er den Arm zum Gesicht, berührte ihn mit Nase und Wange und sog jedes Duftmolekül tief in sich ein. Einen kostbaren, wundervollen Augenblick lang fühlte er sich wie ein Säugling. Glaubte, die Weichheit und Wärme seiner Mutter zu spüren. Plötzlich klackte es an der Wohnungstür, der Schlüssel drehte sich im Schloss. Die Kinder stürzten johlend und mit lautem Gepolter in den Flur.

»Lass das!«, rief Agathe.

»Hört auf zu streiten und zieht die Schuhe aus!«, rief Catou sie zur Ordnung. »Eric?«

»Im Schlafzimmer, ich komme gleich!« Der Zauber des Augenblickes war verflogen, hatte Erics Hoffnung auf Erinnerung mit sanften Flügelschlägen davongetragen und einen Hauch von Melancholie mit dem Duft an seinem Handgelenk zurückgelassen.

Zu Lebzeiten von Catherines Vater hatten sie Heiligabend stets bei ihm verbracht, gemeinsam mit den Kindern gespeist, die Mitternachtsmesse besucht und am Morgen des nächsten Tages die Geschenke ausgepackt, bevor sie zu den Laroches aufgebrochen waren.

Dieses Jahr fuhren sie gleich zu Erics Familie. Das alte Herrenhaus im Süden von Paris war wie immer bis unters Dach belegt. Sogar in den ehemaligen Gesindekammern wurden zusätzliche Betten aufgestellt, wenn sich die ganze Familie zusammenfand. Einige Kinder der Laroches waren schon da, als sie ankamen, die anderen trafen nach und nach ein. Überglücklich, alle zu sehen, umarmten Monsieur und Madame Laroche Kinder und Schwiegerkinder, Enkel und sogar das erste Urenkelchen. Die Stimmung im Haus flirrte geradezu. Alle freuten sich auf ein paar freie Tage, lachten, erzählten, wie es ihnen seit dem letzten Treffen ergangen war, gaben Geschichten von früher zum Besten und verglichen die Fortschritte ihrer Kinder. Madame Laroche hatte vorgekocht, trotzdem gab es noch eine Menge zu tun, denn Weihnachten war ein Fest für den Gaumen. Jeder half schälen und schnippeln, rühren, anrichten, eindecken und auftragen. Stundenlang saßen dann alle beim Essen an dem wuchtigen Eichentisch im Speisezimmer. Dicht gedrängt, damit alle Kinder, auch die Kleinsten, an dem Festmahl teilnehmen und die einmalige Stimmung, den Familienzusammenhalt und die Freude am Essen miterleben konnten.

Eric fühlte sich wohl, geborgen und angenommen. Hier war er aufgewachsen, kannte jeden Winkel des Hauses und des Gartens, die Menschen, die Geräusche und Gerüche. Liebte er sonst seine Ruhe, so genoss er nun das Chaos ringsum. Tobende Kinder, fröhliches Schwatzen, aufgebrachtes Geschrei, hektische Räumaktionen, hitzige Diskussionen. Wenn es gar zu wild wurde, bastelte oder malte jemand mit den Kindern, ließ ein Bad für die Kleinen ein oder setzte sich hin und las ihnen vor.

»Du bist so still, mein Junge, was ist mit dir? Hast du Sorgen?«, fragte ihn Monsieur Laroche nach dem Mittagessen am zweiten Tag nach Weihnachten. Die Kinder hatten den Tisch bereits verlassen, die meisten Erwachsenen standen in der Küche, halfen beim Aufräumen, spülten oder trockneten ab, während sie fröhlich und laut durcheinanderschwatzten. Nur einer seiner Brüder saß noch mit am Tisch.

»Mein neuer Roman«, gab Eric vor, »nichts von Bedeutung.«

»Erzähl doch, worum es geht! Manchmal hilft ein Gespräch, klarer zu denken …« Monsieur Laroche zündete sich eine Zigarette an, atmete tief ein und blies den Rauch langsam wieder aus. Der würzige Geruch der Gitanes ohne Filter löste eine ganze Welle von Erinnerungen in Eric aus. Er hatte nichts missen müssen, war geliebt und behütet worden. Die Laroches waren seine Familie, und dieses Haus war sein Heim, daran bestand kein Zweifel.

Kein Wort brachte er darum bezüglich der Geschehnisse in Aix über die Lippen. Wozu auch? Um die einzigen Menschen, die ihm ihre Liebe geschenkt hatten, traurig zu stimmen? »Nichts, es ist nichts.« Er stand auf und lächelte fadenscheinig. »Bitte, entschuldige mich, Vater, ich brauche ein bisschen frische Luft.«

»Seine hochgeistigen Gedanken sind nichts für unsere Krämerseelen«, stichelte Pierre, der jüngste Laroche-Sohn. »Probleme, wie der Herr Literat sie hat, kennt unsereins nicht.«

»Lass ihn in Frieden! Alles, was er braucht, sind ein wenig Ruhe und Abstand zu seiner Arbeit«, sagte Monsieur Laroche verständnisvoll.

»Arbeit!« Pierre lachte auf.

Im Flur angekommen, lehnte sich Eric an die Wand. Die Augen geschlossen, den Atem angehalten, betend, dass er die Tränen zurückhalten konnte. Keiner in seiner Familie ging einem künstlerischen Beruf nach, aber alle bis auf Pierre, der als Einziger nicht studiert hatte, respektierten seine Wahl, ohne sich jedoch weiter für sein Tun zu interessieren. Die Themen, über die man sich gemeinhin austauschte, waren pragmatischer Natur, einfach und lebensnah. Bei Tisch oder in der Küche ging es nicht um Probleme am Arbeitsplatz, sondern um den nächsten Urlaub, die Kinder, einen geplanten Umzug, eine neue Schule, ein größeres Auto, weiteren Nachwuchs, die Nachbarn, den Garten und natürlich ums Essen. Manchmal hätte Eric gern über Philosophie, Literatur, Politik oder Kunst diskutiert, doch mit diesem Wunsch stand er allein da.

»Was ist?« Madame Laroche berührte seinen Arm.

Eric öffnete die Augen und stieß sich schuldbewusst von der Wand ab. Für einen kurzen Augenblick war er versucht, sich den Kummer von der Seele zu reden und sich trösten zu lassen. »Nichts«, antwortete er dann jedoch leise und lächelte klamm. »Es ist alles in Ordnung. Ich bin nur ein wenig abgespannt, zu viel zu tun, verstehst du?«

»Sicher.« Sie lächelte nachsichtig.

Arbeit!, glaubte Eric seinen jüngeren Bruder noch immer spotten zu hören und senkte den Blick. Wie sollte Pierre auch ahnen, dass Schreiben harte Arbeit war? Dass es nicht nur guter Einfälle bedurfte, sondern immerwährender Auseinandersetzung mit dem eigenen Ich? Woher sollte sein Bruder wissen, was Eric plagte, wenn er sich doch niemandem anvertraute?

Nicht einmal zehn Seiten hatte er in den letzten Wochen geschrieben. Immer wieder hatte er ein neues Dokument erstellt und das alte wenig später in die kleine Mülltonne auf dem Bildschirm verschoben. Mindestens ein Dutzend Anfänge waren so entstanden, und kein einziger Versuch hatte seine Gnade gefunden. Wie es aussah, würde er auch die zuletzt geschriebenen Seiten vernichten, sobald er wieder an seinem Schreibtisch saß. Es wollte ihm einfach nicht gelingen, seine Gedanken in Worte zu fassen. Die Frage, wer er war, drängte sich überall dazwischen.

»Es wird alles gut, mein Sohn. Manchmal braucht es einfach Zeit«, sagte seine Mutter und strich ihm über die Wange, so wie sie es getan hatte, als er noch ein Kind gewesen war. Sie hatte ihn aufgenommen, als die Jarrets ihn nicht haben wollten, hatte ihn geliebt und ihm Geborgenheit geschenkt. Eine Familie. Eine Zukunft.

Die Familie seines Vaters fiel ihm ein. Was war mit ihr? Warum hatte sie ihn nicht zu sich genommen? Weil er Franzose war?

Eric wusste, er würde nicht eher zur Ruhe kommen, nicht wieder arbeiten können, bevor er die Antwort auf diese Frage gefunden hatte.

Eine gute Woche nach ihrer Rückkehr holte er seine Geburtsurkunde aus der Schreibtischschublade und studierte sie noch einmal gründlich.

Harald Heinrich Haeckel, geboren am 23. Mai 1942 in Francfort-sur-le-Main (Allemagne).

Das war sein Vater. Eric las den Namen noch einmal laut vor: »Arald Einrisch Eckel.« Der Name löste nichts aus in ihm. Kein Herzklopfen, keine feuchten Hände. Absolut nichts. Bis auf das *Arald*, das er Babette sagen hörte, klang der Name fremd.

Er rang nach Atem. Im Internet nach dem Namen zu suchen, würde nichts bringen. Er musste sich anderswo Hilfe suchen. Aber wo? Sein Englisch war miserabel, und Deutsch sprach er gar nicht.

Er legte die Geburtsurkunde zurück in die Schublade und sah auf die Uhr. Schon zehn nach vier. Er musste die

Kinder von der Schule abholen. Offenbar hatte er eine halbe Ewigkeit über dem Dokument gesessen und gegrübelt. Er warf sich den Mantel über, schlang einen Schal um den Hals und stürzte nach draußen. Die Kinder waren gewohnt, ein *goûter* von ihm zu bekommen. Um fünf Uhr, wenn die Schule zu Ende war, pflegten sie wie junge Wölfe auf ihn zuzustürmen und gierig etwas zu essen zu fordern. Und sie waren beileibe nicht die einzigen hungrigen Mäuler. Fast alle Kinder bekamen von ihren Müttern, Vätern oder Kindermädchen, den *Nounous,* etwas mitgebracht. Eric konnte sich noch gut an die eigene Schulzeit erinnern. Auch er war immer halb verhungert aus der Schule gekommen. Nur dass er sich bis zu Hause hatte gedulden müssen, wo es heißen Kakao und Baguette mit Konfitüre gegeben hatte, keine Schokoladenbrioches oder Mürbeteigtaler. Aber die Zeiten änderten sich, und auf dem Weg zur Schule lag nun einmal dieser unvergleichliche Bäcker, der kurz vor dem Klingeln der Schulglocke köstlich duftende Viennoiserien aus dem Ofen holte. Eric knurrte der Magen. Er hatte vergessen, mittags zu essen, darum würde er sich heute auch etwas gönnen. Ein Mandelcroissant mit Marzipan, ein Apfelgitter – oder beides. Er reihte sich in die Schlange ein, die aus acht oder neun Kunden bestand, und wartete geduldig. Eine Brioche mit Zuckerglasur wäre auch nicht zu verachten. Bei dem Gedanken an den feinen Geschmack von Orangenblütenwasser lief ihm das Wasser im Mund zusammen.

Die Schlange rückte auf.

Eric beobachtete zwei Damen mittleren Alters, die vor ihm in der Reihe standen und mit leuchtenden Augen das Angebot an Leckereien betrachteten.

»Wasnehmichdennnur?«, fragte eine von ihnen und

leckte sich mit der Zunge über die Lippen. Eric verstand nicht, was sie meinte, lauschte aber weiter, als ein Wort seine Aufmerksamkeit weckte. »Deutschland«, sagte die eine, und die andere nickte lachend.

Deutsche also.

Eric musterte sie genauer. Fröhlich sahen sie aus. Freundinnen vermutlich. Touristinnen. Sie lachten und kicherten wie Backfische und nahmen den jungen Mann in schwarzem Rollkragenpullover, schwarzer Cordhose und schwarzem Jackett, der wenige Meter von ihnen entfernt stand, gar nicht wahr. Statt in der Schlange vor ihnen aufzurücken, war er ein wenig abseits stehen geblieben und tastete mit unentschlossenem Blick die Sandwiches und kleinen Kuchen in der Auslage ab.

»*Vous désirez, Monsieur?*«, sprach ihn die Verkäuferin über den hohen Tresen hinweg an. Als er nicht antwortete, rollte sie mit den Augen und wandte sich an die beiden deutschen Frauen. »*Mesdames?*«, forderte sie die Kundinnen mit geschäftsmäßigem Lächeln zu ihrer Wahl auf. Die Kleinere der beiden kicherte wieder und trat einen Schritt nach vorn.

»Dö pä o schokola«, sagte sie und strahlte übers ganze Gesicht vor Stolz. »Silwuplä«, fügte sie noch rasch hinzu.

»Ich bin dran!«, rief der junge Mann dazwischen und schob sich nach vorn. »Das ist typisch. Typisch deutsch! Drängen sich einfach vor«, empörte er sich. »Ist doch wirklich unglaublich, kommen hierher und …«

Weiter kam er nicht.

»Jetzt halten Sie mal die Luft an, junger Mann! Wie alt sind Sie – fünfundzwanzig?«, unterbrach ihn Eric.

»Sechsundzwanzig, was geht Sie das an?«

»Solcherart überholte Vorurteile aus dem Mund eines

so jungen Menschen?« Eric schüttelte zornig den Kopf. »*Das* ist unglaublich.« Er hatte ähnliche Szenen schon häufiger beobachtet, sich bislang jedoch stets aus derartigen Auseinandersetzungen herausgehalten. Natürlich hatte auch er sich schon über Touristen geärgert, diesmal aber konnte er nicht anders, als Partei zu ergreifen. Verwirrt sahen die beiden Damen erst ihn und dann den jungen Mann an. Sie hatten inzwischen bezahlt und ihr Tütchen entgegengenommen. Nun lächelten sie unsicher, nickten und verließen die Bäckerei. *Allemand* hatten sie sicher verstanden und darum gewiss auch begriffen, dass sie der Stein des Anstoßes gewesen waren.

»Monsieur?« Die Verkäuferin sah den Schwarzgekleideten mit ihrem unnahbaren Geschäftslächeln an, als wäre er durchsichtig. »Sie wünschen?«

»Nun machen Sie schon, Sie sind dran!«, knurrte Eric, weil der junge Mann sich noch immer über die beiden Frauen ausließ, statt endlich seine Wahl zu treffen.

Die Bäckerin nickte gnädig, als er sich schließlich bequemte, nach einem *pain au lin* zu fragen, holte ein Leinsamenbrot aus dem Regal, wickelte es ein und kassierte. Eric wunderte es nicht, dass sie sich aus dem Streit herausgehalten hatte. Trotzdem war er noch immer aufgebracht. Sein Herz schlug Trommelwirbel, und seine Hände zitterten, als er mit einer Tüte warmer *pains au chocolat* und einer *brioche* aus der Bäckerei auf die Straße trat. Er war nicht gemeint gewesen mit dem Angriff auf die Deutschen, und doch hatte er sich betroffen gefühlt.

Noch am gleichen Abend, während sich die Kinder die Zähne putzten, gab er die Suchworte *Detective* und *Francfort* bei Google France ein. Sein Vater war in Frankfurt geboren, es war also sinnvoll, dort mit der Suche anzufangen. Ein Privatdetektiv konnte ihm vielleicht eine alte Adresse besorgen und in Erfahrung bringen, ob es noch jemanden aus Haralds Familie gab. Eric war nervös, als er die Ergebnisse seiner Suche unter die Lupe nahm, und enttäuscht, nicht gleich auf etwas Brauchbares zu stoßen. Es dauerte eine Weile, bis er eine Detektei entdeckte, die ihre Homepage dreisprachig führte. Sie war in Frankfurt ansässig und bot scheinbar genau die Art von Hilfe an, nach der er suchte. Er sah sich jede Seite ihres Internetauftrittes genau an. In einem Fenster fand er eine Telefonnummer und darunter den Namen des Ansprechpartners. Ob der Mann Französisch sprach? Musste er doch eigentlich, wenn er als Kontaktperson angegeben war, oder nicht? Eric zögerte und entschied sich, zunächst lieber eine E-Mail zu schreiben.

Frankfurt, Ende März 1958

Harald?« Anna schreckt hoch, sieht sich um. Sie liegt im Bett. In ihrem Schlafzimmer. Alles ist ruhig. Nur ihr Herz probt den Aufstand. Es hämmert und will sich nicht besänftigen lassen. Sie steht auf und zieht ihren wundervollen Morgenmantel an. Weich ist er und mit Stickereien verziert. Harald hat ihn ihr zu Weihnachten geschenkt. Er muss ein Vermögen gekostet haben, denn er hat ihn im Modehaus Pfüller gekauft. In der Goethestraße. Anna hat noch nie zuvor etwas so Wertvolles besessen. Ein stolzes Lächeln breitet sich auf ihrem Gesicht aus. Harald hat hart dafür gearbeitet. Im Sommer. Steine hat er geschleppt. Auf dem Bau. Obwohl er erst fünfzehn gewesen ist. Gut verdient hat er auch. Der Polier hat ihn hoch gelobt, wollte ihn sogar fest einstellen. Aber Harald will Abitur machen. Und studieren. Sein Großvater ist dafür, und auch Anna will, dass einmal etwas Besseres aus ihm wird. Darum ist sie auch gar nicht so glücklich über Haralds teures Geschenk gewesen. »Du sollst doch sparen«, hat sie ihn getadelt und zugleich mit der Hand über den weichen Stoff gestrichen. »Für dein Studium.« Harald hat nur gelacht. Hat sie in die Arme genommen und fest an sich gedrückt. »Für dich ist mir nichts zu teuer«, hat er gesagt und ihr einen Kuss auf die Wange gegeben. Laut schnalzend. »Nächstes Jahr gehe ich wieder auf den Bau, und im Frühjahr kann ich beim Gärtner aushelfen, ist bereits abgemacht.« Dann hat er sie herumgewirbelt und ihr Komplimente gemacht. Den Morgenmantel hat sie den ganzen Tag nicht mehr ausgezogen.

Anna geht über den Flur zu seinem Zimmer.

»Harald, bist du wach?«, fragt sie, klopft und öffnet die Tür. Sein Bett ist leer.

Anna runzelt die Stirn, sieht im Wohnzimmer nach und wirft einen Blick auf die Uhr. Kurz nach sieben. Ob er schon fort ist? Vielleicht ist er noch im Bad? Oder sitzt in der Küche und frühstückt.

Anna schlurft über den Flur.

Das Bad ist auch leer. Dann zur Küche.

Es duftet nach Kaffee. Haralds Teller und seine Tasse sind gespült und stehen auf dem Abtropfgestell.

Er ist also schon weg. Zur Arbeit beim Gärtner, fällt ihr ein. In gut einer Woche ist Ostern. Da ist viel zu tun in der Gärtnerei. Die Arbeit ist hart. Nicht so gut bezahlt wie auf dem Bau, dafür arbeitet er samstags und manchmal auch sonntags. Das ist praktisch, neben der Schule. Außerdem ist die Gärtnerei nicht weit weg.

Anna spart auch. Heimlich. Für Haralds Studium. Sie putzt. Samstagvormittag und Donnerstagabend. Harald glaubt, sie geht zur Chorprobe. Doch Anna kann gar nicht singen.

Sie gießt sich den Rest Kaffee aus der Kanne ein. Lauwarm mag sie ihn auch. Eine Scheibe Brot mit Käse und ein Apfel dazu. Das ist ein gutes Frühstück. Eine halbe Stunde noch, dann muss sie los. Heute kann sie früher anfangen. Frühjahrsputz, hat die alte Dame gesagt, für die sie sauber macht. Zwei Stunden länger kann Anna arbeiten. Das bringt genügend ein, um den Braten für Sonntag einzukaufen, bevor die Geschäfte schließen. Harald liebt den Sonntagsbraten. Sie essen ihn im Wohnzimmer am Esstisch, nicht in der Küche. Mit Stoffservietten, Musik aus dem Radio und dem guten Geschirr, das sie noch von Annas Großmutter haben.

Eigentlich ist die Wohnung ein bisschen zu groß für zwei, aber billiger als eine kleinere Neubauwohnung. Weil der Mietvertrag schon so alt ist. Nach der Zwangsenteignung im Krieg hat ein Arier das Haus gekauft. Seine Kinder wohnen jetzt ganz oben. Dort, wo die Sterns gelebt haben.

Anna ist froh, dass sie bleiben kann. Sie liebt die Wohnung noch immer. Trotz der schmerzlichen Erinnerungen. Sie kann nur büßen, wenn sie hierbleibt. Wenn sie immer wieder fürchten muss, dass Ruth die Treppe herunterkommt und ihr das Kind wegnimmt.

Anna muss bleiben. Kommt nicht los von dem Haus. Als hätte sie nicht das Recht, den Jungen von hier fortzubringen. Als müsse sie seinen Eltern eine letzte Gelegenheit geben, ihn wiederzufinden, auch wenn längst klar ist, dass ihn niemand mehr suchen wird.

Paris, 2. Februar 2010

Ungeduldig riss Eric den Briefumschlag aus Deutschland auf und las das in klarem Englisch formulierte Schreiben, das er ohne Schwierigkeiten übersetzen konnte.

Sehr geehrter Herr Laroche,

in der uns von Ihnen in Auftrag gegebenen Angelegenheit bezüglich Herrn Harald Heinrich Haeckel, geboren am 23.05.1942 in Frankfurt/Main, gestorben am 29.08.1966, möchten wir Ihnen heute das Ergebnis unserer Recherchen mitteilen.

Harald Heinrich Haeckel war der einzige Sohn von Anna Maria Gertraude Haeckel, geb. Rieß, geboren am 12.09.1914 in Frankfurt-Bornheim

und

Heinrich Anton Haeckel, geboren am 17.08.1910 in Duisburg,

verstorben am 16.04.1942 an der Ostfront (der genaue Ort ist nicht bekannt).

Letzte Adresse von Familie Haeckel (bis 2001): Gaußstraße 8 in Frankfurt am Main.

Jetziger Aufenthaltsort von Frau Anna Maria Gertraude Haeckel ist das Seniorenstift Juliusruhe in Frankfurt.

Für weitere Informationen stehen wir Ihnen selbstverständlich jederzeit zur Verfügung. Sollten Sie Kontakt zu Frau Haeckel aufnehmen wollen, sind wir Ihnen dabei gern behilflich. Da wir regelmäßig mit Dolmetschern zusammenarbeiten, können wir Ihnen natürlich auch dafür geeignete Unterstützung anbieten.

Eric legte den Brief auf den Tisch. Sein Herz hämmerte so heftig gegen die Rippen, dass er mit der Hand darüberfuhr und mit leichtem Druck dagegenzuhalten versuchte. Er sah noch einmal auf dem Brief nach. 1914 war seine Großmutter geboren, also musste sie … Eric rechnete … fünfundneunzig Jahre alt sein. Er faltete den Brief sorgfältig zusammen. Wenn er sie sehen wollte, dann besser heute als morgen. Vorausgesetzt, sie konnte überhaupt noch Besuch empfangen. Der Brief sagte nichts über ihren Gesundheitszustand aus. Eric nahm ihn noch einmal zur Hand und las ihn erneut.

Am Abend, als die Kinder schliefen, setzte er sich mit einem Glas Rotwein zu Catherine aufs Sofa und zeigte ihr das Schreiben. Er wartete, bis sie zu Ende gelesen hatte.

»Willst du zu ihr?«

Eric nickte. »Ich könnte nächsten Donnerstag fliegen. Bis Samstag. Länger brauche ich vermutlich nicht.« Er bemühte sich um ein Lächeln. »Ich habe im Internet nach Hotels geschaut, es gibt unzählige, das dürfte also kein Problem sein. Ich muss nur noch die Detektei bitten, mir einen Dolmetscher zu besorgen.«

»Soll ich mitkommen? Ich kann Stéphanie fragen, ob sie die Kinder nimmt …« Catherine streckte die Hand aus, um zum Telefon zu greifen.

Eric schüttelte den Kopf. »Nein, lass nur! Ich … ich muss da allein durch.«

»Bist du sicher?«

Eric nickte. »Ich schaff das. Es ist nur …«

Catherine strich ihm über die Falten auf der Stirn und küsste sie. »Du hast Angst, auch von ihr zurückgewiesen zu werden.«

Eric sah sie an. »Ich weiß, dass ich nichts erwarten darf ... aber ich habe mein ganzes Leben lang geglaubt, nicht zu den im Stich gelassenen Kindern zu gehören, die keiner will.«

Catherine nahm ihn in die Arme, wiegte ihn wie ein Baby und streichelte ihn liebevoll. »Du bist kein Kind mehr, Eric. Du bist erwachsen und nicht allein. Ganz gleich, was du in Deutschland erleben wirst, es ändert nichts daran, wer du bist. Eric Laroche. Mein über alles geliebter Mann und der beste Vater, den ich mir für meine Kinder vorstellen kann.« Sie küsste ihn auf den Mund und strich ihm über die Bartstoppeln. »Ich liebe deinen Dreitagebart!« Sie küsste ihn leidenschaftlicher. »Ich bin verrückt nach dir.«

Eric erwiderte ihre Küsse, gierig. Atemlos. Verzweifelt. Er knöpfte ihre Bluse auf und küsste ihr Dekolleté.

»Die Kinder«, keuchte sie.

Eric hob sie schweigend hoch und trug sie ins Schlafzimmer.

»Sicher finde ich Deutschland ganz schrecklich«, sagte er, nachdem sie sich geliebt hatten, und setzte sich auf den Rand des Bettes, um seine Pyjamahose anzuziehen. »Je länger ich darüber nachdenke, desto komplizierter scheint alles zu werden.« Er stand auf, zog die Hose hoch, wandte sich zu Catherine um und kniete sich mit dem rechten Bein aufs Bett, um sie noch einmal zu küssen. »Wie ist das überhaupt rein rechtlich?«, fiel ihm ein, noch bevor sich ihre Lippen berührt hatten. Er wich zurück und sah sie fragend an. »Meinst du, ich bin Deutscher, weil mein Vater Deutscher war?« Er ließ sich aufs Bett fallen. »Glaubst du, ich muss in Deutschland zum Standesamt gehen und deutsche Papiere beantragen? Ich meine, ist das überhaupt möglich? Kann man zwei Staatsbürgerschaften gleichzeitig haben? Oder muss man eine davon abgeben?« Er fühlte Verzweiflung in sich aufsteigen. »Man wird mir doch die französische Staatsbürgerschaft nicht aberkennen?« Angst saß in seinem Herzen wie ein dunkler Keimling.

Frankfurt, 31. August 1966

Der Weg zum Friedhof ist kein leichter gewesen, doch es ist vollbracht. Anna schließt die Wohnungstür hinter sich und genießt die Geborgenheit der vertrauten Umgebung. Den Vater zu Grabe zu tragen, ist deutlich schwerer gewesen, aber der Tod der Mutter bedeutet immerhin, nun ganz allein zurückzubleiben. Sicher, sie hat Harald. Doch der lebt schon seit fast zwei Jahren nicht mehr bei ihr. Vierundzwanzig ist er und verliebt in eine Französin. Anna lächelt. Sicher ist sie elegant! Französinnen sind berühmt für ihre Eleganz. Deutsche Frauen sind zupackend. Vor allem Annas Generation. Die der Trümmerfrauen und Kriegerwitwen. Ganz allein haben sie nach der Kapitulation ihre Kinder aufgezogen und geholfen, den Schutt in den Städten wegzuräumen.

So viele Männer sind im Krieg geblieben oder in Gefangenschaft geraten. Und die Heimkehrer sind entweder an ihren Erlebnissen zerbrochen oder von den Siegermächten für ihre Kriegsverbrechen verurteilt worden. Nein, der Krieg ist kein Segen gewesen, so wie Hitler es versprochen hatte. Der Krieg ist das Schlimmste gewesen, was den Menschen hat widerfahren können.

Außer für Anna.

Für sie ist es ein glücklicher Zufall gewesen, dass die Sterns mit ihren Kindern im Haus gewohnt haben. Dass die Nazis sie weggebracht und nichts von dem Jungen gewusst haben. Dass Anna ihn zu sich hat nehmen können und Gott ihnen ein gemeinsames Leben geschenkt hat.

Anna sieht auf die Uhr. Wie kann es denn sein, dass der

Junge und seine Frau so lange auf sich warten lassen? Gewiss, der Weg von Südfrankreich nach Frankfurt ist weit, aber dass sie sich um einen ganzen Tag verspäten? Hoffentlich haben sie keine Panne gehabt. Oder es ist was mit dem Kleinen. Anna greift in die Tasche ihres Sommermantels, der wie gewohnt am Haken im Flur hängt, und zieht das Telegramm hervor, das sie vor drei Tagen bekommen hat.

SIND UNTERWEGS – STOP –
ANKOMMEN ÜBERMORGEN – STOP –
KUSS HARALD

Anna liest und lächelt. Hat der Junge es sich doch tatsächlich ein Wort mehr kosten lassen und *kuss* hinzugefügt, nicht einfach nur *harald*, obwohl das Ganze doch sicher schon teuer genug war und er nicht viel Geld hat! Anna fährt sich über das Haar und streift ihr Kleid glatt. Sie hat etwas angespart. Viel ist es nicht, aber es wird dem jungen Paar ein wenig weiterhelfen. Schließlich sind sie inzwischen zu dritt. Anna lächelt. Hoffentlich ist Harald glücklich. In seinen Briefen hat es so geklungen, darum mag sie seine Frau schon jetzt. Marie-Chantal heißt sie. Man spricht es *Schantal* aus. Harald hat geschrieben, dass seine Schwiegereltern nicht einverstanden waren mit ihrer Heirat. Weil er Deutscher ist. Anna holt tief Luft. Was hätten sie wohl gesagt, wenn sie erfahren hätten, dass er Jude ist?, denkt sie geradezu schadenfroh und kichert leise. Dann aber überkommt sie doch wieder Sorge. Sie tritt ans Fenster. Gerade als sie die Gardine beiseiteschieben will, klingelt es an der Tür. Da sind sie endlich! Anna atmet auf, eilt in den Flur und reißt die Wohnungstür auf.

»Frau Haeckel?« Zwei Uniformierte stehen auf dem

Fußabtreter. Polizei. Anna spürt, wie ihr Herz immer langsamer schlägt. Jetzt haben sie dich, denkt sie und droht zu taumeln. Dann fasst sie sich. Unsinn.

»Ist was mit meinem Sohn?« Ein heißer Blitz schießt ihr in die Brust, durch das Herz bis hinunter in die Beine.

»Dürfen wir hereinkommen?«

»Sicher, bitte.« Anna tritt beiseite, um die Männer einzulassen. Uniformen beeindrucken sie noch immer. Die Polizisten nehmen ihre Schirmmützen ab, wie es sich gehört. Der Jüngere dreht sie nervös in den Händen, der Ältere räuspert sich.

»Es hat einen Unfall gegeben.« Er hüstelt. »Ein Lastwagen und ein PKW waren beteiligt. Was genau passiert ist, wissen wir nicht. Man hat uns nur informiert, dass es Tote gegeben hat. Frau Haeckel, Ihr Sohn …« Er bringt den Satz nicht zu Ende.

»O nein! Harald!«

Der Jüngere springt herbei, als Anna nach der Kommode fasst und schwankt. Er legt ihr die Hände um die Schultern und stützt sie. »Kommen Sie, Frau Haeckel, setzen Sie sich erst einmal!« Er sieht sich um, findet den Eingang zur Küche und führt sie hinein, schiebt sie zum Tisch und rückt den Stuhl weg, damit sie Platz nehmen kann.

»Wo?«

»Wie gesagt, wir wissen nichts Genaues. Wir warten noch auf den schriftlichen Bericht.«

»Er wollte schon gestern hier sein!« Anna schluchzt.

Der Polizist tätschelt ihr die Schulter.

Anna kann es nicht glauben. »Sind Sie sicher, dass es tatsächlich mein Harald ist?«

Die Frage geht ins Leere. Wenn sie nicht sicher wären, hätten sie die unangenehme Aufgabe, seine Mutter in

Kenntnis zu setzen, bestimmt nicht auf sich genommen. Harald hat über die Grenze gemusst. Man hat gewiss seinen Pass gefunden. Das ganze Leben mit ihm zieht an ihr vorbei. Sein erstes Lachen, sein erstes Gebrabbel, das erste *Mama*, die ersten Schrittchen, Geburtstage, Familienfeste mit den Großeltern, Weihnachtsfeiern, der erste Schultag, seine erste Freundin, der Tag, an dem er Abitur gemacht hat, der glückliche Stoßseufzer, als er den Führerschein bestanden hat. Anna schließt die Augen. Er kann doch nicht einfach tot sein. Fort. Für immer.

»Ich konnte nicht zu seiner Hochzeit.« Sie sieht den jüngeren der beiden Polizisten aus feuchten Augen an. »Ich war nicht dabei!« Dann schüttelt der Kummer die Tränen aus ihr heraus.

»Frau Haeckel, beruhigen Sie sich!«, sagt der Ältere ein wenig streng, während der Jüngere ihr die Hand auf den Rücken legt, groß, warm und beruhigend. Es könnte Haralds Hand sein.

»Er war so ein guter Junge«, murmelt sie erstickt und merkt gar nicht, dass die beiden Uniformierten freundlich betreten grüßen und gehen. Wie festgewachsen bleibt Anna auf dem Stuhl in der Küche sitzen. Lässt die Zeit vorüberstreichen. Hat ja doch keine Bedeutung mehr. Sie grübelt und sucht im hintersten Winkel ihrer Seele, ob sie alles richtig gemacht hat.

Warum, Herr, hast du ihn so früh sterben lassen?, fragt ihr Herz bitter.

Warum gabst du mir die Möglichkeit, ihn zu retten und großzuziehen, nur um ihn mir wieder zu entreißen? Habe ich ihn nicht so erzogen, wie du es erwartet hast? Ist er denn kein guter Christ geworden? Ein tapferer, kluger Mensch mit Respekt für seine Mitmenschen? Jura hat er studiert, der Bub, weil er anderen helfen wollte. Nicht wegen des Geldes. Das hat ihn nie gekümmert. »Sieh doch nur uns beide an!«, hat er immer gesagt. »Sind wir nicht vollkommen glücklich, auch ohne viel Geld?« Und dann hat er sie hochgehoben und herumgewirbelt, als wäre sie ein kleines Mädchen. Anna hat gelacht und sich am Leben und an Harald erfreut. »Junge, ich…«, hat sie mehr als einmal angefangen, doch der Mut hat sie immer wieder verlassen. So steht das Geheimnis seiner Herkunft ihrem Seelenfrieden noch immer im Weg. Wie oft hat sie ihm beichten wollen, wer er in Wirklichkeit war, doch die Angst, seine Liebe zu verlieren, sein Vertrauen, seine Freundschaft, sein Lachen, hat sie immer wieder zurückgehalten. Nun ist es zu spät. Nun kann sie sich ihm nie mehr anvertrauen.

Anna stützt den Kopf in die Hände und versucht sich die Ohren zuzuhalten. »Frau Haeckel!«, hört sie eine Männerstimme dumpf rufen, dann klingelt es so laut, dass ihr Kopf zu zerspringen droht.

»Frau Haeckel!«

Anna antwortet nicht.

Geht weg!, will sie schreien, aber sie schweigt und rührt sich nicht. Irgendwann sind die Stimmen und das Schrillen fort, und es wird Nacht. Und Tag. Und Nacht. Viele Male. Dann kehrt das Rufen zurück, das Schrillen wird lauter, kreischender, das Ohrenzuhalten immer sinnloser. Plötzlich glaubt Anna, jemanden neben sich zu spüren.

Eine Hand greift nach ihrem Arm, fühlt ihren Puls.

»Frau Haeckel, wir bringen Sie ins Krankenhaus.«

Anna ist es gleich. Alles ist sinnlos. Für nichts lohnt es sich mehr zu leben.

Frankfurt, 8. Februar 2010

Während des Fluges nach Frankfurt grübelte Eric darüber nach, was Familie eigentlich bedeutete. Waren es die Blutsbande, die Menschen zu einer Familie machten? Liebe? Verantwortung? Es gab so unterschiedliche Familienkonstellationen. Wer oder was bestimmte, ob eine Gruppe von Menschen eine Familie war? Und wer war seine Familie? Die Jarrets, mit denen er verwandt war, oder die Laroches, die er liebte und von denen er geliebt wurde? Und was war mit den Haeckels? Auch mit ihnen war er verwandt. Wurden dadurch nicht auch sie und die Jarrets zu einer Familie? Trotz des tiefen Hasses der französischen Seite auf die deutsche? Eric rang nach Atem.

»Was möchten Sie trinken, Monsieur? Kaffee? Tee?«

Eric sah die Stewardess verstört an. »Ein Glas stilles Wasser, bitte.«

»Kaffee oder Tee dazu?«

»Nein danke. Oder doch! Kaffee, bitte, schwarz mit Zucker.«

Catou, er und die Kinder waren eine Familie. Daran gab es nichts zu rütteln. Oder doch? Was wäre, wenn Catherine ihn verließe? Die Kinder mitnähme, vielleicht gar weitere mit einem anderen Mann hätte? Seine Phantasie galoppierte auf und davon. Was, wenn auch er eine neue Frau kennenlernte und weitere Kinder zeugte? Schweiß brach ihm aus allen Poren. Zwei Familien konnten leicht eine dritte als Schnittmenge haben, sogar eine vierte, im Extremfall auch eine fünfte oder sechste. Eric massierte sich die Schläfen. Doch statt Antworten zu finden, dräng-

189

ten sich ihm nur noch mehr Fragen auf. Was war mit Geschwistern, die sich hassten, oder Kindern, die sich von ihren Eltern lossagten und umgekehrt? Waren sie trotzdem noch eine Familie? Ein Elternteil, das seine Familie im Stich ließ, war noch immer ein Elternteil, aber war es noch immer Teil der Familie? War Familie nicht ein Verband, der Bestand haben musste? Ein Verband, den man nicht einfach aufkündigen konnte, um ihm wieder beizutreten, wenn einem danach zumute war? Wurde man in eine Familie nicht durch Geburt oder Adoption aufgenommen, ganz gleich, ob es einem passte oder nicht? Eric schloss die Augen. Wenn dem so war, dann gehörte auch die Frau, die er im Altersheim zu besuchen gedachte, zu seiner Familie. Schweiß rann ihm den Rücken hinab. Sie war seine Großmutter. Ob wenigstens sie ihn annehmen würde? Vielleicht hatte sie ebenfalls mit ihm abgeschlossen. Ihn vergessen. Wusste womöglich nicht einmal, dass es ihn gab. Eric spürte plötzlich eine unerträgliche Enge in der Brust. Er zerrte am Halsausschnitt seines Pullovers, um ihn zu lockern, und drehte die Frischluftdüse über seinem Kopf auf. Die Dame neben ihm bedachte ihn mit einem vorwurfsvollen Blick, als ihr Haar verwirbelte, und zog ihr Kaschmirtuch enger um die Schultern. Eric lächelte verlegen und drehte die Düse wieder zu. Ein freundlicheres Gesicht von seiner Sitznachbarin brachte ihm das jedoch nicht ein.

Als er nach der Landung die Ankunftshalle betrat, fiel ihm eine junge Frau auf, die ein Schild mit seinem Namen hochhielt. Die schnörkelige Schrift passte zu ihrem zarten, fast körperlos wirkenden Äußeren. Blond gesträhntes lockiges Haar, kinnlang, rahmte ihr schmales Gesicht ein.

»Monsieur Laroche?«, erkundigte sie sich, als er auf sie zuging, und streckte ihm die Hand entgegen. »Willkommen in Frankfurt! Die Detektei hat mich beauftragt, Sie abzuholen«, sagte sie in fließendem, akzentfreiem Französisch.

»*Enchanté, Mademoiselle.*«

»Aurélie Wirtz. Sagen Sie einfach Aurélie.«

»Aurélie? Das klingt französisch ...«, wunderte sich Eric. Eine Französin hatte er nicht erwartet. Warum auch immer.

»Meine Mutter ist Französin.« Aurélie nickte und lachte. »Kommen Sie, Monsieur Laroche!«

»Eric.«

»Eric.« Sie strahlte ihn an. »Was halten Sie davon, wenn wir als Erstes Ihr Gepäck ins Hotel bringen?«

»Sicher, ja.« Eric kramte in seiner Jackentasche, bis er den Zettel fand, den er am Morgen schnell noch eingesteckt hatte. »Ich habe eine Adresse aufgeschrieben.« Er reichte ihn ihr.

»Das *Marriott*«, murmelte die junge Frau und verzog ein wenig den Mund. »An der Messe ist sicher die Hölle los. Wird nicht leicht werden, dort durchzukommen.« Sie seufzte. »Sie haben reserviert?«, vergewisserte sie sich.

»Reserviert?« Eric sah sie überrascht an. »Nein, ich dachte ... Das Hotel ist riesig.«

»Wenn Sie nicht reserviert haben, rufe ich besser erst an. Es ist nämlich gerade Messe«, erklärte sie mit leichtem Vorwurf in der Stimme.

Eric kam sich auf einmal vor wie ein dummer Junge aus der Provinz.

Während Aurélie die Nummer des Hotels wählte, beobachtete er sie und lauschte den fremden Worten. Ihre Stimme klang dunkler als auf Französisch. Sie schüttelte den Kopf, sprach, nickte, sprach wieder und lächelte dabei, tippte mit dem Daumen auf das Display, seufzte und ließ das Handy schließlich mit einer entschlossenen Geste in die Manteltasche gleiten.

»Die *Ambiente* ist die größte Konsumgütermesse der Welt«, begann sie ihren Bericht. »Sie hätten unbedingt reservieren müssen. Das *Marriott* ist komplett ausgebucht, wie ich schon befürchtet habe. Es liegt direkt an der Messe und ist sehr beliebt bei Ausstellern ebenso wie bei Besuchern.« Sie blähte die Nasenflügel. »Offenbar gibt es noch zwei weitere Großveranstaltungen in Frankfurt. Die Dame in der Reservierungsabteilung hat mir wenig Hoffnung gemacht, dass wir überhaupt noch ein Zimmer für Sie kriegen. Angeblich ist von Friedrichsdorf bis Wiesbaden alles ausgebucht.« Sie hob ratlos die Schultern.

»Ich ... habe mich sehr kurzfristig zu dieser Reise entschlossen.« Eric räusperte sich.

Aurélie blies sich eine Strähne aus dem Gesicht und lief plötzlich los. »Kommen Sie, Eric!« Sie wandte sich zu ihm um und winkte. »Wir gehen erst mal zum Auto. Mir fällt schon was ein.«

Eric hatte Mühe, ihr zu folgen, und staunte, wie gut zu Fuß sie war. Kein Wunder, dachte er, als er sah, dass sie flache, bequeme Schuhe trug, keine Stöckelschuhe wie Catherine, wenn sie zusammen unterwegs waren. Der Gedanke an seine Frau goss Wärme in seine Adern. Er nahm sein Telefon heraus, drückte auf Kurzwahl und rief zu Hause an.

»Ich wollte nur rasch Bescheid sagen, dass ich gut angekommen bin«, sagte er, als der Anrufbeantworter piepte. Wahrscheinlich war Catou mit den Kindern einkaufen gegangen. Eric ließ das iPhone in seine Jackentasche gleiten.

Catou hatte es ihm zu Weihnachten geschenkt. Perlen vor die Säue geworfen, hatte er zunächst gedacht, denn bisher war er wahrlich kein Fan solcher Geräte gewesen. Inzwischen aber war er dankbar. Egal, ob Mails, Wetterbericht oder neueste Nachrichten – er war immer und überall auf dem Laufenden.

»Ich dachte, der Flughafen sei viel größer«, murmelte er enttäuscht, als sie am Aufzug warten mussten, und sah sich neugierig um.

»Liegt daran, dass Sie am neuen Terminal angekommen sind. Air France landet immer auf der Zwei. Terminal eins ist viel größer – wie eine richtige Stadt«, entgegnete Aurélie leicht pikiert.

Eric hatte sie nicht kränken wollen. »Was sollen wir denn jetzt machen?«, fragte er. »Ich meine wegen des Hotels.«

»Ehrlich gesagt, weiß ich das auch nicht.« Aurélie knetete sich nachdenklich die Locken. »Wie lange bleiben Sie denn?«

»Nur zwei Tage. Mein Flieger geht am Samstagmorgen irgendwann kurz nach elf, glaube ich.«

»Samstag«, wiederholte sie, dann schien sie sich einen Ruck zu geben. »Am Samstagnachmittag kommt eine ehemalige Studienkollegin zu mir zu Besuch. Bis dahin könnte ich Ihnen mein Büro als Gästezimmer zur Verfügung stellen. Wenn ich die Detektei richtig verstanden habe, brauchen Sie mich ohnehin die ganze Zeit.«

Eric spürte glühende Hitze im Gesicht aufsteigen. »Das ist richtig, aber …« Er räusperte sich verlegen. »Ich meine, ich will Ihnen wirklich keine Umstände machen.« Er schüttelte ärgerlich den Kopf und schlug sich mit der Hand vor die Stirn. »Ich komme mir so dumm vor!«

193

Aurélie lachte. »Ach, nun hören Sie schon auf! Das kann doch jedem passieren. Ich meine, im Normalfall kriegt man immer irgendwo ein Zimmer. Und ich bin sicher, wenn wir lange genug suchen … Aber Sie wollen bestimmt viel lieber Ihren Termin in der Detektei wahrnehmen, als zu warten, während ich herumtelefoniere, nicht wahr?«

Frankfurt, Juni 1969

Frau Haeckel!«

Anna hört die Stimme des Arztes wie aus weiter Ferne.

»Frau Haeckel, bitte!«

Anna sieht ihn fragend an.

»Wissen Sie noch, warum Sie hier sind?«

Anna nickt. »Harald ist tot. Und die Sterns ... ich wollte das nicht ...«

»Sie trifft keine Schuld am Tod Ihres Sohnes, das wissen Sie doch. Es war ein Autounfall. In Frankreich. Er war auf dem Weg zu Ihnen. Nach dem Tod Ihrer Mutter.«

Anna nickt. »Ich habe es immer nur gut mit ihm gemeint. Ich muss es ihm erklären.« Ihre Hände zittern von den Medikamenten, die der Doktor ihr gibt. Sie sollen sie ruhigstellen, aber sie machen sie nur klapperig und alt. Ruhig wäre sie, wenn sie vergessen könnte, aber das schaffen die Pillen nicht.

»Glauben Sie, Sie würden sich besser fühlen, wenn Sie *es* ihm sagen?« Der Doktor sieht sie an, als wüsste er, was sie Harald beichten muss, aber er tut nur so. Er weiß nicht, wovon sie spricht. Weil sie es ihm nicht anvertraut hat. Keinen Schimmer hat er von ihrer Schuld.

»Ich muss es ihm sagen. Er hat ein Recht darauf, die Wahrheit zu erfahren«, beharrt sie.

Der Doktor glaubt, dass sie verrückt ist, und Anna lässt ihn in diesem Glauben. Wenn man irre ist, dann ist man krank, aber kein schlechter Mensch.

»Schreiben Sie ihm, Frau Haeckel, schreiben Sie auf, was Sie belastet!«

»Schreiben?« Anna sieht den Doktor an, als wäre *er* nicht ganz bei Trost und nicht sie. »Harald ist tot. Er kann es doch gar nicht mehr lesen.«

»Schreiben Sie trotzdem auf, was Sie so quält, Frau Haeckel. Das wird Ihnen helfen, glauben Sie mir.« Anna runzelt die Stirn. Der Doktor reicht ihr einen Stift und Papier. »Das dürfen Sie mit auf Ihr Zimmer nehmen, Frau Haeckel. Lassen Sie sich ruhig Zeit. Zeit heilt alle Wunden.«

Zeit. Heilt. Wunden. Alle.

»Aber ein Brief braucht einen Umschlag.«

»Gut«, sagt der Doktor und nickt. »Ich gebe Ihnen Umschläge dazu.« Er greift in seine Schreibtischschublade und holt ein paar weiße Kuverts heraus. »Wenn Sie mehr Briefpapier brauchen, dann sagen Sie Bescheid.« Er lächelt ihr aufmunternd zu. »Sie müssen sich in den Griff bekommen, Frau Haeckel. Sie wollen doch wieder nach Hause, nicht wahr?«

Er sieht sie so erwartungsvoll an, dass Anna nickt. Eigentlich ist es ihr gleich, wo sie ihre Tage verbringt.

Als sie sich das nächste Mal sehen, ist der Doktor braun gebrannt. Er hatte Urlaub. Sicher am Meer. Italien vielleicht. Gut sieht er aus, denkt Anna. Frisch und erholt. Er muss in ihrem Alter sein, aber er wirkt jünger. Anna sieht aus wie eine alte Frau. Haralds Tod hat sie zur Greisin gemacht.

»Wie geht es Ihnen, Frau Haeckel?« Wie immer putzt der Doktor akribisch seine Brille, bevor er sie aufsetzt und in ihrer Akte blättert. »Wann haben wir uns denn zum letzten Mal gesehen?«, murmelt er und schlägt es nach. »Ah ja, hm … Ist eine Weile her.« Er lächelt. Seine Augen bleiben merkwürdig unberührt, während er die Zähne entblößt.

Anna schaudert.

»Haben Sie die Briefe geschrieben?«

Anna nickt und hofft, dass er sie nicht lesen will. Es geht ihn nichts an, was darin steht. Er wird sie ohnehin nicht verstehen, er will sie heimschicken. Zurück in die Gaußstraße. Anna lächelt dünn. »Sechs ... ich habe sechs Briefe geschrieben.« Sie scharrt mit den Pantoffeln über den Linoleumboden. »Es war schwer, aber es hat mir geholfen. Sie hatten recht, Herr Doktor.« Haralds Tod hat ihr um ein Haar den Verstand geraubt. Das Schreiben hat ihr tatsächlich gutgetan, auch wenn sie mehr an Tagebuchaufzeichnungen erinnern als an Briefe. Sie sind ein Fenster zu ihrer Seele. Reinigend und erlösend war es, die schreckliche Tat zu Papier zu bringen. Manchmal auch schwer. »Einen ...« Anna holt Luft. »Einen Brief möchte ich noch schreiben.« Wieder lächelt sie dünn. »Sieben ist eine gute Zahl, finden Sie nicht?« Sie sieht den Doktor fragend an. »Sieben Tage in einer Woche, sieben auf einen Streich, Siebenmeilenstiefel.« Anna lächelt etwas breiter. Sie weiß, dass ihre Worte verrückt klingen. Sie hat zwar genickt, als der Doktor ihr unterstellt hat, dass sie nach Hause will, doch das stimmt nicht. Sie will nicht zurück, auch wenn es ihr inzwischen etwas besser geht.

Der Doktor öffnet die Schublade auf der rechten Seite seines Schreibtisches und entnimmt ihr zwei Blatt Papier und einen Umschlag. »Bitte sehr!«

»Danke.« Anna faltet das weiße Papier und steckt es in das Kuvert. »Ich brauche auch Briefmarken, damit ich sie abschicken kann«, sagt sie entschlossen. Sie weiß, dass Harald die Briefe nicht mehr bekommen kann, aber sie muss ja verrückt sein, wenn sie im Sanatorium bleiben will.

»Nein, Frau Haeckel, Sie können die Briefe nicht abschicken«, sagt der Doktor und runzelt nun seinerseits die Stirn. Jetzt zweifelt er wohl, ob er sie gehen lassen kann.

»Aber natürlich!« Anna stampft mit dem Fuß auf. »Wozu schreibe ich sie denn sonst?« Sie bemüht sich, wütend zu wirken. Zu Hause ist es so still und einsam. Im Sanatorium ist sie nur selten allein. Und sie bekommt regelmäßig warmes Essen. Zurück in der Gaußstraße, muss sie nur ständig an Harald denken. Aber tut sie das nicht sowieso? Vielleicht kann sie ja für immer hierbleiben.

Der Doktor steht auf und sieht ihr in die Augen. Er legt ihr die Hand auf den Rücken und räuspert sich.

»Frau Haeckel, Sie müssen wieder nach Hause. Das Leben findet dort draußen statt, und es wartet auf Sie. Lassen Sie Harald ruhen. Schreiben Sie den letzten Brief, und bewahren Sie alle in einem schönen Kästchen auf.« Er lächelt bestärkend. »Oder begraben Sie sie, wenn Ihnen das hilft. Haben Sie einen Garten?«

Anna schüttelt den Kopf. Begraben. Sie hat ihren Vater begraben. Und die Mutter. Und Harald. Es hat gedauert. Monate. Dann hat sie seinen Leichnam überstellt bekommen und ihn beerdigen können. Das war nach ihrem ersten Aufenthalt hier. Damals hat sie sich bemüht, entlassen zu werden, um Harald zur letzten Ruhe betten zu können. Nun liegt er schon seit eineinhalb Jahren neben ihrem Vater. Seinem Papi. Sie hört es ihn sagen, mit der Betonung auf dem i. Nun könnte sie doch bleiben. Warum zurückkehren? In die Wohnung voller Erinnerungen an den Jungen?

»Frau Haeckel, Sie müssen damit abschließen und nach Hause gehen.«

Anna nickt wieder. Vielleicht hat der Doktor recht. Sie denkt doch sowieso immer an Harald. Zu Hause kann sie das tun, wann immer sie will, und ist niemandem Rechenschaft schuldig. Sie kann sein Bild auf den Küchentisch stellen und mit ihm reden, während sie isst. Manchmal muss man essen, wenn man nicht verhungern will. Damals, als sie von Haralds Tod erfahren hat, hat sie das Essen vergessen. Ganz schwach ist sie gewesen, halb tot, haben sie gesagt und sie erst ins Krankenhaus und dann ins Sanatorium gebracht.

»Sie schaffen das, nicht wahr?«

»Ja, Herr Doktor.« Annas Stimme klingt zuversichtlich, obwohl sie keineswegs sicher ist, dass sie es schaffen wird. Zu Hause wartet die Wohnung, in der sie Harald aufgezogen hat. Friedlich und still. Sein Zimmer hat sie nicht angerührt, seit er fortgegangen ist. Sie hatte das Kinderbettchen aufgehoben und es aus dem Keller geholt, für ihren Enkel. Anna runzelt die Stirn.

»Was ist denn?«, fragt der Doktor.

»Eric ist nicht mein Enkel«, sagt sie aufgewühlt.

»Doch, Frau Haeckel. Eric ist der Sohn von Ihrem Harald.«

»Ja«, sagt Anna. »Eric ist ein Stern.«

»Nein, Frau Haeckel, Eric ist nicht tot. Nur Ihr Sohn und seine Frau.«

Richtig. Der Junge ist adoptiert worden. Man hat es ihr gesagt. »Sie sind nicht in der Lage, sich um einen Säugling zu kümmern. Er wird es gut haben.« Niemand hatte sie gefragt. Es war besser so. Sie war zu alt und zu müde für ein kleines Kind.

»Ich muss noch den siebten Brief schreiben.«

»Ja, Frau Haeckel. Schreiben Sie.« Der Doktor holt sei-

nen Rezeptblock hervor. »Ich gebe Ihnen ein Rezept und die Adresse eines Kollegen mit. Er wird Sie ambulant weiterbetreuen. Ich rufe ihn an und schicke ihm Ihre Akte.«
Er lächelt. »Ich weiß, dass es nicht leicht ist, aber Sie schaffen das.«

Frankfurt, 8. Februar 2010

Aurélies Arbeitszimmer war groß, sehr hell und freundlich.

»Schön haben Sie es hier«, lobte Eric. Drei apfelgrüne Kissen gaben dem sandfarbenen Bezug des Schlafsofas eine einladende Frische. Der große Glasschreibtisch war aufgeräumt und vermittelte den Eindruck, als würde daran nur selten gearbeitet.

»Ich beneide Sie um diesen Raum!« Erics Blick streifte die Regale auf der rechten Seite. Sofort musste er an das Buch *Nous les Allemands* denken, das er vergeblich hatte verstecken wollen. Die schwarz-rot-goldenen Streifen und der Titel hatten ihn einfach vereinnahmt. *Nous les Allemands. Wir Deutschen.* Er gehörte dazu, ob er wollte oder nicht.

»Sind Sie eigentlich Französin oder Deutsche?«, fragte er Aurélie. Ihre Mutter war Französin, ihr Vater dem Nachnamen nach zu urteilen offenbar Deutscher, genau wie bei ihm.

»Ich besitze beide Staatsbürgerschaften, aber ich fühle mich eher als Deutsche, obwohl ich meine komplette Schulzeit von der Maternelle bis zum Abitur an der Französischen Schule hier in Frankfurt verbracht habe und meine eigentliche Muttersprache Französisch ist.«

Eric nickte, obwohl er sich kaum vorzustellen vermochte, wie es sich wohl anfühlte, mit zwei Nationalitäten, zwei Sprachen und zwei Kulturen aufzuwachsen.

»Deutsch ist eine schöne Sprache, klar und logisch, dafür nicht ganz so bildhaft wie Französisch«, erklärte Aurélie lächelnd. »Ich bin froh, dass ich nicht wählen muss, sondern zwischen den Sprachen hin- und herwechseln kann. Für die Deutschen bin ich allerdings ganz klar Französin, weil ich gern koche und trotzdem auf meine Linie achte.« Sie schüttelte ihr Engelshaar und lachte. »Und für meine französischen Freunde bin ich die Deutsche, weil ich hier lebe und glücklich bin. Ich bin eben beides.«

Sie konnte nicht ahnen, wie sehr Eric ihre unverkrampfte Art bewunderte, mit seiner Frage umzugehen. Die Selbstverständlichkeit, mit der sie geantwortet hatte, erleichterte sein Herz. So schlimm war es offenbar nicht, Deutscher zu sein.

»Ich mache Ihr Bett später, wenn Sie einverstanden sind. Ihren Koffer können Sie inzwischen hier abstellen.«

Eric nickte und bat, sich die Hände waschen zu dürfen.

»Gewiss doch, kommen Sie, ich zeige Ihnen das Bad.« Aurélie ging voran. »Ganz in der Nähe gibt es einen kleinen Italiener. Was halten Sie davon, wenn wir heute Abend dort essen?«, fragte sie, als er aus dem Badezimmer kam. »Nach der Detektei, dachte ich.«

Eric war nervös wegen der bevorstehenden Begegnung mit seiner Großmutter und nicht sicher, ob er viel essen konnte. »Ja, gern«, hörte er sich trotzdem antworten.

»Die Pizza in Deutschland schmeckt ganz anders als in Frankreich«, begann Aurélie. »Angeblich liegt es am Käse, aber ich denke, auch die Sauce und sogar der Teig sind anders.« Sie seufzte. »Ich liebe Pizza. Ob in Italien, Deutschland oder Frankreich. Ich mag sie überall. Sogar die amerikanische Pizza mit dem dicken Teig esse ich gern. Aber es gibt natürlich auch Nudeln, Fleisch- und Fischgerichte bei *Aldo*. Falls Sie keine Pizza mögen«, beeilte sie sich zu versichern.

»Doch, doch, ich mag Pizza.« Ihre Unsicherheit hatte

etwas Rührendes.«»Ich bin gespannt auf die deutsche Variante.« Eric lächelte die junge Frau an und betrachtete sie genauer. Sie war höchstens dreißig, mittelgroß und sehr schlank, fast mager. Der Teint blass, beinahe durchsichtig, sodass die Adern fliederfarben und bläulich durch die zarte Haut schimmerten. Ihr haftete etwas Ätherisches an, das von den dunklen Schatten unter ihren unschuldig blauen Augen noch betont wurde. Vielleicht war sie ja sein Schutzengel? Von Gott geschickt, um ihm bei seinem Vorhaben hilfreich zur Seite zu stehen.

Unter seinem forschenden Blick schlug Aurélie die Augen nieder, öffnete mit fahrigen Händen ihre Handtasche und kramte darin.

»Geld, Schlüssel, alles da, wenn Sie wollen, können wir gehen.«

Die Detektei befand sich in einem modernen verglasten Hochhaus. Die Büroetage war weitläufig und elegant eingerichtet. Zwar hatte Eric keine ärmliche Geschäftsstelle erwartet, wie man sie aus Spielfilmen kannte – mit einem halbseiden wirkenden, leicht verwahrlosten Detektiv, der an der Grenze zur Legalität agierte. Trotzdem war er erstaunt über die Professionalität, die hochwertige Ausstattung und die große Anzahl an Schreibtischen, an denen genauso ernsthaft und konzentriert gearbeitet wurde wie in jedem anderen Büro.

»Die meisten unserer Klienten sind überrascht, dass wir den größten Teil unserer Arbeit im Büro verrichten«, sagte ein junger Mann in glasklarem Englisch, stellte sich vor und begrüßte Eric mit festem Händedruck. »Ich habe Ihren Fall bearbeitet. Sie werden Ihre Großmutter morgen besuchen?«

»Yes«, antwortete Eric, bat Aurélie dann aber, das Gespräch zu übernehmen. Sie übersetzte souverän und ohne zu stocken vom Deutschen ins Französische und umgekehrt.

Eric beobachtete sie bewundernd, stellte mit ihrer Hilfe noch viele Fragen und erfuhr unter anderem, dass seine Großmutter jahrzehntelang in einer Bäckerei gearbeitet und nach dem Unfall ihres Sohnes zweimal in einem Sanatorium gewesen war. Sie hatte sehr bescheiden und zurückgezogen gelebt und war nach dem Tod ihres Mannes allein geblieben.

»Kommt sie zurecht, ich meine – finanziell?«, wollte er wissen.

»Offenbar ja, die Zuzahlung im Seniorenheim geht von einem Konto ab, das auf ihren Namen läuft«, erklärte der Detektiv. »Falls Sie genauere Auskünfte über ihre Vermögensverhältnisse wünschen, müssten wir das gesondert recherchieren.«

»Nein, nein, nicht nötig!« Eric hob abwehrend die Hände, als Aurélie übersetzte. »Um Gottes willen! Hält er mich für einen Erben, der ihr Ableben kaum erwarten kann?«, fragte er, an sie gewandt.

Sie lachte und schüttelte den Kopf. »Sicher nicht, Eric.«

»Pizza?«, fragte er, als sie die Detektei verließen. Er war erleichtert, dass die erste Hürde genommen war.

»Pizza!«, bestätigte Aurélie mit glänzenden Augen.

Das Restaurant, das sie nach kurzer Autofahrt betraten, war mit klobigen Stühlen und Tischen aus dunkler Eiche ausgestattet. Rot-weiß karierte Tischdecken mit Fransen und grüne Servietten erinnerten daran, dass man sich hier quasi in Italien befand. Hinter einem wuchtigen Tresen gleich neben dem Eingang wurde Bier gezapft und Wein aus großen Flaschen in kleine Karaffen umgefüllt.

»Ciao, Aldo!«, rief Aurélie und hob die Hand zum Gruß.

»Ciao, Bella, wie getze dir?« Der Italiener kam auf sie zu und schüttelte ihr die Hand.

»Danke, gut. Dir auch? Und deiner Mama?«

»Si, getze fantastica. Machte heute frische Tortelloni mitte Spinate und Ricotta.«

»Ich habe Eric von eurer Pizza vorgeschwärmt und ihm erzählt, dass die in Deutschland ganz anders schmeckt als in Frankreich.«

»Si, iste grandiosa, meine Pizza!«

Eric verstand *Pizza* und *grandiosa*, nickte und lächelte freundlich.

Der Italiener zog einen Stuhl für Aurélie zurück, wartete, bis sie Platz genommen hatte, und brachte ihnen die Karte.

»Eine *Royale* für mich«, sagte Eric, ohne in die Karte zu sehen, die er ohnehin nicht lesen konnte.

»Schinken und Champignons?«, fragte Aurélie nach.

»Mit einem Ei zusätzlich drauf, wenn das möglich ist.«

»Ich glaube, das nehme ich auch. Wein?«

»Gern.« Eric lehnte sich zurück. »Suchen Sie ihn aus.«

»Was halten Sie davon, wenn wir morgen erst an dem Haus vorbeifahren, in dem Ihre Großmutter so lange gelebt hat?«, schlug Aurélie vor, nachdem sie die Bestellung aufgegeben hatte. »Ist kein großer Umweg. Sie wollen doch bestimmt sehen, wo Ihr Vater aufgewachsen und zur Schule gegangen ist.«

Frankfurt, 9. Februar 2010

Anna sitzt am Fenster und blickt hinaus in den kleinen Park. Der Himmel ist grau. Hellgrau. Fast weiß. Es sieht nach Schnee aus. Anna wartet. Eine Ewigkeit schon, so scheint es. Sie wartet auf Harald. Er hat ein Telegramm geschickt. Sie lächelt. *kuss harald,* hat er geschrieben. Er ist ein guter Junge. Ihr Kopf wackelt. Oder ist es der Park, der hin- und herschwankt? Einerlei. Harald kommt sicher bald. Anna fährt mit der Hand zum Kopf. Sitzt ihr Haar auch anständig? Sie befingert den Knoten im Nacken. Alles in bester Ordnung. Keine Strähne hat sich gelöst.

Es klopft leise, dann öffnet sich die Tür, und jemand kommt herein.

»Mittagessen, Frau Haeckel!«

Anna sieht die Frau nicht an. Starrt lieber weiter hinaus in den Garten. Sie mag diese Stimme nicht. Zu laut. Zu schrill. Der Garten ist still. Einsam. Nicht einmal die Vögel zwitschern. Es ist zu kalt. Die Bäume sind nackt. Die Äste so dürr wie die Zwangsarbeiter im Krieg. Der Rasen ist braun zwischen schmutzig weißen Schneeflecken. Ärmlich, denkt Anna. Das Leben ist ärmlich. Sie tippt mit der Fußspitze auf den Boden. Die Ferse bleibt stehen. *Tipp, Tipp, Tipp.* Wie der Sekundenzeiger eines Weckers hört sich das an.

Eins, zwei, drei …

Die Zeit vergeht.

Der Krieg ist vorbei.

»Frau Haeckel, essen!«

Die mit der lauten Stimme stellt ein Tablett auf den Tisch

neben Annas Stuhl, schwenkt ihn herüber und setzt sich mit ihrem breiten Hintern auf einen Hocker.

»So, dann wollen wir mal schauen, was es Schönes gibt!«

Dumme Kuh, denkt Anna. Hält mich für blöd. Es gibt immer das Gleiche. Seit Jahren schon.

»Grießbrei mit Kirschen, das mögen Sie doch so gern.«

Warum schreit die nur so? Anna ist doch nicht taub.

»Der Fisch gestern war nichts für Sie, nicht wahr, aber Grießbrei, Grießbrei ist gut.«

An Fisch kann sich Anna nicht erinnern. An die schrumpeligen Kartoffeln im Krieg schon. Waren eben harte Zeiten. Jetzt ist es leichter. Harald ist groß. Er studiert. Anna lächelt.

»Na, sehen Sie, ich wusste doch, dass Ihnen der Grießbrei schmeckt. So, hier kommt der erste Löffel.«

Anna öffnet den Mund. Grießbrei, soso. Sie schließt den Mund, lässt die Zunge durch den Brei gleiten. Grießbrei. Harald hat Grießbrei gegessen, als er klein war. Nicht im Krieg, da gab es keinen. Aber danach. Er hat ihn gern gegessen. Nur darum mag Anna das süße Zeug. Weil Harald es so mochte. Sie mahlt mit den Zähnen, bis der Brei so flüssig ist, dass sie ihn hinunterschlucken kann.

»So, und jetzt der nächste.« Die Stimme wird höher. »Schön aufmachen!«

Anna gehorcht. Als Harald klein war, hat sie oft an ein Vögelchen gedacht, wenn er den Mund gierig aufgesperrt hat. Jetzt ist sie das Vögelchen.

Ein gutes Dutzend Mal öffnet sie den Mund. Mahlt mit den Zähnen den Brei, bis er sich schlucken lässt, und nickt. Der nächste Löffel kann kommen.

»Das haben Sie aber fein gemacht. Alles aufgegessen.«

Die schrille Stimme klingt ein wenig wärmer. Dann wird

Anna der Mund abgewischt. Die Serviette ist rau, aber das stört sie nicht. Ohne ein Wort lässt sie sich die Teetasse an den Mund führen.

»So, nun noch etwas trinken. Sie wissen doch, wie wichtig das ist.«

Anna schluckt und schluckt, bis die Tasse leer ist. Ihre Kehle ist eng und gluckst dabei, aber sie gehorcht.

»Heute ist Ihr Glückstag!« Die schrille Stimme überschlägt sich fast. »Pfefferminztee geht am ehesten, nicht wahr? Besser als Früchtetee.«

Anna sagt nichts, aber der Gedanke an Früchtetee jagt ihr eine Gänsehaut über den Rücken. Früchtetee ist so sauer und stumpf an den Zähnen und auf der Zunge.

»Na, schaffen Sie noch ein Tässchen?«

Anna antwortet nicht. Sie öffnet den Mund, als die Tasse ihr nahe kommt, und trinkt. Der Tee ist leicht süß, frisch und minzig. Besser als Wasser, das macht den Mund so trocken. Plötzlich wendet sie den Kopf ab. Jetzt reicht's! Noch ein Schluck, und sie spuckt alles wieder aus.

»Aber Frau Haeckel, doch nicht einfach wegdrehen!« Die schrille Stimme klingt vorwurfsvoll. Dann kommt wieder das Tuch. Wischt Anna über das Kinn, tupft ihr auf der Brust herum.

Anna atmet tief durch. Bald ist es vorbei, und dann kommt Harald.

»Sie bekommen heute Besuch, Frau Haeckel«, sagt die Schrille und tätschelt ihr den Arm.

Als wüsste Anna das nicht! Harald kommt doch. Sie nickt. Lächelt sogar.

»Sie haben so lange keinen Besuch mehr bekommen.«

Das *So* zieht sie in die Länge, als hätte es ganz viele *Os*, diese einfältige Person.

»Ich freue mich für Sie, Frau Haeckel.«

Gott, klingt die Pute gönnerhaft!

Anna reagiert nicht. Harald ist schon einmal aus Frankreich zu Besuch gekommen. Als er noch nicht verheiratet war. Diesmal wird er ihren Enkel mitbringen. Anna verschränkt die Arme vor der Brust und summt.

»Müde?«

Anna schüttelt den Kopf. Dummes Ding!

»Sie können ja noch ein Nickerchen im Sessel machen. Dauert sicher nicht mehr lange, bis Ihr Besuch da ist.«

Anna lächelt. Sie kann warten. Harald wird kommen. Sie weiß es. Er ist auf dem Weg. Das Telegramm. Ihre Lider werden schwer. Essen macht schläfrig. Und wenn man schläft, vergeht auch die Zeit viel schneller.

Eric betrat die Straße mit einer Mischung aus Vorfreude, Furcht und Neugier. Die Fahrt durch Frankfurt hatte ihn schon am Vortag positiv überrascht – die Stadt zeigte sich fortschrittlicher, großstädtischer und schöner als erwartet. Nun fragte er sich, was ihn in der Gaußstraße erwartete. Sein Herz raste, als er zu Aurélie ins Auto stieg.

»Oh, wir haben Glück!«, rief sie eine knappe halbe Stunde später plötzlich in einem ruhigen Viertel und setzte den Blinker. »Hätte nicht gedacht, dass wir so schnell und praktisch vor der Tür einen Parkplatz finden.« Sie parkte geschickt ein, stellte den Motor ab, legte beide Hände auf das Lenkrad und sah Eric fragend an. »Sind Sie bereit?« In ihrem Blick lag etwas Kindliches, beinahe Naives und zugleich sehr Weises. Sie lächelte aufmunternd.

209

»Ja, gehen wir!« Eric öffnete die Beifahrertür und erwischte dabei um ein Haar einen Fahrradfahrer, der ihm eine wütende Beschimpfung entgegenschleuderte. Eric sah Aurélie an und hob hilflos die Schultern. »Ich hab ihn nicht gesehen«, entschuldigte er sich. »Was hat er gesagt?« »Keine Ahnung!«, prustete sie. »Und nicht den blassesten Schimmer, was das überhaupt für eine Sprache war.«

Ein Teil der Angst, die Eric seit Tagen quälte, fiel plötzlich von ihm ab. Es tat gut, die fröhliche junge Frau neben sich zu wissen. Sie konnte ihn nicht vor Enttäuschungen bewahren, aber ganz gleich, was auf ihn zukam, an ihrer Seite wäre es leichter zu ertragen.

Das Haus, in dem seine Großmutter bis vor wenigen Jahren gelebt hatte, befand sich in gepflegtem Zustand. Rote Sandsteingesimse, Fenster- und Türeinfassungen. Beige-rosa gestrichener Putz. Alles sauber und ordentlich, mit Gardinen an den Fenstern und einem Fahrradständer vor dem Eingang. Wie angewurzelt blieb Eric auf dem Bürgersteig stehen und sah an dem Haus hoch.

»Dort im Erdgeschoss soll sie gewohnt haben.« Aurélie deutete auf die Fenster rechts neben der Tür.

Eric ging auf das Haus zu, bis sein Fuß plötzlich aneckte und er mit gerunzelter Stirn nach unten sah.

»Stolpersteine«, erklärte Aurélie, als sein Blick auf einen Pflasterstein aus Messing fiel. »In Erinnerung an die Juden, die hier gewohnt haben.«

Fünf Steine lagen dicht beieinander.

»Hier wohnte Ruth Stern, geborene Weiss, Jahrgang 1913, deportiert 1942, ermordet.« Aurélies Stimme klang weich und rau zugleich. »Lion Stern, Jahrgang 1911, deportiert 1942, ermordet«, las sie vor und übersetzte. »Daniel Stern, Jahrgang 1933, Noah Stern, Jahrgang 1935, und Käthe

Stern, Jahrgang 1938. Alle 1942 deportiert. Alle ermordet. Eine ganze Familie. Ausgelöscht von den Nazis.«

Eric starrte auf die Messingplatten. Seine Augen schwammen, sein Blut rauschte. Ob sein Großvater sie verraten hatte?»Solche Stolpersteine gibt es auch in Aix«, sagte er nachdenklich. Sein Kopf fühlte sich an wie in dichten Nebel gepackt.

»Bitte, wo?«

»In Aix-en-Provence.«

»Stolpersteine für ermordete Juden?«, wunderte sich Aurélie.»In Frankreich? Das hätte ich nicht gedacht.«

Eric schüttelte den Kopf.»Nein, nicht zum Gedenken an jüdische Opfer, auch wenn die Steine in Aix ähnlich aussehen und in der ganzen Stadt zu finden sind. Ihre Prägung ist immer gleich. Ein großes C, welches das Wappen der Stadt umschließt, und der Name Cézanne. Keinem Verfolgten sind sie gewidmet. Keinem Opfer. Sondern einem Sohn der Stadt, auf den man stolz ist.«

Erst seit Eric sich mit der deutschen Geschichte beschäftigt hatte, wusste er auch von dunklen Seiten in der Vergangenheit Frankreichs. In Les Milles in der Nähe von Aix hatte es sogar ein Konzentrationslager gegeben. Viele bekannte deutsche Künstler, die in Frankreich im Exil gelebt hatten, waren dort im Krieg interniert worden. Max Ernst, Lion Feuchtwanger, Golo Mann und andere. Die ehemalige Ziegelei wurde zurzeit renoviert und sollte schon bald als Gedenkstätte einer breiten Öffentlichkeit zugänglich gemacht werden. Auch Führungen von Schulklassen waren geplant.

»Aus dem Krieg für die Zukunft zu lernen, scheint mir ein gutes Konzept«, sagte Eric gedankenverloren.

»Schon, ja, aber das Gros der jungen Deutschen will

vom Krieg und von den Gräueltaten nichts mehr wissen. Sie fühlen sich nicht mehr verantwortlich für die Verbrechen der Nazis und sind es leid, sich für ihre Vorfahren schämen zu sollen. Trotzdem. Was geschehen ist, wird in diesem Land wohl immer ein Thema bleiben.«

»Mein Vater ist während des Krieges geboren«, murmelte Eric. »Neunzehnhundertzweiundvierzig, in dem Jahr, als die Sterns deportiert wurden.« Er wies auf die Stolpersteine. »Sicher hat meine Großmutter sie noch gekannt.«

Aurélie lächelte hilflos. »Kommen Sie, Eric! Ich zeige Ihnen, wo Ihr Vater zur Schule gegangen ist.«

Als Annas Kopf nach vorn fällt, schreckt sie hoch. Hat sie etwa geschlafen? Wie lange? Anna sieht sich um. Sie sitzt in ihrem Sessel am Fenster. Draußen ist es hell, also kann es noch nicht Nacht sein.

»Harald?«, ruft sie, dann fällt ihr ein, dass er nicht da ist. Noch nicht! Sie lächelt und streicht mit dem Daumen der rechten Hand am Rand des Holzkästchens entlang, das sie im Schoß hält. Er wird kommen. Bald. Ganz sicher. Er hat doch das Telegramm geschickt. *kuss harald,* stand drin. Er kommt. Endlich. Der kleine Eric wird auch dabei sein. Eric ist ihr Enkel, Haralds Sohn. Kein halbes Jahr ist er alt. Er hat dunkle Locken und dicke Bäckchen. Sein Liebling ist Sophie, eine Gummigiraffe. Anna schüttelt den Kopf. Wie ist Harald nur auf den Gedanken gekommen, dem Jungen eine Giraffe zu kaufen? Warum keinen Teddy, so wie er einen hatte? Goldgelbes Fell hat er gehabt, ein wenig rau, gewiss, doch Harald hat ihn geliebt. Ständig hat er den Teddy mit sich herumgeschleppt. Die Giraffe quietscht, wenn man sie drückt, und Eric strampelt aufgeregt, wenn er sie sieht, streckt die Händchen danach aus und lutscht sie von oben bis unten ab, wenn er sie zu packen kriegt. Annas Lächeln wird ganz weich. Alles, was sie von dem Kind weiß, hat sie aus Haralds Briefen. Er hat viele Briefe geschrieben, und sie hat alle so oft gelesen, dass sie ganz zerfleddert sind. Sie hat die Hochzeit ihres Sohnes nicht miterlebt, weil sie sich um ihre Mutter kümmern musste. Nun aber ist sie tot, und Harald hat versprochen zu kommen. Anna hat keine Tränen mehr, sie ist jetzt allein. Gut, dass Harald kommt, mit seiner Frau und dem Jungen.

Plötzlich klopft es an der Tür.

Anna hört, wie die Klinke heruntergedrückt wird. Dann quietscht die Tür in den Angeln.

»Ihr Besuch, Frau Haeckel!« Die Putenstimme flüstert fast. »Schlafen Sie?«

Anna wendet sich um, verschlingt den Besuch fast mit den Augen. Wie gut ihr Junge doch aussieht!

»Ihr Besuch!«, wiederholt die Pute aufgekratzt.

Anna zieht die Stirn kraus. Wie kann man nur so eine hässliche, grelle Stimme haben? Und überhaupt, sie ist doch nicht dumm. Sie weiß, dass Harald kommt.

»Harald!«, murmelt sie. Ihre Zunge ist dick und träge, scheint zu groß für ihren Mund und viel zu faul, um ihr beim Sprechen zu helfen. Anna versucht aufzustehen.

»Bleiben Sie sitzen, Frau Haeckel!«, kollert die Laute, springt ihr zur Seite und hält sie davon ab, sich zu erheben. »Kommen Sie herein!« Sie winkt den Besuchern zu, dann zieht sie zwei Stühle heran.

Annas Augen brennen, dann breitet sie die Arme aus.

Eric hatte sich schon seit Tagen vorgestellt, wie es wohl wäre, seiner deutschen Großmutter gegenüberzutreten. Nun war es so weit. Eine Pflegerin hatte sie durch einen dunklen Flur geführt, in dem es scharf nach Bleiche und Urin und muffig wie Mottenkugeln und alter Schrank gerochen hatte. Nicht einmal Blumen oder Pralinen habe ich ihr mitgebracht, dachte er noch mit schlechtem Gewissen, als die Pflegerin eine Tür öffnete und ihn hineinwinkte.

»Harald!«, murmelte die alte Dame in dem Sessel vor dem Fenster, ihre Kiefer mahlten dabei, als falle ihr das Sprechen schwer. Mit Tränen in den Augen streckte sie die Arme nach ihm aus.

Sie hält mich für meinen Vater, begriff Eric und zögerte einen Augenblick lang. Sollte er sie gleich über ihren Irrtum aufklären? Nein. Er ging auf seine Großmutter zu, beugte sich zu ihr hinab und ließ sich von ihr in die Arme nehmen.

»Harald!«, murmelte sie wieder und fügte Worte hinzu, die Eric nicht verstand. Er löste sich von ihr und nahm in dem Sessel Platz, den die Pflegerin herangezogen hatte. Aurélie schüttelte der Alten die Hand.

»Marie-Chantal?«, stammelte sie mühsam.

Nach einem kurzen fragenden Blick zu Eric lächelte Aurélie. »Ich freue mich, Sie kennenzulernen, Frau Haeckel«, sagte sie statt einer Antwort.

»Wo ist Eric?«, fragte die alte Frau und sah suchend zwischen den beiden hin und her. Ihre Augen waren aufgerissen. »Mein kleiner Enkel, wo ist er?« Das Sprechen schien ihr schwerzufallen. Vermutlich ein Schlaganfall, dachte Eric.

»Sie fragt nach Ihnen, aber sie glaubt, dass Sie noch ein Kind sind«, flüsterte Aurélie ihm zu.

Eric war gerührt von dem fragenden, enttäuschten Blick der Alten. Wärme und Liebe gingen von ihr aus. Eine Träne lief ihr über das faltige Gesicht.

»Eric?«, flüsterte sie und drückte ihm die Hand.

Eric erwiderte den Druck ihrer weichen, trockenen Finger.

Diese Frau hatte sich auf ihn gefreut. Sie schien enttäuscht, ihren Enkel nicht in die Arme schließen zu können. Ob er Aurélie bitten sollte, die Sache nun doch aufzuklären? Eric sah der alten Frau in die Augen. Wässerig und ein wenig trüb waren sie und zugleich voller Glück. Nein. Er brachte es nicht fertig, ihr die Illusion zu rauben.

A nna ringt nach Atem. »Ich wusste, dass du kommst. Das Telegramm!« Das Sprechen fällt ihr schwer. Die Zunge, die Lippen wollen nicht recht gehorchen, sind müde geworden und taub. Anna lächelt ihren Buben an. Gut sieht er aus, nur ein wenig alt scheint er geworden. Sicher strengt ihn das Studium sehr an. Vermutlich schläft er zu wenig und wacht auf, wenn der Kleine nachts weint. Sie drückt seine Hand, und er drückt zurück. So haben sie es schon früher gehalten. Vieler Worte bedarf es nicht zwischen ihnen, bedurfte es nie. »Harald«, murmelt sie und nimmt ihren ganzen Mut zusammen. »Du musst mir verzeihen.« Ihr Daumen reibt über den Kasten. »Bitte, vergib mir!« Anna spürt Verzweiflung in sich aufsteigen. Er muss ihr verzeihen, sie hat es doch nie böse gemeint. Sie hat ihn hätscheln wollen und hat ihn geliebt. Sie liebt ihn noch immer.

Seine Frau ist hübsch. Anna betrachtet sie aus den Augenwinkeln. Blond. Sie hat keine blonde Französin erwartet, aber das ist nicht wichtig. Marie-Chantal hat schöne Augen, weich, mitfühlend.

»Sie müssen besser auf ihn aufpassen, er sieht müde aus«, sagt sie zu der jungen Frau.

»Das verspreche ich Ihnen, Frau Haeckel.«

»Und auf meinen Kleinen, auf Eric, passen Sie auch gut auf, ja?«

Die junge Frau nickt. Ihre Locken wippen. Sie ist schön. Sie wird Harald glücklich machen. Anna spürt, dass sie nur noch eine letzte schwere Aufgabe hinter sich bringen muss. Wieder streicht sie über das Holz der kleinen Kiste. Dort, wo ihr Daumen sie berührt, ist sie zart und glatt. Sie gibt Anna Zuversicht, auch wenn sie den Grund dafür nicht mehr weiß. Sie muss ihm die Kiste geben, dann wird alles gut. Sie hat sie für ihn aufgehoben. Die Kiste wird alles in Ordnung bringen. Die Kiste … Anna beugt sich nach vorn und sieht ihn an. Sucht in seinen Augen nach der Antwort auf die Frage, ob er ihr vergeben wird, und nickt schließlich. »Du wirst mir vergeben, nicht wahr?«

Harald streichelt ihre Hand.

Anna fallen die Augen zu. Schwer sind ihre Lider, und der Kopf ist wie Blei.

»Wir gehen jetzt. Ruhen Sie sich aus, Frau Haeckel!«, hört sie die junge Frau sagen und reißt die Augen auf.

»Die Kiste, Harald!« Anna streckt ihm das Kästchen entgegen. »Du musst mir vergeben, Bub!«

Eric runzelte die Stirn »Was hat sie gesagt?«, erkundigte er sich, nachdem sie das Zimmer seiner Großmutter verlassen hatten. Er hatte weder zu fragen noch etwas zu äußern gewagt, um nicht zu verraten, dass er nicht Harald war und kein Deutsch konnte. »Und was ist das für eine Kiste, die sie mir in die Hand gedrückt hat?«

»Ihre Großmutter hat nichts dazu gesagt, aber ihrem Gesichtsausdruck nach muss sie etwas Wichtiges enthalten.«

Gemeinsam nahmen Eric und Aurélie den langen, dunklen Flur in Angriff.

»Sie hat Sie mehrfach um Verzeihung gebeten. Ich weiß nicht, was sie getan oder vielleicht auch unterlassen hat, aber es scheint sie sehr zu belasten.«

»Was soll ich ihr verzeihen? Dass sie mich nicht zu sich genommen hat?« Eric zog die Augenbrauen zusammen.

»Nein, Eric, ich denke, sie meint nicht Sie, sondern Ihren Vater! Von ihm erhofft sie sich offenbar Vergebung.« Aurélies Augen waren klar und blau wie ein Winterhimmel.

»War es das, was sie immer wieder gemurmelt hat? Die Bitte um Vergebung?«

Aurélie nickte. »Sie tut mir leid. Ich meine, sie wirkt auf mich nicht wie jemand, der etwas Böses getan hat.«

»Nein«, sagte Eric und runzelte erneut die Stirn. Seine Großmutter war alt, vielleicht war jene Schuld, die sie so quälte, nur das Produkt ihrer Phantasie. Andererseits mochte sie tatsächlich etwas Schlechtes getan und sich darum in ihre ganz eigene ferne Welt geflüchtet haben. In eine Welt, in der Harald noch lebte und sie ihn um Vergebung bitten konnte. Der Druck, sich ihrem Sohn anzuvertrauen, war groß, das hatte er an ihrem flehentlichen Blick erkannt. Vermutlich hatte sich das alles seit Langem aufgestaut. Sicher war es nur eine nichtige Kleinigkeit, die mit den Jahren zu einem riesigen Problem angewachsen war. Im Grunde aber spielte es keine Rolle, ob es etwas Schlimmes war oder nicht. Harald lebte nicht mehr und würde es niemals erfahren. Und vielleicht war das gut so.

Eric atmete tief durch. Manchmal war es besser, nichts von dem Unrecht oder der Entgleisung eines geliebten Menschen zu wissen.

Wenn Catherine ihn zum Beispiel betröge. Nur ein einziges Mal. Ohne den Wunsch nach Fortsetzung der Affäre. Nur aus einer Laune heraus, einer Schwäche. Aus Trauer, Freude oder weil Alkohol im Spiel war. Wenn Catherine sich eines solchen Fehltritts schuldig machen würde, dann wollte Eric lieber nichts davon erfahren. Unwissend zu sein, war besser, als sich fragen zu müssen, ob er ihr je vergeben könnte. Besser, als bei jeder leidenschaftlichen Umarmung daran zu denken, dass sie ihn betrogen hatte. Sie im Geist in den Armen eines anderen zu sehen. Besser, als sich ständig mit der Frage zu quälen, ob sie ihn überhaupt noch liebte. Ob sie ihn je wirklich geliebt hatte und ob er ihr jemals wieder vertrauen könne.

Was seine Großmutter auch immer getan hatte, die Vergebung ihres Sohnes war ihr ungeheuer wichtig. Eric öffnete die kleine Truhe und warf einen Blick hinein. Sie enthielt einen Stapel Briefe. Keiner davon war mit einer Adresse versehen. Nur *Harald* stand handgeschrieben auf jedem Umschlag.

»Ich kann sie nicht lesen, aber ich möchte wissen, was sie zu beichten hat, auch wenn es nicht *meine* Vergebung ist, die sie sucht.«

»Was halten Sie davon, wenn wir zu mir nach Hause fahren? Ich lese Ihnen die Briefe vor und koche uns Spaghetti zum Abendessen«, schlug Aurélie vor.

»Sie können das einfach so übersetzen?«

»Aber sicher.« Aurélie wirkte leicht gekränkt.

»Natürlich, verzeihen Sie.« Eric räusperte sich. »Bevor wir gehen, möchte ich meiner Großmutter noch eine kurze Nachricht hinterlassen. Ich werde nicht die Zeit haben, noch einmal herzukommen, aber eine kurze Zeile sollte ich ihr schreiben. Vielleicht können Sie mir beim Verfassen helfen und die Empfangsdame bitten, ihr die Nachricht zu geben.«

Aurélie nickte und kramte in ihrer Tasche. »Irgendwo müsste ich einen Block und einen Stift haben ...«

»Ich bin sicher, mein Vater hätte ihr verziehen, wenn er heute an meiner statt hätte kommen können, ganz gleich, was sie getan hat.«

Anna kuschelt sich in ihren Sessel. Sie ist wieder allein, aber sie ist zufrieden. Zufrieden wohlgemerkt, nicht glücklich. Glücklich wäre sie gewesen, wenn Harald ihr verziehen hätte. Wenn er sie *Mama* oder auch *Maman* wie früher so oft genannt hätte. Wenn er gelacht und sie angestrahlt hätte. Doch er hat sie nur fragend angesehen und geschwiegen. Kein einziges Wort hat er gesagt.

Immerhin hat er ihre Hand gehalten.

Wie gern hätte Anna den kleinen Eric in die Arme geschlossen, aber Harald hat das Kind nicht mitgebracht.

Wahrscheinlich vertraut er ihr nicht mehr.

Gewiss hat er sie darum immer so forschend angesehen.

Hat da nicht auch Vorwurf in seinen Augen gelegen?

Und Misstrauen?

Hat er vielleicht längst gewusst, was sie getan hat, und den Jungen darum von ihr ferngehalten?

Anna wagt kaum, Luft zu holen. Sie sieht hinaus in den

stillen, kalten Garten. Es ist Winter. Alles liegt grau in grau da. Wie tot. Die kahlen Äste, das stumpfe Gras, die vertrockneten Laubreste. Alles von Raureif überzogen.

Harald hat sie besucht. Sie hat gewusst, dass er kommt. Nun hofft sie, er möge bald zurückkehren und ihr sagen, dass er ihr verzeiht. Er ist ein guter Junge. Er muss wissen, wie sehr sie ihn geliebt hat. Er ist selbst Vater. Er muss ihr vergeben, auch wenn er sie nicht versteht.

Ihr Wunsch nach einem Kind ist so übermächtig gewesen! Geradezu körperlich hat sie das Verlangen danach empfunden. Ihr Leib aber hat sich standhaft verweigert. Wenn sie Jakob damals nicht bei sich behalten, sondern ihn seiner Mutter zurückgegeben hätte, wäre er von den Nazis ermordet worden. So wie seine Eltern, seine Brüder und das Käthchen, das Anna so gern gehabt hat.

War es vielleicht doch göttliche Vorsehung?

Anna schüttelt den Kopf. Nein. Sie kann Gott unmöglich für ihr Tun verantwortlich machen. Das wäre zu einfach, und leicht hat sie es sich nie gemacht. Selbst wenn Harald das glauben mag, wenn er die Wahrheit erfährt.

Es ist schwer gewesen, nach Heinrichs Tod allein zu bleiben, aber es war ihre Entscheidung. Als ob sie keine Wahl gehabt hätte! Es hat da durchaus einen Mann gegeben. Einen Kunden der Bäckerei. Er hat ihr gefallen. Und sie ihm. Er hat mit ihr ausgehen wollen, aber Anna hat Nein gesagt. Sie hat sich ganz um den Jungen kümmern müssen. Das ist sie ihm schuldig gewesen. Ihm und seinen Eltern. Ein Mann in ihrem Leben hätte Aufmerksamkeit gefordert und Zeit. Zeit, die sie Harald nicht hätte schenken können. Und Liebe. Doch diese Liebe aufzuteilen, dazu ist sie nicht bereit gewesen. Für Harald da zu sein, war stets das Wichtigste in ihrem Leben. Da war für einen anderen Menschen kein Platz. Trotzdem hat sie sich manchmal nach starken Armen gesehnt. Nach Leidenschaft und Liebe, nach Trost und Verständnis, Hilfe und Unterstützung. Sicher wäre vieles zu zweit leichter gewesen. Und die Einsamkeit nicht so groß. Seit Harald studiert, ist sie viel allein. Eigentlich immer. Nicht Wochen und Monate scheinen vergangen, seit er ausgezogen ist, sondern Jahre und Jahrzehnte. Ganz gleich, was Harald von meiner Entscheidung halten mag, Erics Existenz beweist doch, dass meine Wahl richtig gewesen ist, denkt sie. Immerhin wäre der Junge sonst niemals geboren worden.

Eric setzte sich mit einem Glas Weißwein ins Wohnzimmer. Aurélie hatte eine Jazz-CD eingelegt, bevor sie in die Küche Spaghetti kochen gegangen war. Eric schloss die Augen und genoss Musik und Wein.

»Ich fand Ihre Großmutter irgendwie süß!«, rief Aurélie aus der Küche. »Sie erinnert mich an ein verlorenes Vögelchen, das aus dem Nest geworfen wurde.«

Eric nickte, ohne zu antworten. Aus dem Nest geworfen. Ja, das kam hin. Oder gesprungen, vielleicht um sich selbst zu bestrafen. Neugier flammte in ihm auf. Er griff nach dem Kästchen, das auf dem Tisch stand, öffnete es, nahm die Briefe heraus, betrachtete und zählte sie. Sieben waren es. Er öffnete einen nach dem anderen. Alle waren mit einem Datum versehen, so ließen sie sich ohne Schwierigkeit ordnen. Nur lesen konnte er sie nicht.

Nach dem Essen, zu dem er ein zweites Glas Wein geleert hatte, als müsse er sich Mut antrinken, setzten sie sich aufs Sofa, und Aurélie nahm die Briefe zur Hand.

»Ich habe sie bereits sortiert.« Eric rutschte näher und sah ihr von der Seite über die Schulter.

»Gut, dann fange ich mal an.«

Aurélie übersetzte langsam und gefühlvoll Zeile für Zeile. Manchmal stockte sie kurz. Dann wieder schien sie vor Spannung kaum noch zu atmen. Hin und wieder wischte sie sich verschämt eine Träne aus dem Augenwinkel. Ihre Stimme war nicht mehr klar und ihr Blick verhangen wie ein Herbstmorgen.

Anna hatte dem Schicksal ein Schnippchen geschlagen. Nicht aus Mut oder Großherzigkeit, nicht um das Kind vor Schaden zu bewahren, sondern weil sie es für sich wollte. Sie hatte es gestohlen wie einen Gegenstand, den man begehrt. Aber sie hatte auch ein Leben gerettet und so erst Erics Geburt ermöglicht. Hin- und hergerissen zwischen Zorn, Scham und Dankbarkeit lauschte Eric Aurélies rau gewordener Stimme.

Das Schicksal ließ sich nicht einfach so hintergehen, begriff er. Den sechsten Stern hatte es sich zurückgeholt und ein weiteres Opfer dazu. Dabei war es nicht gerecht gewesen, denn statt Eric war Marie-Chantal, die sich ohne Annas Wahnsinnstat niemals in den Deutschen hätte verlieben können, bei dem Unfall zu Tode gekommen.

Eric wurde der Hals eng. Die Augen brannten. Ohne Harald hätte Marie-Chantal gewiss Jean-Claude geheiratet, so wie ihr Vater es für sie vorgesehen hatte. Und vielleicht wäre sie sogar glücklich geworden. Glücklicher auf jeden Fall, als Babette es mit ihm gewesen war.

Babettes Sohn Charles wäre dann ebenfalls nicht geboren worden, genauso wenig wie Eric. Dafür wären vermutlich andere Kinder auf die Welt gekommen, denn ganz sicher hätten Marie-Chantal und Jean-Claude eine stattliche

Anzahl Kinder gehabt. Und vielleicht wäre Alain Chabert bei seinem Werben um Babette erfolgreich gewesen. Eric konnte sich die beiden gut als glückliches Ehepaar vorstellen, mit vielen Kindern und einer Fotoserie, die ihren Nachwuchs zeigte und nicht das Grab von Marie-Chantal.

Erics Großmutter hatte mit ihrer Tat nicht nur ihr eigenes Leben und das des jüdischen Kindes verändert, sondern auch das Schicksal anderer. Sie hatte die Jarrets unglücklich gemacht und die Sterns in tiefste Verzweiflung gestürzt, selbst wenn sie ihnen zu irgendeinem Zeitpunkt auch Hoffnung geschenkt haben mochte. Hoffnung, dass wenigstens Jakob das Grauen überleben würde.

»Jakob«, wiederholte Eric leise. Er hatte sich gerade erst daran gewöhnt, dass sein Vater Harald hieß.

»Harald ist Jakob«, sagte er zu Aurélie, als hätte sie das nicht längst verstanden. »Sie hat ihn gestohlen.«

Aurélie nickte mit Tränen in den Augen. »Ich verstehe, warum sie ihn um Vergebung bitten wollte.« Sie schniefte und putzte sich die Nase, bevor sie fortfuhr.

Eric hörte weiter zu. Ungläubig. Wütend. Bestürzt und dann auch wieder erleichtert. Es war nicht das Blut der Täter, das in seinen Adern floss, sondern das Blut der Opfer. Die Bilder der Stolpersteine suchten ihn heim. Drei kleine Kinder waren es gewesen, um ein Haar vier.

»Erinnern Sie sich noch an die Namen der Kinder?«, fragte er Aurélie mit Panik in der Stimme. »Daniel – oder war es David? Und?«

»Daniel, Noah und Käthe«, antwortete Aurélie.

Eric war dankbar, dass sie so sicher zu sein schien.

»Das waren die Geschwister meines Vaters.«

Aurélies blaue Augen waren zwei Bergseen, die von der Schneeschmelze überflutet wurden. Sie nickte nur stumm.

Der Krieg. Die Deutschen. Die Bilder aus den Konzentrationslagern. Die Toten. Nie würde ihn das loslassen.

Anna schreckt hoch. »Frau Haeckel?« Die Stimme ist ganz dicht an Annas Ohr. »Was?« Sie sieht sich um. Es dauert eine Weile, bis sie sich erinnert, wo sie ist. Harald war da. Gestern. Oder vorgestern. Sie lächelt.

»Zeit zum Aufstehen! Wir müssen Sie waschen und anziehen, Frau Haeckel.«

Anna zieht die Brauen zusammen. Das kann sie doch allein!

»Kommen Sie, ich helfe Ihnen.«

Anna wehrt sich. Sie will allein aufstehen und sich waschen. Dann sieht sie an sich herab. Soll dieser gebrechliche alte Leib etwa ihr Körper sein? Nein, das ist nicht möglich. Anna schließt die Augen, dann lässt sie sich helfen. Das Aufstehen ist anstrengend. Das Stehen auch. Das Waschen. Das Zähneputzen und Haarekämmen. Alles so anstrengend.

»Kommen Sie, wir setzen Sie in Ihren Sessel. Dann können Sie nach draußen schauen, in den Park.«

Sie nennen den Garten Park! Anna sagt nichts, sie denkt sich ihren Teil. Jeder Tag ist wie der andere, grau und langweilig. Nur wenn Harald kommt, geht es ihr gut. Er wird kommen. Sie weiß es.

»Erinnern Sie sich noch an Ihren Besuch gestern?«

Anna runzelt die Stirn. Besuch?

»Der junge Mann und die hübsche blonde Frau.«

Anna bemerkt die grelle Stimme der Fremden, die sie gewaschen hat. Grässlich hört sich das an. Anna mag sie

nicht. Die Stimme und die Fremde. Wo kommt sie überhaupt her?

»Harald«, sagt sie seufzend.

»Ja, Ihr Besuch!«

Harald ist da gewesen? Anna fasst auf ihren Schoß.

»Die Kiste!«, ruft sie voller Angst. Sie ist nicht da!

»Die haben Sie ihm mitgegeben, Frau Haeckel, gestern!«

Anna atmet auf. Harald hat die Kiste. Es wird alles gut.

»Er hat eine Nachricht für Sie hinterlassen! Soll ich sie
vorlesen?«

Erics Großmutter hatte in ihren Briefen die ganze Wahrheit über ihr Vergehen festgehalten. Ungeschönt. Voller Hingabe. Mit Liebe geschrieben. Und mit Bedauern.

Vergeblich versuchte er die aufsteigenden Tränen hinun-
terzuschlucken. Sein Körper bebte. Er schluchzte wie ein
Kind.

Aurélie strich ihm über das Haar. Auch ihre Augen
waren rot.

»Sie müssen nicht weinen«, sagte Eric sanft, als er sich
ein wenig beruhigt hatte, und wischte die Träne fort, die
ihr die Wange hinunterlief. Sie sah so traurig aus. Entsetzt,
verwirrt und zugleich gerührt. Sie sah so aus, wie Eric sich
fühlte. Wie in Zeitlupe kam ihr Gesicht immer näher.
Atem, honiggleich, streifte ihn. Dann schlang sie ihm die
Arme um den Hals wie eine Ertrinkende. Haltsuchende
waren sie beide. Und Halt gaben sie sich. Umschlangen
sich, hielten sich aneinander fest. Ihre Lippen stammelten
etwas, suchten und fanden sich. Weichheit. Wärme und
Glück lagen so nahe und zugleich so fern. Lagen bei ihm.

Und bei ihr. In ihren Armen. In seinen Armen. Die Kehle wie zugeschnürt, hielt Eric sich fest an ihr. Küsste sie. Als könne er nur durch ihren Mund Atem finden. Süß schmeckte sie und salzig. Nach Trauer und Trost. Sie schauderte, als seine Hände unter ihren Pullover glitten und ihren Rücken streichelten. Die weiche, warme Haut. Er verkrallte sich in ihr, wurde geschüttelt von Tränen und dem Verlangen nach Nähe.

Sie küsste seine Augen, sein Gesicht, seinen Mund und seinen Hals.

Ein Seufzer entfuhr ihm. »Sie hat ein Kind gestohlen«, keuchte er. »Ein unschuldiges Kind. Hat es einfach behalten.«

»Nicht!«, sagte Aurélie und verschloss seinen Mund mit dem ihren.

Eric ließ sich stumm küssen. Wollte nie wieder ein Wort über seine Lippen kommen lassen.

Aurélie drängte sich an ihn. Hielt ihn fest, als der Boden ihm unter den Füßen zu weichen drohte.

Er war ein Stern, ein Jude!

Sie öffnete die Knöpfe seines Hemdes, saugte an seinem Fleisch, dort, wo das Leben pochte.

Dann verlor sein Verstand ihn.

Annas Herz schlägt in ungewohntem Rhythmus. Schnell und dann wieder langsam, hart und plötzlich kaum spürbar.

Harald hat ihr verziehen. Sie hält seine Nachricht in der Hand, ein wenig zerknüllt, feucht von ihren Tränen. Nicht vor Trauer weint sie, sondern vor Erleichterung.

Harald.

Anna lächelt. Ist so glücklich wie lange nicht mehr. Ihr Kopf ist schwer. Sie legt ihn zurück. Schließt die Augen und sieht Jakob. Er ist noch ein Säugling. Er duftet nach Unschuld. Sie hält ihn fest in ihren Armen. Sie kann ihn nicht zurückgeben. Er gehört ihr. Anna sieht auch Ruth. Die ausgestreckten Arme. Den anklagenden Blick.

»Es tut mir leid, Ruth. Ich habe dich enttäuscht.« Annas Hand zittert, als sie sie ausstreckt. Niemand ist da, der sie ergreifen könnte. Sie ist allein. Das ist die Strafe. Einsamkeit. Auf ewig.

»Ich habe ihn geliebt, als wäre er mein Sohn!«, ruft sie Ruth im Traum zu. Es muss ein Traum sein, denn Ruth ist tot. Wie Lion. Wie Daniel, Noah und das Käthchen. »Aber Jakob nicht. Ihn haben sie nicht gekriegt«, seufzt Anna und lächelt. »Er hat einen Sohn«, flüstert sie. »Du bist Großmutter, Ruth.«

Eric hielt sich an Aurélies weicher Haut fest, klammerte, saugte, sog sie ein, ihren Atem, den Duft ihrer Haut.

»Ich hätte nie gedacht, dass sie so etwas Schreckliches getan hat ...« Aurélie schluchzte leise und überschüttete ihn mit Küssen und Leidenschaft. »In ihrem Blick lag so viel Liebe für deinen Vater und für dich.«

Sie schmiegte sich an ihn. Drängend. Fordernd.

Hitze flog durch Erics Körper. Verzehrte ihn, beflügelte ihn, ließ ihn schaudern, trieb ihm Schweiß auf die Haut, der mit dem ihren verschmolz.

»Du verdankst ihr dein Leben.«

Annas Herz ist schwer und leicht zugleich. Es holpert und stolpert. Es hinkt hinterher. Und stürmt voran.

Anna friert nicht mehr. Im Krieg war ihr immer kalt. Einsamkeit ist kalt. Trauer ist kalt. Reue ist kalt.

Nun aber fließt Wärme durch ihren Körper.

Harald hat ihr verziehen.

Endlich kann sie Ruhe finden.

Kann die Augen schließen, ohne fürchten zu müssen, dass es klopft und man ihr den Jungen wegnimmt.

Anna fühlt, dass sie lächelt.

Sie ist ganz ruhig und ohne Angst.

Das war sie seit Ewigkeiten nicht.

»Eric«, flüstert sie beschwörend, bevor sie für immer die Augen schließt, denn in ihm leben die Sterns weiter.

E ric presste sich gegen Aurélies nackten Körper. Sie war wunderschön. Und weich. Mit alabasterfarbener Haut. Biegsam. Mit zarten Sommersprossen. Feinen blauen Äderchen. Zarten Fingern und kalten Händen.

Kalte Hände, heiße Liebe.

Liebe?

Nein.

Leidenschaft.

Vielleicht.

Not?

Ganz sicher.

Seine Liebe gehört Catherine.

»Catou«, flüsterte er verzweifelt in das Ohr an seinen Lippen. »*Catou, je t'aime.*«

Zwei blaue Augen blickten ihn an. Fragend. Traurig und doch verstehend.

»Morgen gehörst du wieder ihr.«

Morgen.

Eric verlor sich, vergrub das Gesicht zwischen ihren Brüsten, brauchte so sehr ihre Nähe, dass er bereit war, hier und jetzt alles andere zu vergessen. Er hörte sich keuchen, spürte, wie Aurélie erschauerte.

Er brauchte sie. Ihren Trost. Ihre Leidenschaft. Ihre Nähe. Brauchte sie, um sich nicht ganz zu verlieren.

Um zu spüren, dass er war. Wer er war, auch wenn er nie wieder derjenige sein würde, der er zuvor gewesen war.

Paris, Mai 2010

Mit hängenden Schultern, graugesichtig und übermüdet vom vielen Grübeln lief Eric über die Straße. Nicht das Ziel fehlte ihm, nur der Weg dorthin. Verzweiflung lag um seinen schmalen Mund und Hilflosigkeit. Er fuhr mit der Hand in die Tasche seiner Jacke, holte einen Zettel heraus, las und verglich. Den Straßennamen, der an einer Häuserecke stand, quittierte er mit einem Nicken, die Hausnummer darunter mit einem Kopfschütteln. Er ging weiter, überquerte die Fahrbahn, ohne auf den Verkehr zu achten, und wäre um ein Haar von einem Briefträger auf einem Motorroller überfahren worden. Ein Schlenker, ein hupendes Auto, ein zweites, dazu eine schimpfende Frau, dann war er auf der anderen Straßenseite in Sicherheit. Ein Haus weiter blieb er stehen. Suchte auf den Klingelschildern nach einem Namen, läutete und wartete.

»Ich habe angerufen, ich muss mit Ihnen reden, bitte!«, rief er eindringlich, als die Sprechanlage knackte. Dann ertönte ein Summen. Er warf sich gegen die Eingangstür und fiel in den Flur des Hauses, das sich in nichts von den anderen Häusern der Straße unterschied. Es war alt und befand sich in schlechtem Zustand, die Briefkästen waren marode, viele der Bodenfliesen zerschlagen. Farbe bröckelte von den Wänden. Die Stufen waren ausgetreten. Leicht zu nehmen. Den zweiten Stock hatte er schnell erreicht.

Eine Tür stand auf. Der Mann, der auf der Schwelle wartete, trug Schwarz. Einen Hut auf dem Kopf, als wolle er das Haus verlassen, und silberne Schläfenlocken.

230

»Bitte, ich muss Sie dringend sprechen! Sie sind meine letzte Hoffnung. Ich weiß nicht mehr weiter.«

»Treten Sie ein!« Eine knappe Geste, dann wurde die Tür geschlossen.

Eine Frau blickte ihm aus dem langen dunklen Flur entgegen, lächelte kurz, nahm ihr Kind bei den Schultern und verschwand mit ihm in der Küche.

»Nehmen Sie Platz, Monsieur …?«

»Laroche.« Eric räusperte sich. »Oder Jarret. Nun ja, eigentlich Haeckel. Am richtigsten aber wohl Stern.« Es folgte ein verzweifeltes Lächeln, dann ein Monolog. Es dauerte lange, bis alles gesagt war. Wie schwer es ihm fiel, Annas Geschichte zu erzählen. Die tiefe Verzweiflung zu beschreiben, die in ihm zurückgeblieben war, erforderte Kraft.

»Ich weiß nicht mehr, wer ich bin.«

Das Zimmer, in dem sie saßen, war voller Bücher. In den Regalen standen sie doppelreihig, auf dem Boden lagen sie stapelweise, der Schreibtisch war damit zugebaut. Hier musste es Antworten geben. Hier musste man wissen, wie mit der Schuld von anderen umzugehen war. Musste ihm helfen können, sich wiederzufinden, jenen Eric Laroche, den er verloren hatte.

Auf einem kleinen Tisch stand eine Menora.

Sieben Arme mit sieben Kerzen.

Der Mann saß vor ihm, ohne ein Wort zu sprechen, strich sich über den vollen, leicht ergrauten Bart, wiegte sich vor und zurück, als überlege er.

Wurzeln unterschiedlicher Art zu besitzen, seine Identität zu verlieren, eine neue anzunehmen und die alte vergessen zu müssen. Halt zu finden in der Gemeinschaft. In der Familie. Bei Frau und Kindern. Bei Freunden. In der

Arbeit. Träume und Hoffnungen nicht aus den Augen zu verlieren. Zukunft und Vergangenheit in Einklang zu bringen. Zu zweifeln. Zu lernen. Sich zu verändern. All das gehörte zum Leben vieler dazu. Zum Leben von Vertriebenen und nun auch zu Erics Leben.

»Ich weiß nicht mehr, wer ich bin«, wiederholte er tonlos.

Wieder folgte ein langes Schweigen.

»Nun, Monsieur, die Antwort auf Ihre Frage liegt ganz bei Ihnen. Wer wir sind, bestimmen wir selbst. Niemand sonst.« Der Rabbi wiegte sich weiter vor und zurück, strich sich über den Bart und sah seinen Besucher mit freundlicher Milde an. »Ganz allein und jeden Tag aufs Neue entscheiden wir, wer wir sein wollen.«

Aix-en-Provence, Dezember 2012

Um ein Haar hätte Annas Geschichte Eric zerstört, doch dann hatte er sich seinem Schicksal gestellt und sie aufgeschrieben. So war er an ihr gewachsen. Statt sich mit Fragen zu quälen, wer er war und was ihn dazu machte, hatte er sich entschieden, wer er sein wollte. Alles im Leben besaß einen tieferen Sinn, davon war er inzwischen überzeugt. Jede Begegnung, jede Enttäuschung, sogar die Fehler, die man beging. So wie auch Annas Fehler etwas Gutes gehabt hatte. Wenn man bereute, war auch die größte Sünde verzeihlich. Manches musste geschehen, auch wenn man zuweilen ausgerechnet diejenigen am ärgsten verletzte, die man am innigsten liebte.

Der TGV ruckelte, dann quietschten die Bremsen.

»*Mesdames, Messieurs, nous arrivons en gare d'Aix-en-Provence*«, kündigte eine Frauenstimme aus dem Lautsprecher ihre Ankunft im Bahnhof an. Eric stand auf und streckte sich. Es war ein weiter Weg gewesen, doch er hatte sich gelohnt. Er zog den Mantel über und ließ ihn offen. Der Winter in der Provence war nicht so kalt und feucht wie in Paris. Eric lächelte zufrieden. Catou hatte versprochen, ihn abzuholen.

»Papa!«, rief Agathe, die ihn als Erste entdeckte, als er aus dem Zug stieg, rannte auf ihn zu und fiel ihm um den Hals.

Thomas war zurückhaltender. Er schmiegte sich nur scheu an seinen Vater und sah voller Stolz zu ihm auf. »Du warst im Fernsehen, wir haben dich gesehen.«

Eric nickte und strich dem Sohn über das Haar.

»Wer als Erster an der Tür ist!«, forderte Agathe ihren Bruder plötzlich heraus und rannte auf den Ausgang zu.

»Passt auf!«, rief Catou ihnen nach. Dann legte sie Eric die Arme um den Hals. »Ich gratuliere dir, *mon loulou*«, flüsterte sie ihm ins Ohr und hauchte ihm einen verheißungsvollen Kuss auf den Hals. »Wir müssen uns beeilen, Babette und Alain kommen zum Abendessen. Wir wollen deinen Preis feiern. Und deine Heimkehr.«

Liebe Leserinnen, liebe Leser,

wer bereits meine anderen Romane kennt, weiß, am Ende
gibt es immer eine kleine Danksagung. Mit dieser Tradition möchte ich auch diesmal nicht brechen. Beginnen
möchte ich mit Fanette Pascal, deren Name nicht umsonst
an Babette erinnert. Zwar ist dies nicht ihre Geschichte,
sondern ein Amalgam aus den Erlebnissen mehrerer Menschen, abgerundet mit einer Prise dichterischer Schöpfung, doch hat sie mich von Anfang an ermutigt, diesen
Roman zu schreiben, mich mit Recherchematerial unterstützt und mir als Testleserin zur Seite gestanden. Ohne sie
wäre die Geschichte nicht entstanden.

Meinen Eltern gebührt der nächste Dank, besonders
meinem inzwischen verstorbenen Vater, der mir bei der
Entstehung des Romans unter anderem mit seiner Erfahrung beim VW Käfer zur Seite stand. Der Trick mit den
Wäscheklammern an den Heizzügen zum Beispiel stammt
von ihm. Ich fand ihn originell, und wie viele Dinge in dieser Geschichte ist er ein ganz persönliches Detail, das mir
viel bedeutet, genau wie dieser Roman selbst.

Ein weiterer herzlicher Dank geht an die Lektorin Frie-
del Wahren, deren konstruktive Kritik dem Manuskript
wohlgetan hat.

Nicht zuletzt aber danke ich Ihnen, liebe Leserinnen
und Leser. Viele von Ihnen haben mir im Lauf der letzten
Jahre geschrieben und mich mit teils sehr persönlichen
Erfahrungsberichten und Anerkennungsbekundungen
belohnt. Der Kontakt zu meinen Lesern, sei es per Mail,
auf Facebook, bei Lesungen oder zur Buchmesse, ist für

mich ein großes Privileg. Ich kann mir nichts Schöneres vorstellen, als Mut zu machen, den eigenen Weg zu gehen, und den Austausch über Themen anzuregen, die mir so sehr am Herzen liegen, dass ich darüber schreibe. Wie viele Künstler zweifeln auch Schriftsteller häufig, Eric geht da ein wenig nach mir. Umso wichtiger ist für uns Autoren das Lob. Wie die Schauspieler leben wir für den Applaus, und es bedarf viel Lobes, um auch Kritik verkraften zu können. Allen, die mich immer wieder bestärkt und zum Schreiben ermuntert haben, noch einmal ein herzliches Dankeschön. Wenn Sie nun auch Lust bekommen haben, mir zu schreiben, dann besuchen Sie mich doch auf meiner Internetseite www.katiafox.de, und benutzen Sie das Kontaktformular, oder senden Sie mir einen Brief (wenn Sie eine Antwort möchten, bitte mit adressiertem und frankiertem Rückumschlag) an den Piper Verlag, München. Der Verlag wird Ihre Post gern an mich weiterleiten. Über Ihre Empfehlung an Freunde und Familie sowie Rezensionen im Internet freue ich mich natürlich ebenfalls sehr.

Herzlichst Ihre Katia Fox

Wenn eine Intrige alles zu zerstören droht ...

Katia Fox
Das Tor zur Ewigkeit
Historischer Roman

Piper Taschenbuch, 528 Seiten
€ 9,99 [D], € 10,30 [A], sFr 14,90*
ISBN 978-3-492-30076-6

England, 1224: Catlin, die Tochter des Schwertschmieds Henry, träumt von einem Leben als Glockengießerin. Doch eine arrangierte Ehe soll ihr Schicksal besiegeln und sie zur Erbin der väterlichen Schmiede machen. In ihrer Verzweiflung flieht Catlin nach Norwich, um an der Seite des Glockengießers John ihrer Berufung nachzugehen – und gerät schon bald in einen reißenden Strudel gefährlicher Intrigen ...

PIPER

Leseproben, E-Books und mehr unter www.piper.de